九成先生诗文注释

杨克定　韩同旺　杨玉萍　陆　晨　编

中国海洋大学出版社

·青岛·

图书在版编目（CIP）数据

　　九成先生诗文注释 / 杨克定等编 . -- 青岛：中国
海洋大学出版社，2024．12． -- ISBN 978-7-5670-4007-6

　　Ⅰ．I216.1

　　中国国家版本馆 CIP 数据核字第 2024AZ0778 号

JIUCHENG XIANSHENG SHIWEN ZHUSHI

九成先生诗文注释

出版发行	中国海洋大学出版社	
社　　址	青岛市香港东路23号	邮政编码　266071
网　　址	http://pub.ouc.edu.cn	
出 版 人	刘文菁	
责任编辑	滕俊平　郝倩倩	电　　话　0532-85902342
印　　制	日照报业印刷有限公司	
版　　次	2024 年 12 月第 1 版	
印　　次	2024 年 12 月第 1 次印刷	
成品尺寸	170 mm × 230 mm	
印　　张	17.5	
字　　数	284 千	
印　　数	1 ~ 1000	
定　　价	68.00 元	
订购电话	0532-82032573（传真）	

发现印装质量问题，请致电0633-8221365，由印刷厂负责调换。

忆伯祖

（代序）

临邛爱国诗人杨九成是我的伯祖。我爷爷是他的五弟，按杨氏家族排行，伯祖为"正"字辈，名正芬，字九成。我爷爷名正伍。伯祖故居在何家乡银杏溪沟口上，今属四川省邛崃市火井镇状元村。邛崃，古称临邛，是汉代辞赋家司马相如和才女卓文君爱情佳话产生的地方。此地还临近都江堰，那是川主李冰父子治水济民的地方。

伯祖老家在四川临邛向西的山区，所谓"万山堆里"。老屋所在的沟口上是一个小山村，村后是大石头（因大石头多而得名），接一条长长的山沟，名叫银杏溪，溪水晶莹流淌，终年不断。村前是一片平坝，满是稻田，叫干田坝（因都是干田而得名），与一旁的水田相对，一条水渠将它们分开。干田坝的人全姓杨，包括伯祖一家，是太祖昌举之后。村右临河，过河是对门山、官沟头、张底下。张底下因村里的人姓张和村子处于下位而得名，临江书院在此。对门山早年有人家，后又搬来杨正乾、杨维中一家。他们是太祖昌恒之后。村左是金山，其上是黄宝山。伯祖长大分家后就从干田坝移居于此。金山除杨姓外，还有王姓。

伯祖老屋，一出大门便是一个一亩多宽的水塘，供邻居克全家取水碾磨之用。池水满满当当，开闸处可以没顶，据说晚上淹死过人。我幼时把这水塘当作乐园，水边有花有草，塘中有鱼有鸭。鱼有美丽的"白桃华""红桃华"等，非常可爱；而群鸭戏水，一只带头，群起飞奔，水花四溅，有趣极了。后来我读到谢灵运的佳句"池塘生春草"，就想到这个池塘。伯祖有诗《薄暮观鸭》，写得惟妙惟肖，令人叫绝。

出老屋门，经池塘边，接着上一段拱桥。桥内外都是石阶，桥顶是土石铺就的平地，桥下是阴沟。哗哗流水穿过阴沟，流进池塘。桥外沿石阶下去便是小溪，就是银杏溪。从溪名得知，这里一定有很多银杏树，所以伯祖说

"溪栽银杏，杏林花发杏花香"。夏日溪水暴涨，洪水如黄龙出山，雷鸣般吼叫着奔向前方，令人惊骇。然而大多数时间，则是清流潺潺，如琴如歌。

伯祖老屋所在的干田坝，地形奇特，据老人说像一条鲤鱼。一边是沿河而下的一条河边小路，另一边是一条水渠，恰巧画出一个鱼形。鱼头是伯祖老屋（老屋临河，有防水的坚固石墙）和碾房，鱼眼是转动着的碾磨，其余是鱼身、鱼尾。如果站在对门山顶向下望，一条鲤鱼便活灵活现地呈现出来。这是一块具有灵气的土地，爱国诗人、伯祖杨九成就出生在这里，这大概就是所谓的钟灵毓秀吧。

干田坝连接一个数百亩的大田坝，种着水稻、小麦、油菜等。春风三月，一坝的油菜花，蜂子嗡嗡，金黄一片，真真成了一个金色的世界，令人神往。大田坝尽头，西有龙鼻山，山头有东岳庙，供奉着泰山神，龙山书院在此。南临文井江，顺江而下有白鹤潭、钓鱼台、石门坎、夜合沱、崇嘏山、状元桥等，钓鱼台岸上有石笋寺和三圣宫庙。伯祖在诗文中常常提到这些地方，如"叶飘龙鼻晚，烟锁鹤潭秋""隔岸有山崇嘏在"。文井江对岸是何家场，是乡政府所在地，也是一个生意兴隆的集市。我外祖父廖锡安在场上摆摊，卖纸卖蜡。我岳父曹宪忠在场上开铁匠铺，门一打开，炉火通红，铁花飞溅。每到过年，何家场还有龙灯、狮子灯表演，观者摩肩接踵，热闹非凡。城隍庙的高杆上点着串串灯笼，彻夜通明。

何家场也是一个令人伤心的地方，伯祖寄予极大希望的伯父（字旭成）就在场上遇害（此时伯祖已离世）。那天早上，我们兄弟三人去何家场上学，伯父随我们去的。我们进校，伯父上街。不久就听到了枪声，顿感天地为之变色。

银杏溪的溪水源自玉林山，向西是镇西山（伯祖有诗"镇西山，我宅焉"），著名的风景名胜地天台山在此。玉林山向东是九顶山，均属邛崃山脉。清清溪水从草木间、从石缝中慢慢渗出、流下，汇成溪流，顺山沟而下。溪流流经白云寺山麓，流经尖峰子脚下，再过一碗水，至沟口上，流过伯祖老屋门口，便豁然开朗，一片平坝。溪流向前经过张底下，在夜合沱汇入文井江。再沿火井槽（两岸为坝，坝后为山，一条更长更大的大山沟，称火井槽），过水口、马湖、松安桥、七里漫（泮），于临邛镇注入南河，一直流到岷江。正是"银杏溪溪水长流，流入岷江通四海"。伯祖有好几首诗写到白云寺，还有《夜宿松安桥》《早发七里漫》等。他也有写火井的诗句："火井之山高插天，火井之水清且涟。一山一水俱奇绝，桑麻鸡犬密如烟。"

伯祖出生于干田坝老屋，长大后兄弟分家，移居金山山麓。住宅瓦顶木架，并不豪华，却也宽敞。常引山水自饮，宅前、宅后种树、养花，似有五柳先生之趣。伯祖有对联："宅住金山，山鸟声鸣山谷应；溪栽银杏，杏林花发杏花香。"

我没有见过伯祖，但从小就听说他戴过"顶子"。在乡亲们看来，他是很有学问的先生。

伯祖是高祖送去入学的，曾祖全力供给，加上伯祖勤奋刻苦，从而获得了成功。

杨家按"其、才、正、中、克、绍、明、宗"等排行，高祖名其连，在杨家四十八代排行中居于首位。正是他送伯祖到张底下的临江书院发蒙的，时间是二月初九，因而为之取名"九成"，希望其一生有所成就。伯祖没有辜负祖翁的期望。高祖本人亦学武讲武，有所成就，所以伯祖对伯父说："祖武好追寻。"

曾祖名才有，曾开染坊，接白布染色加工。一次被盗，他变卖田产赔偿客户，因而以诚信闻名，生意反而兴盛起来。

正是他的财力支持了伯祖上学求进，终于有成。

伯祖兄妹六人，除伯祖正芬、正辉外，爷爷正伍和三位姑婆我都见过。其中四姑婆和幺姑婆，家在离镇西山不远的沙坝镇，那里有女状元黄崇嘏之父黄侍郎之墓。伯祖有诗《冬日访黄侍郎墓》。伯祖辈之下是"中"字排行，如伯父致中（字旭成）、父亲执中。再下就是"克"字辈，如克家、克宁、克定、克宏、克宣、克惠等。这是伯祖的孙辈，可惜他一个也没有见过。

据伯父所撰碑文及白云寺祖庙碑文载，杨氏起源于周文王之孙、周武王之子唐叔虞。周襄王封晋武公次子伯侨（唐叔虞十二世孙）于杨，为杨侯，因而开启杨姓。后经汉赤泉侯杨喜、关西孔子杨震，至杨瑞祖公，随拔胡将军入蜀平乱，乱平便于四川安家。明怀远将军杨永忠之第五子杨鑛，由天全出居火井，生显荣祖公。父子二人乐于为善，建修了上寺、中寺、下寺三座寺庙，被授予"义官"名衔。中寺耶白云寺。显荣祖公就是当地杨氏家族的始祖。到伯祖这一代已是第十四代。"考吾家，本姬姓。"

由于先辈倾心培养，伯祖自强不息，勤奋好学，最终考上秀才。他不就仕途，从医执教，酷爱吟诗，集诗人、教育、医术于一生，以诗德高尚、育人有方、医术高明闻名乡里，为后人所铭记。

伯祖为人忠厚，正直清白。"但行素位留忠厚"，"记取传家有四知"。"四知"是指"天知，神知，我知，子（你）知"，为汉杨震拒贿时所言。伯祖主张：我有德于人，不可不忘；人有德于我，不可或忘。伯祖曾为人办事，对方感激，赠以钱物，他却坚持不受，爱妻赞同，慨然返璧。他极为高兴，"侬心大欢喜"，"满庭亦生春"。

伯祖爱国，爱民，爱乡土，爱亲友。他把浓浓的爱熔铸在他的诗篇之中。晚年他坦言自己"爱花爱庙爱吟诗"，"病魔未了又诗魔"，"豪吟不肯老来降"。家乡火井（因古代从地下井中引天然气取火煮盐而得名），在他眼里风景如画，"一山一水俱奇绝"。他谒祖先，祭慈母，哭幺弟殇，喜五弟来，怀诸亲友，无不充满浓浓亲情深情。在军阀混战、民不聊生之际，他忧国忧民："又逢天宝乱离年"，"哪堪同室竟操戈"，"由来战阵无他技，杀虐人多早报功"。"街衢一炬成焦土，晓夜千家有哭声。""放眼千秋多少恨"，"摊书有泪伤今古"。"风雨床头宝剑鸣"，"兵戈急待天河洗"！民生维艰，他亦忧心如焚："米贵如珠薪似桂"，"嗷嗷中泽集哀鸿"。"频遭饥馑伤涂殍"，"长思管子济世才"。尤其在列强欺侮、国命维艰之际，他愤然而起："书生起舞夜三更"，"闻鸡好著祖生鞭"！当日本提出灭亡中国的"二十一条"，政府妥协投降时，他哀告国民："河山破碎，跂足可企。族类沉沦，转瞬立见。言念及此，无泪可挥。哀我人斯，痛彻心髓！"他大声疾呼："千钧一发，事且等闲？转祸为福，端赖民气。时哉不可失，迟徒唤奈何？我国民其亟起而图之！我国民其亟起而图之！"他的《哀告国民书》就是一篇激昂慷慨、悲壮雄强的救国赋。它让我们似乎又听到了那雄壮的《义勇军进行曲》，听到了人民不屈的怒吼。灾难深重的中国，正是在众多像伯祖这样的爱国志士和广大民众掀起的救国浪潮的推动下，爆发了五四运动，中国历史从此掀开了崭新的一页。

我深深地怀念亲爱的伯祖。

早年，祖辈分了家，但我们两家关系一直很好。我从小就记得，逢年过节，两家都要互请吃饭，此时我们孙辈最为高兴。伯祖家我经常去，有时就住在那儿。他家前院、后院种了许多花，有菊花、山茶花，伯祖有诗吟诵。还有一种叫"转芝莲"的花，春天来临，繁花满枝，奇特的是它的色彩还不断变幻，好看极了。

伯祖留下了许多书，书在楼上散乱地堆在一起。我父亲捡过一些医学书，我捡到的有《红楼梦》的木刻本，《世说新语》《聊斋志异》的铜版本和《三国演义》的插图本。我把它们带到北京，后又带到山东。见到它们，仿佛就会看到伯祖勤奋学习的身影。

新中国成立前在伯父致中的主持下，我们两家在伯祖种花的院子里和其他亲戚照过一张"全家福"，有爷爷、两个奶奶（一个是我奶奶，一个是伯祖称"内子"的奶奶——我的伯祖母）、伯父、伯母、父亲、母亲、姑婆、姑母等，还有我们几个孙子、孙女。这样一张极其珍贵的照片，两家都丢失了，令人感到遗憾。

因大哥、三弟等迁往县城，伯祖老屋的大部分于20世纪60年代卖给了邻居，一个雕饰精致的供家神的几案也一块儿卖了，只剩下克宁二哥现在住的两间房和大门。其中一间是原来的书房，我在书房里见过一方石砚，不知是不是伯祖吟诵过的那一方，今已不存。大门瓦顶木架，板门并不高，看上去普普通通，却至今犹存。伯祖不知进进出出走了多少趟。朴素的大门忠实地守护着伯祖的家脉，实为可贵、可敬。

伯祖出生的老屋——干田坝老家，后经我爷爷改进，变了门的方向，然古貌犹存，这也是我出生的地方。

老屋正中是高大的堂屋（即正厅），我记得曾挂过一些字幅屏联，有红色的、黄色的。其中有一个"千古"的"千"字，末笔拖得很长，给我留下很深的印象。我想其中可能有伯祖的笔迹，可惜早已不存。金山"杏花香"的宅联也没有保存下来。后来在伯祖遗书中发现他的三份手迹，令人至为高兴。老屋至今保存着一尊药王爷的木刻彩绘像。药王坐于虎背，手握蟠龙，表情慈祥，而虎亦温顺如猫。木像背面的刻字明确记载是清朝乾隆癸巳（1773年）所刻，至为珍贵。因伯祖行医，可能是因他而有。

伯祖晚年多病，常去深山中的白云寺养病。他与病魔进行了顽强的斗争，吟了不少诗篇，再次显示了他生命的光彩。他达观面对死亡，曾写下绝笔词："天地人原共化机，盈虚消息哪能违？杜鹃底事（何事）相催急，待到春归侬（我）亦归。"伯祖在1931年病逝，享古稀之年。他的墓在老屋对面的山上，与曾祖墓并列相伴。五十多米外是其五弟之墓。此地面临银溪水，背靠青青山。八年前在一个秋阳朗照的午后，我回到故乡，来到伯祖墓前，献上纸花，拍下了留念照片。现在读了他的遗诗，伯祖的影像似乎浮现在眼前，他和他的诗文在我心中永垂不朽！

伯祖一生写了很多诗，有的笔就，有的口占，"浪吟累日积诗篇"，"高读诗章和夜阑"，可是保留下来的不多。今存者是金明哲先生的抄本。金先生喜爱伯祖的诗作，书法又好，抄本可能是他特意收集录存的；也有可能是伯父收集，请金先生抄写的。《九成先生遗稿》则是欧克孝先生按金本抄写的，"月余乃成，手自装订，勘误数过"。欧先生是我的小学老师，可惜那时没听他讲过，早已去世。2008年，火井高义奎老师从欧先生之子欧可训那里见到了《九成先生遗稿》，并亲自校编打印，由表兄金光华考叙生平，才使其得以面世。

之前，我从父亲口中得知两副对联，一是"宅住金山"联，另一是"龙鼻山燃灯菩萨"联，即"刻薄成家，不免子孙破败；奸淫得意，难保妻女清贞"。爱憎分明，笔锋锐利。这是《九成先生遗稿》中没有的。《彩虹桥碑记》一文，我也曾听克家大哥讲过，但伯祖的诗却没有见过。2008年11月底我收到光华表兄寄来的《九成先生遗稿》，一气读完，喜之不尽，感之倍深，无比亲切而又大受教益。我认为，今后的人生之路由伯祖的诗文伴随，我的生命将更加富有和精彩。

克家大哥生前苦苦寻觅，所得甚少。现今我们能见到伯祖近四百首（篇、副）宝贵的诗文和对联，其幸运无可言喻。为此，我们杨家后人要特别感谢金明哲先生、欧克孝先生、欧可训先生、高义奎先生和金光华先生。他们的功劳，我们将永远铭记。光华表兄也是诗人的后代，我们共同为此感到荣幸。

由于本人学识浅陋，错误之处难免，敬请指正。

杨克定

2009年5月

凡例

一、本书据《九成先生遗稿》编注。《九成先生遗稿》为1949年3月欧克孝先生于何场毛笔手抄，2008年7月高义奎先生于高场转为电子版。个别字词有所校订。另增加《龙鼻山燃灯菩萨联》和《挽姻伯金兰先生联》。

二、为便于阅读，本书按内容大致分为7章：1生平家事，2亲戚朋友，3咏景咏物，4节庆婚丧，5题词读后，6对联，7文章。以上是正文。还有第8章附录，是评介文章和手迹等，其中收录了欧克孝、高义奎、金光华三位先生的文章，一方面有助于阅读，另一方面铭记他们对《九成先生遗稿》的保存和闻世所作的不朽贡献。

三、每章下面的诗文均分别编号，如1.1、1.2、2.1、3.1、4.1。

四、本书原文之后是注释，以［1］［2］［3］……［11］等数字作标记，标在所释词语之后。

五、有少数诗原没有题目，编者据内容增添，外加［ ］。

六、本书在注释之后是赏析，是对诗文的简要分析；附录中有对诗文思想艺术的评价，望有助于阅读。

由于编者水平有限和时间仓促，书中定有不少不当之处，欢迎大家批评指正。

谨以此书献给诗人杨九成及其乡亲的后裔，望大家向其学习，建设家乡，报效祖国，为国家的繁荣富强、人民的安康幸福而努力奋斗！

九成先生诗文原件影印

这里影印原件四份，原件指欧克孝先生于1949年抄写的《九成先生遗稿》。《九成先生遗稿》最初是金明哲先生抄本，杨九成先生之子杨旭成保存，欧先生从他手中借得，并认真抄写保存。后金本不存，欧本是唯一原件，至为珍贵。今影印部分，与广大读者共享。

第一件是《哀告国民书》，详见本书7.7。

第二件是《赠别杨汝襄》（部分），详见本书2.40。

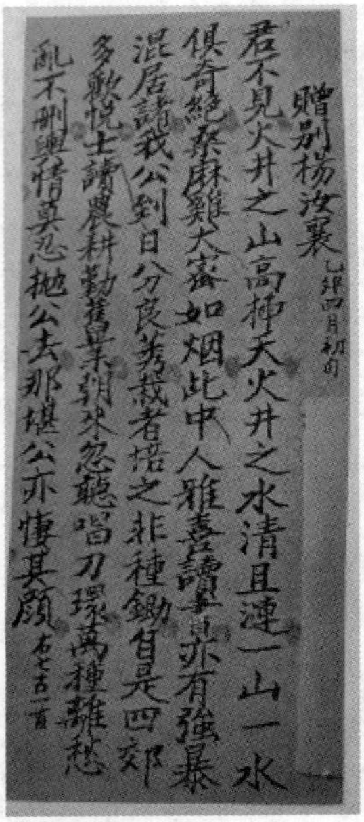
赠别杨汝襄 乙丑四月初旬
君不見火井之山高撐天火井之水清且漣一山一水
俱奇絕桑麻雞犬密如烟此中人雖喜讀書亦有強暴
混居諸我公到日分良莠栽者培之非種鋤首是四郊
多歡悦士讀農耕勤舊業朔來忽聽唱刀環萬種離愁
亂不删興情莫忍拋公去那堪公亦悽其顔 右七古一首

第三件是《赠别县佐杨汝襄续稿［二］》（部分），详见本书2.42。

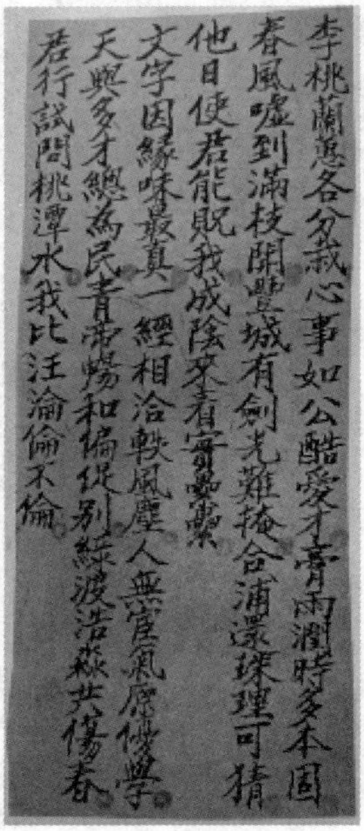
李桃蘭蕙各分栽心事如公酷愛才膏雨潤時多本固
春風噓到滿枝開豐城有劍光難掩合浦還珠理可猜
他日使君能貺我成陰菓有實纍纍
文字因緣味最真一經相洽較風塵人無宦氣應憐學
天與多才總爲民青帝暢和偏從別綠波浩淼共傷春
君行試問桃潭水我比汪淪倫不倫

第四件是《步潘六如先生原韵》（部分），详见本书5.16。

泪洒鲛珠颗颗红（拍阑）一曲大江东频连慷慨伤怀事
如此谕膏付太空树烧皆为野外魂归蜀帝江山中
由来战阵无他技杀虏人多卓报功
忍把荼城比石头临风我亦泪难收常恨有恨难填海
三刹何人许踯躅元帅威重心似铁锦江春老气同秋
可怜工部溪前水口，浣飞花莫浣愁

目 录

CONTENTS

1 生平家事

1.1	经童时校地感怀	001
1.2	光绪十六年庚寅过临江书院	002
1.3	庚申七月廿三日夜宿松安桥	003
1.4	七月二十四日早发七里漫	004
1.5	早发宝盛场口占	005
1.6	早发大川途中	006
1.7	秋夜闻寇	006
1.8	葭月中旬误将烘笼缸跌碎戏拈	007
1.9	补窗	008
1.10	[竹筒引水]	009
1.11	[石砚吟]	012
1.12	咏烘笼	013
1.13	仲春遣怀	014
1.14	晚归遇雨	014
1.15	春夜馆中听雨	016
1.16	九月二日拟归,是夕竟不成寐	017
1.17	客中闻鹧鸪	017
1.18	不寐有感	018
1.19	感怀	019
1.20	有慨	019
1.21	闲中自遣	020
1.22	有感	022
1.23	[米贵如珠]	023
1.24	漫兴	025
1.25	自述	026
1.26	丙寅仲春偶得腹疾口占	027
1.27	己巳初夏养疴兰香山馆杂咏遣怀	028
1.28	病起记事	031
1.29	三月廿九夜枕上口占	033
1.30	壬戌十月朔日痛值先慈忌辰夜深化袱	034
1.31	乙丑浴佛节,夜不成寐,偶忆前年病况,口占以奉内子	035
1.32	[吾家小内子]	036
1.33	庚申腊月一日寿致中儿藉以训勉	039
1.34	腊月朔日致中儿生辰,赋诗寄之	040
1.35	腊月初一日值致中儿生辰有忆,口占二章	041
1.36	葭月廿日喜正五弟来山	042
1.37	哭荫福幺弟见殇	043
1.38	初九日谒显荣公像	044
1.39	暇日寻谒显荣公墓	044

2 亲戚朋友

2.1	赠别堂侄杨雨村茂才	047
2.2	挽表兄季明玉	048
2.3	寄怀袁朴堂	049
2.4	腊月廿三日拟祭姻兄袁楚珩	050
2.5	安之姻伯疾笃,以徽五孙相托,感而赋此,以代诔文	051

2.6　怀友 ·················· 052

2.7　夏日怀友 ··············· 053

2.8　葭月中旬怀友人 ··········· 053

2.9　客中闻雁怀馆内诸友 ········ 054

2.10　待友人来馆共砚，春将半矣，莫接音尘，拈此代柬 ··········· 056

2.11　癸亥仲春，主席何场公立学校，旧同学多相从游，感赋两章，藉以策勉 ····················· 056

2.12　阳月应考于邛，与诸君子客邸夜话 ····················· 058

2.13　天贶后三日将试临邛，与馆中诸友谯谈 ················· 058

2.14　州考未竟，一友束装思归，拈此戏之 ···················· 059

2.15　寄朱芳谷 ··············· 059

2.16　寄怀朱芳谷［一］ ·········· 061

2.17　寄怀朱芳谷［二］ ·········· 062

2.18　朱芳谷创修宗祠赋诗索和，步原韵以覆 ·················· 063

2.19　花朝前一日怀朱芳谷及馆中诸友 ····················· 065

2.20　闻朱芳谷有峨眉之役，拈此代饯 ····················· 065

2.21　闻朱芳谷抱病代柬 ········· 067

2.22　罗浮香院留别朱芳谷、昆玉 ··· 068

2.23　八月十五夜同芳谷、润森望月，兼怀季俊生、杨作谋 ········· 069

2.24　秋夜与朱芳谷、润森、昆玉分韵 ····················· 070

2.25　腊月十五赠别朱润森 ········ 071

2.26　送别朱润森 ············· 073

2.27　代柬朱润森 ············· 073

2.28　腊月十四夜同朱润森、郭仪亭聚饮于临江书院，藉此作饯 ········ 074

2.29　腊月十三日章克钦来山住宿，次日遂同回家，感而赋此 ········· 075

2.30　留别郭仪亭 ············· 075

2.31　代柬郭仪亭 ············· 076

2.32　寄怀王勉之 ············· 076

2.33　春日怀季俊生 ··········· 078

2.34　赠别邱敬如 ············· 079

2.35　赠郑仲文二律用原韵并序 ····· 081

2.36　仿前辈胡木生先生《临别牵衣图》 ····················· 083

2.37　留别 ················· 084

2.38　庚午五月八日接世讲王鹤昌函并零星数事 ··············· 084

2.39　寄知事杨汝襄 ··········· 085

2.40　赠别杨汝襄 ············· 087

2.41　赠别县佐杨汝襄续稿［一］ ··· 090

2.42　赠别县佐杨汝襄续稿［二］ ··· 091

2.43　送别火井县佐周进吾 ········ 093

2.44　饯送火井县佐 ··········· 094

2.45　九月九日早发现逃难者归去 ··· 097

2.46　［卢家妇］ ············· 098

3 咏景咏物

3.1　春景 ················· 099

3.2　暮春 ················· 099

3.3　暮春郊望 ·············· 100

3.4　早起即景 ·············· 101

3.5　春游有忆 ·············· 101

3.6　春闺 ················· 102

3.7　郊行即景 ·············· 103

3.8　二月初二日郊行即景 ········ 104

3.9　郊行即目 ·············· 104

3.10　即景 ··················· 105

3.11　晚步 ··················· 106

3.12　游山即景 ·············· 107

3.13　山行晚眺 ·············· 108

3.14　江干即目 ·············· 109

3.15　登高 ··················· 110

3.16　己巳十一月初八日登白云寺 ··· 110

3.17　夜宿白云寺 ··········· 111

3.18　游山口占 ·············· 112

3.19　题白云寺壁 ··········· 113

3.20　腊月十四日白云寺回家，喜杨正械
　　　途迎 ··················· 113

3.21　冬夜 ··················· 114

3.22　望雪山 ················ 114

3.23　腊月十一夜，雪中望月 ··· 115

3.24　冬日访黄侍郎墓 ······· 117

3.25　清明日燕至喜作 ······· 118

3.26　薄暮观鸭 ·············· 119

3.27　花朝 ··················· 119

3.28　杏花 ··················· 120

3.29　桃花 ··················· 121

3.30　题梅 ··················· 121

3.31　丙辰季春郊行看罂粟花 ··· 122

3.32　对菊口占 ·············· 123

3.33　咏山茶花 ·············· 125

3.34　柳 ····················· 126

3.35　琴 ····················· 126

3.36　樵 ····················· 127

3.37　［为风昭雪］ ·········· 127

3.38　古寺 ··················· 129

4　节庆婚丧

4.1　除夕遣怀 ·············· 130

4.2　庚申除夕 ·············· 131

4.3　辛酉元旦 ·············· 132

4.4　辛未元旦 ·············· 132

4.5　癸未正月十五夜遣兴 ··· 133

4.6　腊月廿四日祀灶 ······· 134

4.7　庚午腊月二十四夜祀灶 ··· 136

4.8　辛酉七月七日祝家毵中雷神寿 138

4.9　贺火井曾知事新婚前启后诗 ··· 139

4.10　又寄曾国琛知事 ········ 143

4.11　浴佛日循俗嫁毛氏女，赋诗以遣
　　　 ························· 144

4.12　和何东玉生子二首 ····· 146

4.13　颂大邑县杨封翁双寿 ··· 147

4.14　挽王樊廷 ············· 150

4.15　祭杨作谋 ············· 151

4.16　庚午四月廿一日寄陈海门祭词 153

4.17　代人挽岳母文 ········· 155

5　题词读后

5.1　题画 ··················· 157

5.2　题山水画轴 ··········· 157

5.3　题《孤舟蓑笠翁，独钓寒江雪图》
　　　 ························· 158

5.4　题《闺人病起图》 ····· 159

5.5　题《美人摘花图》 ····· 159

5.6　题《一元复始图》 ····· 160

5.7　续题新庙子戏台上画 ··· 161

5.8　题铜雀瓦砚 ··········· 162

5.9　题大堰口万寿桥 ······· 163

5.10 ［题飞龙禅院］ ………… 164

5.11 题宣公祠壁 ………… 166

5.12 题临邛回澜塔 ………… 166

5.13 读刘禹锡诗有触 ………… 167

5.14 乙卯三月十八日夜阅盛涤坤文稿
题后 ………… 168

5.15 奉和潘六如先生 ………… 171

5.16 步潘六如先生原韵 ………… 176

5.17 读魏雨楼先生诗稿题后 ………… 179

5.18 读崔国辅诗题后 ………… 181

5.19 阅何东玉悼殇诗，书后慰藉 … 182

6 对联

6.1 挽何东玉联 ………… 184

6.2 挽季仰之 ………… 184

6.3 挽王懋廷 ………… 185

6.4 挽张茂廷 ………… 186

6.5 挽季太孺人 ………… 186

6.6 挽杨太孺人 ………… 187

6.7 挽严太翁 ………… 188

6.8 烟酒公卖局对联 ………… 188

6.9 沙坝场九源桥碑联 ………… 189

6.10 代严姓挽朱芳谷联 ………… 190

6.11 颂火井县佐周进吾楹联 ………… 190

6.12 与火井巡政厅郑仲能送行 …… 191

6.13 代何锦文挽外祖母 ………… 191

6.14 贺王济廷双寿 ………… 191

6.15 挽李绥之 ………… 192

6.16 挽严儒人 ………… 192

6.17 乡人傩对联 ………… 193

6.18 代友人挽兰兄二联 ………… 195

6.19 叔平三表兄贵阃作古，赋联唁之
………… 195

6.20 题关帝庙联 ………… 196

6.21 挽杨作谋联 ………… 197

6.22 题季仰之墓联 ………… 197

6.23 甲子秋七月何场觉路坛宣讲局中
元普度及荐拔宗亲拟对联 ………… 198

6.24 壬辰代杨少海挽胡中堂联 …… 199

6.25 龙鼻山燃灯菩萨联 ………… 200

6.26 家宅对联 ………… 200

6.27 挽杨伯举 ………… 201

6.28 丙辰九月中挽水口大兴场因公遇
难孙、王、萧、李诸君 ………… 201

6.29 挽姻伯金兰先生 ………… 202

7 文章

7.1 募修天台古庙小引 ………… 207

7.2 募资重修三圣宫序言 ………… 210

7.3 择安谢家神吉日启 ………… 212

7.4 彩虹桥碑记 ………… 216

7.5 沙坝场建修九源桥碑记 ………… 217

7.6 恐慌略记 ………… 220

7.7 哀告国民书 ………… 224

8 附录

8.1 试述九成先生诗文的思想艺术成
就　萍文 ………… 228

8.2 关于《九成先生遗稿》的编印及其
他　高义奎 ………… 250

8.3 杨九成先生事略　金光华 ………… 253

8.4 九成先生遗诗序　欧阳克孝 …… 256

8.5 惊喜发现九成先生手迹 ………… 257

后记 ………… 261

生平家事

1.1　经童时校地感怀 地名张底下

绣球[1]开放满庭除[2]，校中昔时绣球花两株　二月春回淑气[3]初。

记得花朝[4]前七日，余以同治己巳年（1869年）二月初九日发蒙　祖翁[5]送我读蒙书。余入学之日，祖翁检历书，成日系二月初九，祖以九成名之，盖欲因此而有成也。

物换星移[6]可奈何，甚如桓子野[7]闻歌。

回头六十年前事，无限辛酸眼欲波。今日者，校地丘墟矣。祖翁见背五十载有零，而余亦两鬓多霜矣。百感交集，能无黯然。

注释

[1]绣球：一名粉团、八仙花，灌木，夏季开花，簇聚成球形。色白或淡红、淡蓝，为观赏植物。唐代元稹《六年春遣怀八首》其七："童稚痴狂撩乱走，绣球花仗满堂前。"

[2]庭除：庭阶，庭院。

[3]淑气：温和之气。

[4]花朝：即花朝节，百花生日，农历二月十五。

[5]祖翁：祖父。

[6]物换星移：景物改变，星辰位置移动。形容时序和世事的变化和推移。唐代王勃《滕王阁》："闲云潭影日悠悠，物换星移几度秋。"

[7]桓子野：晋人桓伊，小字子野。《世说新语》载，桓子野每闻清歌，辄唤"奈何"。

赏析

诗人回忆幼时祖翁送其入学的情形，对祖辈寄予深切的怀念。

诗的前四句回忆启蒙入学的情形：在春风繁花时节，祖翁送我入学，多好的时光！诗人是高兴的、幸运的。诗的后四句感叹六十年来的沧桑巨变：校地变成丘墟，祖翁去世五十载，自己也鬓发成霜。真的是物换星移、无可奈何。百感交集，怎能不令人欲哭无泪，无限感伤！

本诗采用了对比手法，一喜一悲，对比强烈，感染力强。而桓子野典故的运用，又使诗句富于变化，韵味无穷。

1.2　光绪十六年[1]庚寅过临江书院

临江书院乃槐三师[2]设馆处也。时师于前年作古。

（一）

当年就傅尽多才，云散风流剧[3]可哀。

满地落花春不管，可怜[4]无复[5]再游来。

（二）

马帐[6]谈经岁月长，恩深何止在文章。

者番[7]欲讯师门况，凄绝篱边七里香[8]。

两诗相去二十六年

注释

[1]光绪十六年：1890年。

[2]关于槐三师，朱芳谷有诗《赠张槐三设帐》："记得郊原步晚晴，进来离合欠分明。青灯夜雨空余梦，绛帐春风定有声。绝代薪传原一脉，百家衣钵证三生。纷纷桃李公门下，都是圭璋待琢成。"

[3]剧：极，甚。

[4] 可怜：可惜。

[5] 无复：不再。

[6] 马帐：语出《后汉书·马融传》。指通儒的书斋或儒者传业授徒的地方。

[7] 者番：这番，这次。

[8] 七里香：芸香的别名，一种香草，可用来避书虫。

赏析

　　这两首七绝是诗人两过临江书院时所写。第一次老师已作古，离入学已过去二十多个春秋。诗人感叹可敬的老师和多才的学友一去不复返，"云散风流"，"满地落花春不管"，只剩下冷冷清清的旧校址了，从而寄托对老师、学友深深的怀念之情。

　　第二次是二十六年之后。诗人回忆当年的峥嵘岁月，以及老师教书育人的深厚恩德，对比此后的情况，令人无比伤怀。"凄绝篱边七里香"，"凄绝"二字，包含多少人生路途的辛酸，多少世事变幻的无奈！此后还有三过，即六十年后的《经童时校地感怀》，诗人两鬓多霜，那就更加不堪了。

1.3　庚申[1]七月廿三日夜宿松安桥[2]

一枝暂借古江干[3]，豪客[4]行踪逆料[5]难。

立地有神求点祐[6]，痴心报佛祝平安。

虫声唧唧添愁思，蚊子嗡嗡到夜阑。

破晓束装忙就道，朝暾[7]初上未三竿。

注释

[1] 庚申：1920年。

[2] 松安桥：临邛城西一地名。

[3] 江干：江岸。

[4] 豪客：侠客，勇士。

[5] 逆料：预料。

［6］点佑：指点保佑。

［7］朝暾：朝阳。

赏析

这首七律写诗人在旅途中暂宿松安桥的情景，让人身临其境：山村古道，野店初秋，有神佛相依，有蚊虫相扰。破晓日出，又急忙束装上道。"豪客"暂歇，前路漫漫，还有多少事要做，于是又匆匆启程。全诗写得真切生动，没有愁思和缠绵，有的是只争朝夕，勇往直前。

1.4　七月二十四日早发七里漫[1]

匹马冲寒去，蒙蒙两岸烟。

沙明霞彩映，竹軃[2]露珠圆。

山脚杈枒[3]路，江心上下船。

前村闻打稻，风景早秋天。

注释

［1］七里漫：又名七里泮，临邛城西一地名，风景秀丽。

［2］軃（duǒ）：下垂。

［2］杈枒：树的分枝，参差交错貌。

赏析

本诗描写了诗人早晨赶路时见到的深秋景象：骑着快马，冲着秋寒。河流两岸，蒙蒙雾烟。沙滩明朗，水映霞光。竹叶低垂，露珠圆亮。青山脚下，小路分岔。江面之上，木船上下。半桶声声，前村打稻。时移景换，早已秋天。

画面上有山有水，有人有物，有动有静，有声有色。文笔似彩笔，文字如美图，节奏轻松、明快。

这里的七里漫与上一首提到的松安桥，都是诗人故乡通往临邛城的必由之路。为求学、创业，诗人不知往返了多少次。景物习于眼，熟于心，终于凝成诗篇，为后世传诵。

1.5 早发宝盛场^[1]口占

光绪廿五年（1899年）十月上浣^[2]

连日阴云大地漫，喜逢晴旭^[3]度江干。

一群幽鸟^[4]白于昼，十里霜林红作团。

季子^[5]才名原美重，司勋^[6]风骨^[7]不单寒^[8]。

人生到处留鸿爪^[9]，我亦天涯合并^[10]看。

注释

［1］宝盛场：地名。

［2］上浣：上旬。

［3］晴旭：阳光。

［4］幽鸟：鸣声幽雅的鸟。

［5］季子：指春秋时期吴季札，为吴王寿梦少子。不受君位，封于延陵，号延陵季子。历聘各国。过徐，徐君爱其剑，未予。及返，徐君已死，季子乃系其宝剑于徐君冢树而去。后人颂其高风亮节。

［6］司勋：指唐朝诗人杜牧。他曾为司勋员外郎，故称。其性格刚直有奇节，敢于指陈利病。其诗情致豪迈。

［7］风骨：人的性格、品质。又指刚正的气概。

［8］单寒：孤单落寞。

［9］鸿爪：比喻往事留下的痕迹。

［10］合并：结合在一起。

赏析

　　本诗上半部描写宝盛场清晨美丽的秋景：云开雾散，旭日照耀，幽鸟雪白，霜林火红……令人神往。下半部抒发壮志情怀。借古人（季札和杜牧）表现自己的高风亮节和雄心壮志，愿以四海为家，以期大有作为。全诗景致壮美，胸襟开阔，充满勃勃生气。

1.6　早发大川^[1]途中

不期^[2]相遇遇长途，秋水盈盈^[3]认我无？
为忆归宁^[4]风景好，百花丛里伴诸姑。

注释

[1] 大川：地名。

[2] 不期：未经约定而意外地遇见。

[3] 盈盈：清澈貌，晶莹貌。

[4] 归宁：已嫁女子回娘家，又指男子回家探亲。此指后者。

赏析

　　本诗写诗人游历大川途中，长时间遇见盈盈秋水，产生联想：盈盈秋水，多像年轻姑娘含情脉脉的眼睛。由此想起自己回家探望父母时，与姑娘们在百花丛中游赏的美好情景。想象丰富而美好，令人难忘。

1.7　秋夜闻寇

时历大川

（一）

又逢天宝^[1]乱离^[2]年，客里惊心梦亦颠^[3]。
车马萧萧怀德裕^[4]，治安有策望筹边^[5]。

（二）

风雨床头宝剑鸣，书生起舞夜三更。
几时挽^[6]得天河水，洗遍貔貅^[7]十万兵。

注释

[1] 天宝：唐玄宗年号，742—756年，此间发生安史之乱。

[2] 乱离：政治混乱，给国家带来忧患；遭乱流离。

[3] 颠：同"癫"，狂乱。

[4] 德裕：唐代宰相李德裕。他执政期间，外攘回纥、内平泽潞、裁汰冗

官、制驭宦官，功绩显赫。

　　［5］筹边：筹划边境的事务；安抚平定边境的大计。

　　［6］挽：牵引，引来。

　　［7］貔貅：古代神话传说中的一种猛兽。多比喻勇猛的战士。

赏析

　　本诗描写了诗人在旅途中突遇兵匪横行，陷入惊慌、混乱。他希望以德治、仁政治理乱世，使边境社会安宁。不仅如此，诗人更是义愤填膺，急欲除贼，使天下太平。

　　这些内容通过诗的艺术语言强烈、鲜明地表现出来。首先以"天宝乱离"作比，"安史之乱"使大唐由盛而衰。一个"又"字，再现历史，再现人民的苦难。其次引用闻鸡起舞的典故。这里活用为"书生起舞"，体现了书生不弱、奋发有为的气概。再次是大胆的比喻、联想。床头风狂雨骤，匣中宝剑啸鸣，使人感受到主人公的正义感、英雄气正冲天而起。后用武王伐纣天降雨为之洗兵之典，希望取得胜利，结束战争。"几时"反映了诗人急切的心情，希望尽快、及时。

　　总之，这两首七绝充分表现了诗人的刚强性格：身处逆境，铁骨铮铮；胸怀大志，意志坚强。

1.8　葭月[1]中旬误将烘笼缸跌碎戏拈

甑[2]已堕兮何必顾？孟生[3]旷达古人夸。

火缸跌碎侬偏幸，添个篾笼好养花。

注释

　　［1］葭月：农历十一月（冬月）。

　　［2］甑：蒸食炊具，古为陶制。此指烘笼缸。

　　［3］孟生：孟嘉，字万年，晋人，为桓温参军。九月九日桓宴龙山，风吹得嘉帽堕落，嘉不觉。人嘲之，嘉对答，其文甚美。

赏析

　　大事见大节，小事观不凡。一次诗人不小心摔坏了烘笼缸（一种冬日取暖的用具），一般人都会惋惜。诗人却以乐观、诙谐的态度，将坏事转化成好事，把摔坏的烘笼缸加上簸笼做成花盆，用来养花，为自己的生活添彩。诗中的"戏拈""何必顾""侬偏幸"等词语，以及用古代旷达的孟生来作比，充分体现了诗人乐观、放达的生活态度，也使本诗别有情趣。

1.9 补窗

（一）

镇日疏棂[1]浦浦[2]风，霜光[3]有约入帘栊[4]。

赊[5]来玉版[6]裁三幅，远把云林[7]隔一丛。

在我无心称热客[8]，任人相指笑冬烘[9]。

梅花纸帐春如海，赢得书灯四壁红。

（二）

疏棂吹破晓风凉，玉版裁来细较量。

留得隙光[10]园似豆，晴天一角漏斜阳。

注释

　[1] 棂：窗户或栏杆上雕有花纹的格子。

　[2] 浦浦：象声词，风吹纸等发出的声音。

　[3] 霜光：月光，皎洁的月光。

　[4] 帘栊：窗帘和窗牖。也泛指门窗的帘子。

　[5] 赊：买物延期交款。

　[6] 玉版：一种光洁、坚致的宣纸。《绍兴府志》："玉版纸莹润如玉。"

　[7] 云林：云雾笼罩的树林。

　[8] 热客：冒暑而来的宾客。出自魏晋程晓《嘲热客诗》。

　[9] 冬烘：迂腐，浅陋。

　[10] 隙光：漏光，从缝隙透出的光线。原稿缺"光"字，后补。

赏析

这两首诗一为七律，一为七绝，都是先写补窗，后写补窗所得的新景。

第一首七律，"镇日疏棂浦浦风"，诗人的窗户破了，从早到晚吹来阵阵凉风。风刮到窗户格子上，破碎的窗纸发出浦蒲响声。这样会使人受凉，所以要补窗。风是不请自来，颇有些不如人意。而下句"霜光有约入帘枕"，则显得温馨可人：皎洁的月光似乎和人约定好了才来的。月与人相伴，何等美好！下两句是补窗："赊来玉版裁三幅，远把云林隔一丛。"诗人把好纸称为"玉版"，窗外之物是云林，皆富有诗意。数字"三"和"一"都是虚指，概数。诗人把赊来的好纸剪裁若干幅，把窗户糊好，这样就把一丛丛的云雾、林木远远地隔开了。这样既防了风吹，又为自己营造了一个称心的环境。这环境如何，作者先不说，而是缓了一下，说："在我无心称热客，任人相指笑冬烘。"我没想充当热客，任凭别人笑话我迂腐、浅陋吧。而我的真正用意是，"梅花纸帐春如海，赢得书灯四壁红"。我想做一个春深似海的梅花纸帐，让读书的灯光将四周墙壁照得红红的，打造一个舒适、优雅的书屋。末两句诗意浓郁，美不胜收。

第二首七绝。首句"疏棂吹破晓风凉"，稀疏格子的窗户被风吹破，阵阵寒凉，所以补窗是必须的。"玉版裁来细较量"，诗人精心剪裁宣纸，仔细计算、比量，如何补得更好。出人意料的是，窗户并不补得严丝合缝，而是特意留有缝隙："留得隙光圆似豆，晴天一角漏斜阳。"专门留下小缝隙，使得圆似豆粒的月光可以射进来。而晴天里，在房间的一角则可以漏进来美丽的斜阳。这又营造了一个美好的意境：补好的窗户，既避免了风吹，又引进了月光与夕阳，诗人在其中读书、写字，晴天斜阳相伴，入夜月光相亲，何等雅致、美好！什么是诗情画意？此其例也。

1.10 ［竹筒引水］

余家山麓[1]，恒以竹筒引水。冬时水枯，则筒昼夜置焉。水之来也，滴沥[2]不绝者如线，有丝竹声，清脆悦耳。敧[3]枕听之，藉以消此长夜云[4]。

（一）

截竹^[5]疏泉曲曲行，在山原比出山清^[6]。

冲寒点滴如铜漏^[7]，一夜丁东^[8]直到明。

（二）

果然山水有清音，不羡游仙海上琴^[9]。

我抱相如消渴病^[10]，烦襟涤^[11]罢又尘心。

（三）

承露^[12]何须矗^[13]筑台，上池水饮莫疑猜。

流来忽带梅花片，知道南枝已早开。

注释

[1] 山麓：山脚。

[2] 滴沥：流滴。

[3] 欹（qī）：通"倚"，斜依，斜靠。

[4] 云：助词，用于句末，无义。

[5] 截竹：剖竹，断竹。

[6] 出山清：出自东汉王充《论衡·率性篇》。文中写道："人间之水污浊，在野者清洁。俱为一水，源从天涯，或浊或清，所在之势使之然也。"

[7] 铜漏：铜壶，古代一种计时器。

[8] 丁东：叮咚，象声词。

[9] 海上琴：海外之琴，仙人玩弄。

[10] 消渴病：中医病名，口渴，善饥，尿多，消瘦，包括糖尿病等症。《史记·司马相如列传》："相如口吃而善著书。常有消渴疾。"

[11] 涤：洗去脏东西。

[12] 承露：承接甘露。汉武帝迷信神仙，于建章宫筑神明台，立铜仙人，舒掌捧铜盘，承接甘露，冀饮以延年。

[13] 矗：高耸，向上直立。

赏析

三首七绝，前有序言。诗序精炼优美，讲了自家竹筒引水的过程，尤其是冬日引水，昼夜不断。妙笔生花之处是，"水之来也，滴沥不绝者如线，有丝竹声，清脆悦耳"。最后讲诗人终夜听赏，消此长夜。他把滴水声当作长夜相伴的好友，天籁之音，令人神往。

第一首七绝，讲竹筒引水。"截竹疏泉曲曲行"，"截竹"即剖竹、断竹，做引水竹筒。"疏泉"，导引山泉。"曲曲行"，依山形地势曲折而下，皆生动形象。"在山原比出山清"，极赞山泉之纯净、清澈。人们将山泉引出，它还是在山中更为纯洁。诗人崇尚自然本真、崇尚纯朴之情操表露无遗。"冲寒点滴如铜漏"，"冲寒"，赞山泉不畏寒冷。"点滴如铜漏"，比喻贴切。古时铜漏计时，点点滴滴，持续不断。冬日枯水时节的山泉正是如此。而"一夜丁东直到明"，则如神来之笔，令人叫绝。在这山村静静的长夜，诗人伴着叮咚作响的山泉，直到黎明。其中有聆听，有欣赏，有体味，有感慨，真是兴味无穷啊！

第二首七绝，讲山水清音之妙。"果然山水有清音"承上，听了整夜叮咚作响的山泉，深信山水果然有清音。清音，清妙之音，清越的声音。"山水有清音"乃古人名句。晋代左思《招引诗》其一："非必有丝竹，山水有清音。"峨眉山有一著名景点叫清音阁，阁下山水长流，如琴如歌，故名清音。显然诗人很喜欢这种景致。听了整夜的山泉清响，由衷地说出"果然山水有清音"，流露出他热爱大自然的无限欣喜。第二句说"不羡游仙海上琴"，游仙在海上弹的琴音，也不值得羡慕了。这是极赞山水清音之妙。"我抱相如消渴病"，意思是和司马相如一样经常患病，更需要山水清音的抚慰。这里攀附古代名人，思接千载，别有佳趣。末句"烦心涤罢又尘心"，是说山水清音可以洗涤人心，去除烦恼，使人的心境纯洁、安宁。这是赞扬山水清音的妙用。

第三首七绝，讲山水的功用。"承露何须蠹筑台，上池水饮莫疑猜。"承接甘露不必高筑层台，使用竹筒引到池中的山水，尽可放心饮用，不必疑猜。进一步赞美山水的纯净和有益。不仅如此，山水还有报春的功能："流来忽带梅花片，知道南枝已早开。"人们说"红梅报春"，山水带来梅花花瓣，说明梅花开，春已到。冬日的山水给人间带来了春天的信息，带来了一年的新希望。"知者乐水，仁者乐山"，诗人的高雅情操充分表现了出来。

1.11　［石砚吟］

民国十一年（1922年）四月，偶游小市，向杂货贾[1]购一石砚，朴质无文，或曰楚玉也，余莫之辨。注水试研，颇适用。以人拟之，殆古之愚者耶[2]？因缀[3]以辞焉。

凿开混沌，耕获于兹。子孙贤则宝之，子孙不肖[4]弃如遗。我无彭寿[5]，但有遐思[6]：或宝或弃，听后生之自为。君不见，世家贵族纨绔[7]儿，不喜读书与诵诗。许多长物[8]难相保，况区区一砚兮！今我既得供我用，与石订交百年期。

注释

［1］贾：商人。古时特指坐商。

［2］耶：语气词，表测度。

［3］缀：犹著作，即组织文字以成篇。

［4］不肖：子不似父，不成材，不正派。

［5］彭寿：指长寿。传说，古代彭祖善养生，有导引之术，活到八百岁。

［6］遐思：长远的思索与想象。

［7］纨绔：细绢制的裤，古代贵族子弟所服。后用以借指富家子弟。

［8］长物：多余的东西。

赏析

诗人偶得一古拙石砚，作了一番考究，似爱不释手。然而他旷达乐观，思虑长远。或宝或弃，听后人之自为。富家子弟，养尊处优，往往不喜欢读书，财产、家业难保。而区区一石砚，就更微不足道了。诗人唯一的愿望是，得到了就好好使用，能相守百年就心满意足了。对现世，对己物，珍视而用；而对后世子孙则无所苛求。同时也讥讽了富家子弟的颓化、堕落。多么高远的眼光，多么从容的人生。本诗小中见大，意蕴深远。

1.12 咏烘笼[1]

修篁[2]编就密疏匀，莫著羊裘[3]亦可身。

海日[4]烘烘[5]才益炭，天风[6]浪浪[7]忽生春。

外虽无火中藏火，热不相亲冷最亲。

作伴长宵清梦[8]稳，也应名号竹夫人。

注释

[1] 烘笼：民间一种常用的取暖用具，也可以烘烤衣物，状如笼，故称。用竹或柳条编成，罩在火炉或小火盆上。

[2] 修篁：修竹，长竹。

[3] 羊裘：羊皮做的衣服。

[4] 海日：海上的太阳。唐代李白《梦游天姥吟留别》："半壁见海日，空中闻天鸡。"

[5] 烘烘：火盛貌。

[6] 天风：风。风行天空，故称。

[7] 浪浪：象声词，形容雨、水等流动的声音。唐代司空图《二十四诗品·豪放》："天风浪浪，海山苍苍。"

[8] 清梦：犹美梦。

赏析

这是一首七律。首联讲烘笼的巧妙结构：用竹篾编成的烘笼，疏密匀称，看去那么合体称心，就像人在冬天不穿羊皮大衣也觉得温暖可身。颔联讲烘笼内生火的美妙景象：烘笼里刚刚添上木炭，火势正旺，犹如海上日出，通红一片。又如天风吹拂，春风送暖，春色临门。多么美好的景象！颈联讲烘笼的奇妙特色：泛着红光的烘笼，外边没有火，里边却藏着火。火红的烘笼给人以温暖、舒适，当然是"热不相亲冷最亲"（尤其是冬日）。尾联讲烘笼的特殊作用：烘笼通宵放置，与诗人长夜相伴，暖和相亲，使美梦成真，好似绿竹夫人温馨侍寝。所以应该给它一个美称，叫"竹夫人"。这与宋代诗人林逋的"梅妻鹤子"何其相似。

本诗比喻巧妙，联想丰富，玉珠华章，兴味无穷。

1.13 仲春遣怀

满林晴鸟噪声欢，二月东风尚薄寒。

独有鹪鹩[1]巢不定，一枝暂借一枝安。时拟由龙山书院过临江肄业[2]未果，故云。

注释

［1］鹪鹩：鸟名。又名桃雀、桑飞等，俗称巧妇鸟。《庄子·逍遥游》："鹪鹩巢于深林，不过一枝。"

［2］肄业：修习课业。

赏析

本诗作于诗人早年求学时代。他想找到自己理想的学校，一时未成。

全诗运用比兴手法，一是以"薄寒"比喻大好春光里尚有不如意的事情。二是以众鸟欢鸣，独有鹪鹩鸟未找到自己安定的窝，比喻没有找到称心如意的学习之所。比喻贴切生动，亦巧妙含蓄。

1.14 晚归遇雨

戊午（1918年）

（一）

一声清磬[1]渡江来，已近黄昏觅路回。

忽忽黑云飞不定，诗成端[2]藉雨相催。

（二）

东坡[3]风趣与人殊，笠屐[4]曾经写作图。

我却科头[5]行得得，这番粉本[6]倩[7]谁摹。

（三）

村庄遥望径深深，才过桤[8]林又竹林。

缓怕天昏忙怕跌，世途那得不经心？

（四）

到门衣袖湿津津[9]，多谢天公为洗尘。

惹得山荆[10]嗔[11]且笑，朝来雨具懒随身。

注释

[1] 清磬：和尚敲的铜铁铸的钵状物，其声脆而亮。

[2] 端：正，正好。

[3] 东坡：苏东坡，苏轼，宋代文学家。

[4] 笠屐（jī）：斗笠和木屐

[5] 科头：谓不戴冠帽，裸露头髻。

[6] 粉本：画稿。

[7] 倩（qìng）：请，恳求。

[8] 桤（qī）：一种落叶乔木。

[9] 湿津津：形容潮湿的样子。

[10] 山荆：旧时对自己妻子的谦称。

[11] 嗔：生气。

赏析

这四首七绝描写了诗人傍晚回家遇雨一路的所见、所感。

第一首写遇雨。首句说在清脆的磬声里，诗人从外面回家，渡过江河。第二句点明行程的时间和目的。时间是黄昏，目的是寻路回家。第三句讲突然事变。黑云突然上来，飘忽不定，翻卷不已。然而诗人并不害怕，而是冒着风雨，生发诗兴，吟成诗篇，所谓"诗成端藉雨相催"。

第二首联系宋代著名诗人苏东坡，以抒发自己的特殊情趣。苏东坡性格豪放，行为洒脱。他曾戴着斗笠，穿着木屐，游览各地山川名胜。足迹所至，便画出图形。诗人亦洒脱不羁，大雨来了，却光着头在雨中得意地行走。而且说"这番粉本倩谁摩"，我的这番模样请谁来描摹呢。语中洋溢着自鸣得意的乐观情怀。

第三首写雨中赶路的状况。走过了一村又一村，走过了桤树林，又走过了竹林。后两句从雨中赶路的经历总结出人生之路的重要规律：走慢了害怕天黑下来，走快了又怕跌倒，这正如人生之路，得处处小心谨慎。"世途那得不经心"的感慨，既是对人生规律的总结，也是对愤愤不平心情的抒发。诗意升华，上升为哲理，更为深刻。

第四首写回到家的情况。冒雨到家，全身湿透，但是诗人并不沮丧，而是乐观、诙谐，说要感谢天公为自己洗尘。末两句写妻子"嗔且笑"，带来一派轻松、愉快的气氛，为诗篇作了一个喜剧性的结尾，妙不可言。

1.15　春夜馆中听雨

丙辰（1916年）二月中旬

拨尽炉灰冷逼毡，青灯相对夜如年。
何当淅沥连宵雨，正值韶光^[1]二月天。
入耳蕉声疑滴碎，关心花事^[2]不成眠。
闲愁万种思千缕，载读《南华》《秋水》篇^[3]。

注释

[1] 韶光：美好的时光。常指春光。

[2] 花事：关于花的事情。

[3] 《南华》《秋水》篇：《南华》，即《南华真经》，《庄子》的别名。《秋水》，《庄子》中的长篇。该篇讨论人应该怎样认识事物，多寓言故事。

赏析

这是一首七律，写年轻诗人单独在外，于春夜听雨所感。首联写雨夜之寒与孤单，情景如在眼前。颔联写连宵春雨对韶光的影响，不如人意。颈联写雨夜里对蕉叶和花事的关心与担心。尾联写带着众多愁思去阅读《庄子》中的《秋水》篇。诗中，诗人并不消极，而是带着人生烦愁去阅读满含哲理的《秋水》篇，从而消释夜雨中产生的不快，寻求新的人生真谛。感情真挚，情景感人。

1.16 九月二日拟归，是夕竟不成寐

明日将归去，如何梦不成。

干戈[1]多国难，<small>时火井一带有杨洪忠之难</small> 风雨有诗声。

秋草千山[2]路，春晖[3]万种情。

无聊[4]聊起坐，报晓[5]听鸡鸣。

注释

[1]干戈：兵器，指战争。

[2]千山：极言山多。

[3]春晖：春日的阳光。喻慈母之恩。唐代孟郊《游子吟》："谁言寸草心，报得三春晖。"

[4]无聊：犹无可如何。

[5]报晓：报告天明。

赏析

本诗充分表现了诗人深切的乡思和对国难的忧怀：明天就要回家了，为什么还做不成梦呢？因为国家多难，家乡有兵祸。山高路远，两地思念，万种亲情，萦于胸间。而这风风雨雨也催动着诗意波澜。这使我夜不成寐，直到天亮。

1.17 客中闻鹧鸪[1]

离家不惯苦缠绵[2]，偏尔来惊旅梦颠。

怪底[3]千秋传雅调[4]，江南人唱《鹧鸪天》[5]。

注释

[1]鹧鸪：鸟名。古人谐其声为"行不得也哥哥"。诗文中用其表示思念故乡。

[2]缠绵：纠缠。

[3]怪底：怪得，难怪。

［4］雅调：雅乐，高雅的韵调。

［5］《鹧鸪天》：词牌名。又名《思佳客》《醉梅花》《骊歌一曲》等。

赏析

　　本诗借用鹧鸪鸟和鹧鸪调，巧妙地表达了作者深沉而又高雅的思乡情怀，意蕴深厚，意境高远。

1.18　不寐有感

代友人作

（一）

秋风吹起故乡心，张翰[1]莼[2]鲈感最深。

况复欲眠眠不得，教人无奈夜沉沉。

（二）

狼狈真成进退难，幸叨[3]慈竹[4]报平安[5]。

思家不作还家梦，拥[6]遍衾裯[7]似铁寒。

注释

　　［1］张翰：西晋文学家，字季鹰。曾任齐王大司马东曹掾。知齐王将败，又因秋风起，思念故乡莼羹、鲈鱼，遂归乡。

　　［2］莼（chún）：莼菜，多年生水草，嫩叶可做汤菜。

　　［3］叨：承受。常用作谦辞。

　　［4］慈竹：又称慈孝竹、子母竹。丛生，常老少相依，故名。

　　［5］报平安：此指平安家信。

　　［6］拥：拥抱。

　　［7］衾裯：指被褥、床帐等卧具。裯，原稿作"稠"，今正。

赏析

　　两首诗约作于诗人中年，诗人把游子思乡之情写得深切、感人。第一首借用晋人张翰思乡的典故，突显了诗人思乡之情的深沉、浓烈。欲眠而不得，又值长夜沉沉，真叫人无可奈何。

第二首深入描写思乡之情。回家回不得，进退两难，狼狈不堪，幸而有平安家信在手。而令人难受的是，想家不能回，又做不成回家的梦，只得拥抱着床褥，在冰冷的夜晚苦苦煎熬。夜冷心凉，游子思乡的孤苦情状令人深深同情。

两首诗跌宕起伏，感情层层深入。

1.19　感怀

身前身后费疑猜，四十年华[1]百虑赅[2]。
毕竟前生谁是我，拟[3]将小劫[4]问如来[5]。

注释

[1]年华：年岁。

[2]赅：完备，齐全。

[3]拟：打算。

[4]小劫：佛教中表示久远的时间单位。又指灾祸、磨难。此指命运。

[5]如来：佛教之如来佛祖。

赏析

此诗写作之时，诗人已是不惑之年，已经备尝人生的酸甜苦辣，所谓"百虑赅"。为什么如此，想遍身前、身后，试着从佛教中寻找答案。本诗反映了诗人命运的坎坷，思想负担之沉重。而可贵的是诗人对人生真谛的不懈追求。

1.20　有慨

九月二十八日

（一）

多仪[1]相觊[2]复相亲，底[3]信庸医误尔身。
果使少翁[4]能与致[5]，今宵要问李夫人。

（二）

曾许螟蛉^[6]寄膝前，共依内子^[7]久谈天。

谁教错铸如斯大，纵不相关亦怅然^[8]。

注释

[1] 仪：礼物。

[2] 贶（kuàng）：赐予。

[3] 底：的确。

[4] 少翁：李少翁，汉武帝时齐方士。曾以方术使李夫人魂魄出现在汉武帝面前。

[5] 与致：致使来到。

[6] 螟蛉：养子的代称。

[7] 内子：称自己的妻子。

[8] 怅然：失意不乐的样子。

赏析

　　两首诗痛斥了庸医之误人。这可能是促使诗人从医济世的一个重要原因。死者是与诗人有交情的人，诗人对死者寄予深深的同情。本诗有两个鲜明的特点：一是用李少翁召唤李夫人魂魄的故事，曲折、委婉地表达人死不可挽回的遗憾。二是用"纵不相关亦怅然"反衬自己对死者的同情。

　　诗作哀意真切深沉，令人感动。

1.21　闲中自遣

世态白云幻苍狗^[1]，此身以外复何有？

人生七十古来稀，我年七十已晋^[2]九。

迩来^[3]一病太缠绵^[4]，如彼虫兮号可怜。

自谋家政蚕作茧，为人诊病蜡徒煎。

如驶光阴真转眼，无常^[5]两字谁能免？

分明春梦一场空，忘却本来^[6]不知返。

回头顾我忽惺然[7]，昨非今是莫痴癫[8]。

苍颜白发风中烛，富贵豪华浪里船。

若夫人心险且狠，呼马呼牛应亦肯。

尔自欺心作孽冤，我自清心寻妙境。

难忘天地亲师四大恩，立身立道期报本。

吁嗟夫！百忙须趁未死休，死到临头奚所求？

明年此日知谁在，乐夫天命[9]且优游[10]！

注释

[1] 白云幻苍狗：比喻世事变幻无常。唐代杜甫《可叹》："天上浮云似白衣，斯须改变如苍狗。"

[2] 晋：进，增加。

[3] 迩来：近来。

[4] 缠绵：病久不愈。

[5] 无常：佛教指世间一切事物不能久住，都处于生灭变幻之中。

[6] 本来：指人本有的心性。

[7] 惺然：清醒的样子。

[8] 痴癫：痴狂，神志不清。

[9] 乐天命：谓乐于顺应天命。

[10] 优游：悠闲自得。

赏析

写作本诗时诗人已近古稀。他用自由、奔放的笔调，讥讽时弊，总结人生，深刻而有力。全诗可以分为以下五个部分。

第一部分为1、2句，慨叹世态变幻不定，对身外之物则漠然处之。

第二部分为3～8句，感叹自己年迈多病，理家从医不成功。此承接淡漠身外之物而发。这是自谦，实则以博大胸襟正视小我，是一种更高的人生境界。

第三部分为9～12句，说明面对客观自然，仍迷恋春梦，不知返本，是可悲的。

第四部分为13～22句，回顾自省，知是识非，视荣华富贵如浪里浮船；鄙视险恶人心，斥责为非作歹之徒。自己则针锋相对，坚守清白，寻求妙境；不忘四大恩德，修身立道。从而展示出诗人博大的人生观、世界观。

第五部分为最后4句，讲人应该趁着未死，停止忙碌，乐天悠游。以吁叹的口吻，表面游戏人生，实则坚守根本。深层则是对险恶人心、为非作歹的无情批判。

本诗总结人生真谛，坚持清白正直，反对欺骗作恶，充分表现了诗人的高风亮节。笔锋犀利，发人深思，给人力量。

1.22　有感
时壬戌（1922年）八月上浣[1]

苍狗浮云屡变更，世途险恶实堪惊。
但行素位[2]留忠厚，莫逞机谋[3]射利名[4]。
戕[5]命命戕天却巧，害人人害理原平。
冤仇报复伊胡底[6]，一局残棋两不赢。

注释

[1] 浣：旬，十日。旧称每月的上、中、下旬为上、中、下浣。

[2] 素位：指尽职尽责，正道而行。

[3] 机谋：计谋，诡计。

[4] 射利名：谋取财利和名声。

[5] 戕（qiāng）：残害，杀害。

[6] 伊胡底：伊于胡底，谓不知将弄到什么地步为止，不堪设想。

赏析

这首七律总结人生经验，针砭时弊，表明了诗人的人生观。主要包括以下三个方面。

一、时势变幻，世途险恶。"世途险恶实堪惊"，深刻反映了时局的黑暗。

二、忠厚做人，不逞机谋。他主张人应尽心尽责，忠于职守，忠厚待人，不搞阴谋诡计以博取私利和虚名。"但行素位留忠厚，莫逞机谋射利名。"诗人出淤泥而不染，在黑暗、污浊的社会里如参天劲松，挺然而立。

三、害人戕命，冤冤相报，没有好结果。他指出，害人人亦害，戕命命亦戕，正如一局残棋，谁也赢不了，只能两败俱伤。

全诗观点鲜明坚定，富有批判性。

1.23 ［米贵如珠］

作哥大人函丈[1]：教政伊古[2]。青黄不接，粒食多艰。今夏闰五，米缺价昂。庚癸[3]徒呼，堪怜菜色[4]。每一见闻，心恻恻[5]动。我哥提倡再三，示意仝（同）乡执事[6]暨有力诸公议办平粜[7]以济。奈秦人越人[8]，相视太漠然[9]也。久不集事[10]，感而赋此。

米贵如珠市复空，嗷嗷中泽[11]集哀鸿[12]。

那能移粟[13]延民命，只愿摊钱假[14]正供[15]。

墨氏采薇[16]终就死，传闻山野草食者空居，多数朝不保夕，可怜，可怜！ 尧夫[17]助麦未闻穷。自古及今，未有以济人至困者。藉日有之，其后必大。

已饥已溺阅天下，知否阿连[18]此意同？我哥素心，钦佩已久，弟非曰能，窃愿学焉。

杨九成

甲寅（1914年）阴历闰五月初七夜十一钟

注释

［1］函丈：亦作"函杖"。原指讲学者与听讲者之间相距一丈。后指讲学者的坐席；对前辈学者或老师的敬称。此指后者。

［2］伊古：按古法。

［3］庚癸：古代军中隐语，谓告贷粮食。出自《左传·哀公十三年》。

［4］菜色：饥民营养不足的脸色。东汉王充《论衡·自纪》："孔子……困饿陈、蔡，门徒菜色。"

［5］恻恻：悲痛，凄凉。唐代杜甫《梦李白》："死别已吞声，生别常恻恻。"

［6］执事：有执守之人，官员。

［7］粜（tiào）：卖出，卖粮食。

［8］秦人越人：秦人在北方，越人在南方。喻遥远陌生，关系疏远。

［9］漠然：冷淡，漠不关心。

［10］集事：成事，成功。

［11］中泽：沼泽之中，草泽之中。《诗经·小雅·鸿雁》："鸿雁于飞，集于中泽。"

［12］哀鸿：喻流离失所的人们。

［13］移粟：使用粟米救灾。

［14］假：凭借，依靠。

［15］正供：常供；法定的赋税。

［16］墨氏采薇：孤竹君之后，本为墨邰氏，故称墨氏。借指孤竹君之二子伯夷、叔齐。周灭商，二人不食周粟，采薇蕨而食，最终饿死。

［17］尧夫：尧时的农夫，富裕的农民。尧，传说中的古帝王，借指盛世、圣人。

［18］阿连：南朝宋诗人谢灵运的弟弟谢惠连。后用以代称兄弟。

赏析

这首七律、信函及注文，充分反映了诗人对灾民的关心、同情，是他热爱人民的突出表现。

信函中提到的作哥大人，也是关心人民疾苦的先生。他们互通信息，共同商议救济灾民的良策。无奈有关人士冷漠，不合作，终未成功。为此，诗人有感而发，吟成此诗。请听诗人的心声："今夏闰五，米缺价昂。庚癸徒呼，堪怜菜色。每一见闻，心恻恻动。""米贵如珠市复空，嗷嗷中泽集哀鸿。""传闻山野草食者空居，多数朝不保夕，可怜，可怜！""尧夫助麦未闻穷。""自古及今，未有以济人至困者。藉日有之，其后必大。"诗人深深同情灾民，鼓励大家慷慨救济。

"已饥已溺阅天下，知否阿连此意同？""我哥素心，钦佩已久。弟非曰能，窃愿学焉。"诗人设身处地，以感同身受之心来看待天下，关心灾民。愿意向作哥大人学习，一起来拯救难民。

热爱祖国，一定热爱人民；热爱人民，也必定热爱祖国。诗人深深热爱祖国，在国难当头之际，能写出《哀告国民书》那样的热血文字，其根本原因就在于他热爱人民。这首诗就是一个有力的证明。

1.24　漫兴

（一）

儒冠[1]不羡羡僧尼，为语旁人莫笑痴。

此际幽栖多得意，病痊还积一囊诗。

（二）

难删斩也都删斩，慧剑光芒尺有三。

只是诗魔驱未得，拟寻进士到终南[2]。

（三）

书囊剑匣捡随身，共数晨昏乐有人。_{指外甥张光复}

相伴游山时讲道，问渠我是渭阳[3]亲。

（四）

到来只觉天地宽，何事悠悠[4]百虑攒[5]？

寄语故人休笑我，人生阅世百年难。

注释

［1］儒冠：古代儒生戴的帽子。借指儒生。

［2］终南：终南山，秦岭主峰之一。唐代诗人王维曾中进士，四十岁时一度隐居于此。唐代诗人卢藏用中进士后亦隐居于终南山。

［3］渭阳：《诗经·秦风·渭阳》中有"我送舅氏，曰至渭阳"，后用其表示甥舅情谊，又指舅父。

［4］悠悠：连绵不断。

［5］攒（cuán）：聚集。

赏析

　　这组诗共四首七绝，是诗人住在青山环绕的白云寺时所作。第一首写诗人羡慕僧人，幽居得意，还写了不少诗歌。他曾说过自己平生的爱好是"爱花爱庙爱吟诗"。第二首写认真删改诗歌，诗魔总是赶不走，表现了对写诗的倾心投入。第三首写自己高兴有外甥相伴游山。第四首写来到这里觉得天地宽广，要摈弃百虑，一心一意享受游山之乐。

　　本诗表现了诗人乐游深山古寺，并以吟诗为最大快乐的高雅情怀，笔调轻松，潇洒自如，乐趣横生。

1.25　自述

（一）

爱花爱庙爱吟诗，生小[1]心情一片痴。

垂老不谙理家事，前身合信是牟尼[2]。

（二）

浪吟累日积诗篇，写遍成都十样笺[3]。

心到忘机[4]才悟道，身缘多病学参禅[5]。

世间有我真如赘，天下何时是好年？

拜石为兄佳趣在，米颠[6]之后又杨颠。

注释

[1] 生小：自小，幼小。

[2] 牟尼：梵语译音，意为寂静。多指释迦牟尼。此指僧尼、佛徒。

[3] 成都笺：即蜀笺，自唐以来蜀地制造的精致华美的纸张。诗人多喜欢用来写诗。

[4] 忘机：消除机巧之心。常用以指甘于淡泊，与世无争。

[5] 参禅：佛教禅宗的修持方法，如游访问禅、参究禅理、打坐禅思等。

[6] 米颠：北宋书画家米芾（fú）的别号。米芾，字元章。因他行为举止违世脱俗，倜傥不羁，人称"米颠"。他为官时曾见一奇石，便说："此足以当吾师。"于是整衣叩拜，呼之为兄。世称"米颠拜石"或"拜石为兄"。

赏析

此时诗人已是垂暮之年，却仍壮心不已："爱花爱庙爱吟诗，生小心情一片痴。""浪吟累日积诗篇，写遍成都十样笺。"诗人兴趣浓厚，忙个不停。

除了狂放地吟诗，诗人还喜欢悟道参禅。这不是消极避世，而是为了养身和忘机（淡泊名利）。这体现了诗人达观的处世态度。

"世间有我真如赘，天下何时是好年？"诗人说自己是世间累赘，实际却是表达对社会无好年的不满。诗人学习米颠做杨颠，也是对腐朽社会的批判和抗争。

1.26 丙寅[1]仲春偶得腹疾口占

（一）

竟报河鱼患[2]，恹恹[3]八月中。

相如[4]秋易病，杜老[5]兴难穷。

诗骨[6]何妨瘦，尘心[7]早已空。

我颜非是我，生怯[8]对青铜。

（二）

志士悲秋惯，年来病屡尝。

扶藜[9]才展足，欹[10]枕几回肠。

天地能容我，葠苓[11]自主方。

何资消永昼，开箧[12]觅书香。

注释

[1] 丙寅：1926年。

[2] 河鱼患：指腹泻病。鱼烂先从腹部开始，故因以其喻腹泻。

[3] 恹恹：精神萎靡貌。亦用以形容病态。

[4] 相如：司马相如，汉代辞赋家。

[5] 杜老：指唐代诗人杜甫。

[6] 诗骨：诗的风骨。

[7] 尘心：指凡俗之心，名利之心。

[8] 怯：害怕，畏惧。

[9] 藜：指藜杖，即用藜的老茎做的手杖，质轻而坚实。

[10] 欹（qī）：通"倚"，斜倚，斜靠。

[11] 葠（shēn）苓：葠，同"参"。人参与茯苓，有滋补之效。

[12] 箧（qiè）：小箱子。

赏析

　　这两首五律描写了诗人与疾病作斗争的情状。第一首写自己八月患病，体貌消瘦，以致怕面对青铜镜。然而他想到了汉代辞赋家司马相如和唐代诗人杜甫。司马相如也是秋天容易生病。杜甫则是老病缠身，诗兴愈浓。诗人以此自况、自励。"诗骨何妨瘦"，诗人风骨瘦而劲，境界更佳。"尘心早已空"，诗人早已将名利抛弃，早已将生死置之度外，疾病又奈我何？这里塑造了一个勇于同病魔斗争的诗人形象。

　　如果说第一首重在写心理的坚强，第二首则是见诸行动。开头写志士悲秋，比况自己近来多病，以致扶杖行走，倚枕度日。但相信天地能容我，我有办法对付疾病。办法就是人参、茯苓养身，读书度时。这里塑造了一个酷爱书籍的抗病勇士的形象。

　　与病魔斗争，消极、悲观还是积极、乐观，反映了两种不同的人生态度。诗人不避危病，士气高昂，令人敬佩。

1.27　己巳[1]初夏养疴[2]兰香山馆杂咏遣怀

（一）

一病几于死，更生亦幸哉。

心肝呕欲尽，肺胃气尤颓。

自顾鸡为骨[3]，前身鹤是胎[4]。

拟同春去也，那[5]料寿花[6]开？

（二）

一病几于死，曾吟绝笔词。

岐黄[7]空业术，元白[8]早承师。

万古谁贤否，千秋有别离。

斯文[9]应未丧，特假数年期。

（三）

一病几于死，奇灾二竖[10]侵。

茫如经浩劫[11]，静乃见天心[12]。

永夜难成寐，衰年甚惜阴。

毒龙[13]休肆扰，把剑慧光临。

（四）

一病几于死，无方解倒悬[14]。

朋侪殷祝册[15]，儿女共祈年。

神眷须凭德，予生信有天。

太和[16]长保合[17]，早晚慎安禅[18]。

（五）

消闲自作养生歌，寝处牛衣[19]当乐窝。

我是辋川[20]初转世，病魔未了又诗魔。

（六）

也是严光[21]钓富春，羊裘长著岂无因？

非关皮相[22]轻天下，只为调停[23]病里身。

（七）

饥蚊跳蚤太纵横[24]，搅我连宵睡不成。

安得道君[25]三昧火[26]，扫残丑类免滋生！

（八）

山荆[27]知我病堪忧，竭尽人谋又鬼谋。

寂寂深宵灯欲尽，支颐[28]犹自坐床头。

（九）

一函书屡寄天涯，云树迷离[29]望眼赊[30]。

倘听鹃呼归去好，定携行李早还家。

（十）

幽斋镇日效龙蟠，米煮双弓努力餐。

多谢关情好亲友，新诗遍达报平安。

　　暮春遘疾，几无生理。幸托各亲友福庇，得免于危。今虽未即复元，然已可卜回春矣。且屡蒙关注，感不去心。谨将病中闲吟，录成[31]请政[32]，藉以报平安而纾[33]锦念[34]云。

注释

[1] 己巳：1929年。

[2] 疴：疾病。

[3] 鸡骨：比喻瘦骨，指瘦弱的身体。

[4] 鹤胎：喻贵人的胞胎。

[5] 那：哪，表示反问。

[6] 寿花：寿命之花，活得好。

[7] 岐黄：岐伯和黄帝。相传为医家之祖。后为中医术的代称，又指医生。

[8] 元白：唐诗人元稹（zhěn）和白居易的并称。

[9] 斯文：指礼乐教化、典章制度；儒士、文人。斯文未丧：此指寿命未尽，风采尚存。

[10] 竖：次，番。

[11] 浩劫：大灾难。

[12] 天心：犹天意；本性，本心。

[12] 毒龙：凶恶的龙。后比喻残暴者、恶势力。此指肆扰的病魔。

[13] 解倒悬：解救头朝下挂着的苦难者。比喻把受苦难的人民解救出来。

[14] 祝册：称帝王祭祀的文书。此指祝愿。

[15] 太和：太平。

[16] 保合：保持。

[17] 安禅：佛教指静坐入定，俗称打坐。

[18] 牛衣：供牛御寒的披盖物。比喻贫寒。

[19] 辋川：水名。多水汇合如车辋环绕，故名。在陕西蓝田南。唐代诗人王维曾经营家业于此，故又指王维。

[20] 严光：东汉会稽人，字子陵。少有高名，与刘秀一同游学。后刘即帝位，严变名隐身，披羊裘钓于富春江上。

[21] 皮相：只从表面上看；不深入。

[22] 调停：调养。

[23] 纵横：肆意横行，无所顾忌。

[24] 道君：道教中地位尊贵者。亦为道士的敬称。

［25］三昧火：即三昧真火。道教认为此火威力无比。

［26］山荆：旧时对自己妻子的谦称。

［27］支颐：用手托下巴。

［28］迷离：模糊不清。

［30］赊：距离远；空阔。

［31］成，原稿作"尘"（塵），今正。

［32］政：通"正"，改正；纠正。

［33］纾：通"抒"，抒发。

［34］锦念：敬称他人对自己的挂念、关注。

赏析

诗人病中遣怀十咏，五律四首，七绝六首，并跋语，均为病中陆续吟成。这组诗真切地记述了诗人养病期间的所历所感。他不避疾痛，不忘亲友救助，感情真挚、深沉。他与病魔顽强斗争的精神、吟诗抒怀的举动、乐观旷达的胸襟，均令人深为感动。

1.28　病起记事

（一）

消闲自著养身歌，岁月催人去似梭。

曾记新秋凉意足，一天风雨病维摩[1]。

（二）

剔[2]尽银缸[3]夜五更，窗虚唧唧乱虫鸣。

老亲爱子真无极，梦醒常闻祷佛声。

（三）

药味茶烟一缕清，倦来披氅[4]拥[5]书城。

前身合是冰壶[6]月，直到中秋分外明。

（四）

鸿雁高飞蟋蟀鸣，四围风景接天清。

人经病后多禅想[7]，学得无生自有生。

注释

[1] 病维摩：维摩病，指佛教徒生病。此泛指生病。

[2] 剔：剪除，去除。

[3] 银缸：即银釭，银白色的灯盏，烛台。

[4] 氅：大衣。

[5] 拥：拥抱。

[6] 冰壶：盛冰的玉壶，借指月光或月亮。

[7] 禅想：禅心，信佛。

赏析

这组诗共有四首七绝。第一首感叹光阴飞逝，回忆病况。首句是全诗的开篇，写自己为打发时光创作养身歌。第二句表述了古人对光阴似箭、日月如梭的感叹，但更为积极：如梭的岁月催人奋进，要人抓紧时光，有所作为。三、四句回忆新近生病的情况，那是今秋凉意深深、满天风雨之际，颇有悲壮之感。

第二首写深夜老亲爱子之情。头两句，剔尽银灯，夜到五更，几乎整夜不眠。虚掩的窗户传来乱虫唧唧的鸣声，令人心烦意苦。后两句写老亲的祝祷。病人梦醒，常常听到衰老的长辈还在神佛前为自己祷告祝福。"情无极"，深深亲情，浓浓春晖，令人潸然泪下。这是病后诗人想起来最难忘的事情之一。

第三首写调养自守。头两句讲服药、饮茶与读书。"拥书城"，显示了书之多，兴之浓，以及知识的渊博。三、四句洁化自己的品德，说自己前身是明月，到每月十五日更加明亮。而且是玉壶中的明月，冰心一片，晶莹纯洁。此喻坚守美德。全诗想象丰富，意境高雅，引人入胜。

第四首写远大志向。头两句描绘了秋高气爽、风景如画的壮美景象。末两句写病后自己多有禅想，改变对生死的看法。"学得无生自有生"充满辩证法：人一旦学得无生的道理，即人有生必有死，生死是事物的自然法则。生死转化，平常自然。这样，人就获得了正确的人生观、世界观，生得快乐，死得自然，乐随春去，精神将得到永生。

1.29　三月廿九夜枕上口占

天地人原共化机[1]，盈虚消息[2]那能违？
杜鹃[3]底事[4]相催急，待到春归侬[5]亦归。

余素患胃弱，今三月十六日病发，延至廿八九日间，食不能咽，药不能受，气不绝者如线。自分[6]不起，口占一章，拟成绝笔矣。赖亲友多方救护，得庆更生。昔李白有惜春词[7]，鄙人继此游戏人间，实亦余春之可惜。天其许我补过乎？俯焉自勉，敢懈将来？总期无愧生成已耳。

己巳（1929年）古四月初十日　九成氏自记

注释

[1]化机：变化的枢机，时机。唐代吴筠《步虚词》之十："二气播万有，化机无停轮。"

[2]消息：消长，盛衰。

[3]杜鹃：鸟名，又名杜宇、子规。传说为蜀帝杜宇的魂所化。常夜鸣，声凄切。

[4]底事：何事。

[5]侬：我。

[6]分（fèn）：意料，料想。

[7]惜春词：指唐代李白《春夜宴桃李园序》。文中写道："夫天地者，万物之逆旅；光阴者，百代之过客。而浮生若梦，为欢几何？古人秉烛夜游，良有以也。"

赏析

这首七绝和跋语是诗人的绝笔之作。主要内容如下：

天地和人类原来共有变化的枢机，万物有盈虚消长的变化，不以人的意志为转移。子规鸟声声啼鸣，为何相催紧急？等到春天去了，我也会跟随而去。

我一向患胃弱病，今年三月十六日发病，延续到本月廿八、廿九日之间，饭吃不下，药吃不了，只剩下一口气如丝如线。自己估计，可能这一病再不能起身了，于是吟诗一首，打算作为绝笔诗遗世。幸而依靠亲戚朋友多方设法救助、护理，得以庆幸新生。往昔李白有惜春词，我也学他借这首诗来游戏人生，实在也是可惜余下的春光。老天爷准许我弥补过错么？我一定俯首听命，自我勉励，不敢懈怠将来。归根到底是期望能无愧于人生。

己巳（1929年）农历四月初十日　杨九成自记

这是诗人打算告别人世之作，有的是自觉，达观，惜春而又乐随春去。面对死亡，有如此诗情豪气，十分令人佩服！

1.30　壬戌[1]十月朔日痛值先慈[2]忌辰[3]夜深化袄

七言六韵

见背[4]依稀四十年，经过情形太凄然。
谓[5]他人母悲无母，抱恨终天是此天。
顾我行医兼教读，阿爷健饭喜成眠。
得名入伴[6]偏迟也，再娶生儿亦幸焉。
谨荐馨香[7]思色笑，细陈家事当团圆。
春晖[8]莫报嗟何及，拭泪中宵[9]化纸钱。

注释

［1］壬戌：1922年。

［2］先慈：称亡母。

［3］忌辰：指亡故之日。

［4］见背：谓父母或长辈去世。

［5］谓：称呼，说到。

［6］入伴：即入泮，古代学生的入学仪式。

［7］馨香：芳香的祭祀香料。

［8］春晖：喻慈母之恩。语出唐代孟郊《游子吟》："谁言寸草心，报得三春晖。"

［9］中宵：中夜，半夜。

赏析

本诗体现了诗人对慈母的深厚感情，主要表现在以下几个方面。

一、慈母已亡去四十年，四十年之后仍然这样深情地祭奠。思念之情不因时光逝去而淡化，反而与日俱增。

二、因慈母病逝，长久、深切地悲痛。

三、细陈家事当团圆（对您细说家事，当作我们母子团圆）。

四、谨荐馨香思色笑（今夜郑重给您献上馨香，想见您那音容笑貌）。

五、春晖莫报嗟何及（慈母之恩没能报答，真是后悔莫及啊）！

六、拭泪中宵化纸钱（流着眼泪，深夜为您化烧纸钱）。

这一切充分说明诗人是一位赤诚的孝子，是中华民族优秀传统的忠实继承人。本诗为一首排律，朗朗上口，情真意厚，深切感人。

1.31 乙丑[1]浴佛节[2]，夜不成寐，偶忆前年病况，口占[3]以奉内子

久病才苏尚未痊，为侬病剧便愁牵。

时同女辈阴挥涕，但有生方不吝钱。

白日劳心支琐碎，清宵[4]强力侍安眠。

只今回忆当时况，真个卿卿[5]是二天！

人自负阴抱阳[6]以来，天地父母，生我育我，恩难名外。此则准之以情理而已。圣人宅心[7]仁恕[8]，何至苛以相求？惟我有德于人，不可不忘之，无责报之心也；人有德于我，则不可或[9]忘之，恐蹈于凉薄[10]也。余癸亥（1923年）秋染疫疬[11]，危殆[12]极矣！老父弱弟暨儿女辈，忧感备至。内子力疾调护，实有能人所不能者。每一念及，感不绝于余心云。无间昼夜者，四旬以外。

注释

[1]乙丑：1925年。

[2]浴佛节：佛诞节。相传农历四月初八为释迦牟尼的生日。

[3]口占：做诗文不起草稿，随口而成。

[4]清宵：清静的夜晚。北宋柳永《轮台子》："一枕清宵好梦。"

[5]卿卿：相互亲昵之称。

［6］负阴抱阳：谓万物内含阴阳两种相反而又相成之气。

［7］宅心：用心，居心。

［8］仁恕：仁爱宽容。

［9］或：助词，无义。

［10］凉薄：浅薄，微薄。

［11］疫疠：瘟疫。

［12］危殆：危险。

赏析

　　这首七律回忆诗人前年病况，体现爱妻全心全意的照护、操劳，表达自己对她的深深感谢。夫妻相爱，突出表现在危难之时，所谓患难见真情。诗人夫妇就是这样的典型。而诗后的跋语，不仅对内子，而且也对老父、弱弟及儿女辈，表达了深深的感激之情。尤其可贵的是，诗人提出了一个做人的重要原则：我有德于人，不可不忘；人有德于我，则不可忘记。这是中华民族的优秀品德，我们要向诗人学习。浴佛节作此诗，亦寓有深意。

1.32　［吾家小内子］

　　辛酉[1]春有馈青蚨[2]者，义在不受。内子[3]慨然返璧[4]。喜其能进德[5]而有以助余也。赋诗记之。

　　　　　　　　吾家小内子，爱财若性命。
　　　　　　　　持筹[6]出纳间，锱铢[7]必较尽。
　　　　　　　　相时谋生理，微利觅蝇头[8]。
　　　　　　　　冬买竹麻竹，夏收菜籽油。
　　　　　　　　所计虽不大，薪盐赖绸缪[9]。
　　　　　　　　里党[10]互相资，姻娅[11]通庆吊[12]。
　　　　　　　　缓急与重轻，一一能理料。
　　　　　　　　有时女伴来，携手笑颜开。
　　　　　　　　邀同叶子戏[13]，终夜兴难灰[14]。

平居诟詈[15]之："乐此何不疲？"

内子笑且言："赢多输时希。"

故态每复作，习惯成娇痴。

去冬残腊[16]间，邻人向我说：

琐事望周全，铭心而佩德。

为施调剂方，如愿以相偿。

今春有馈遗，泉刀[17]兼壶觞[18]。

适值床头空，阮囊[19]正虚歉。

寸心有主张，义利当分别。

可取可无取，伤廉有愧天。

况彼苦节[20]人，奚敢受一钱？

内子曰唯唯[21]，我意亦云然。

譬比明月[22]珠，自当还合浦[23]。

如璧重连城[24]，仍完归赵府[25]。

侬心大欢喜，称作侬家妇。

由此扩充之，庶几[26]贤一步。

缀句[27]何精神，满庭亦生春！

注释

[1] 辛酉：1921年。

[2] 青蚨：传说中的虫名，古代用来指钱（铜钱）。唐代寒山《诗三百三首》："囊里无青蚨。"

[3] 内子：妻的通称。

[4] 返璧：归还。

[5] 进德：增进道德。

[6] 持筹：手持算筹。多指理财或经商。

[7] 锱铢：锱和铢。比喻微小的数量。

[8] 蝇头：像苍蝇头那样的小字。比喻微小的名利。

[9] 绸缪：比喻事前做好准备工作。

[10] 里党：邻里，乡党。

[11] 姻娅：有婚姻关系的亲戚。

［12］庆吊：庆贺与吊慰。亦指喜事与丧事。

［13］叶子戏：古代一种博戏。今指纸牌。

［14］灰：沮丧，消沉。

［15］诟詈（gòu lì）：责骂。此指责怪，责备。

［16］残腊：农历年底。唐代李频《湘口送友人》："零落梅花过残腊。"

［17］泉刀：泉与刀均为古代钱币。因泛指钱币。

［18］壶觞：酒器。东晋陶渊明《归去来兮辞》："引壶觞以自酌。"

［19］阮郎：即阮郎羞涩。后用为手头拮据、身无钱财之典。

［20］苦节：此指辛苦节俭。

［21］唯唯：恭敬的答应声；卑恭而顺从。

［22］明明：明亮。

［23］合浦：即合浦还珠，比喻人去复归或物归原主。

［24］璧重连城：连城璧，价值连城之玉。

［25］完归赵府：完璧归赵，比喻将原物完好无损地归还原主。

［26］庶几：希望，但愿。

［27］缀句：写作语句以成作品。

赏析

这首诗是诗人遗稿中最长的，有52行，260个字。本诗用以赞扬爱妻的美德，同时也表现了诗人的高贵品德。

本来为人办事，别人有所馈赠，接受无可厚非。但诗人认为帮助邻居是应该的，不能接受馈赠："寸心有主张，义利当分别。可取可无取，伤廉有愧天。"其根本原因在于爱民，尤其是穷苦人。"况彼苦节人，奚敢受一钱？"最为难能可贵的是，爱妻同自己站在一起，"慨然返璧"。要知道，这是多么不容易。妻子是个爱钱如命的人。为理家谋生，千方百计赚钱，分文必争。而她又是一个性格鲜明、倔强好胜的女人。就是这样一位家庭妇女，而且"适值床头空，阮囊正虚歉"，似乎更倾向于接受馈赠，但她却在义利面前，是非分明，夫唱妇随，"慨然返璧"。"譬比明月珠，自当还合浦。如璧重连城，仍完归赵府。"爱妻的行为使诗人大为感动，于是挥毫成篇。他激动地写道："侬心大欢喜，称作侬家妇。由此扩充之，庶几贤一步。缀句何精神，满庭亦生春！"诗人夫妇的高尚行为，多么令人敬佩。

1.33 庚申[1]腊月一日寿致中儿藉以训勉

（一）

马齿[2]频加羡我儿，老来舐犊[3]亦情痴。

既为男子擎天柱，莫像虚名没字碑[4]。

姐妹数行亲骨肉，祖翁八秩[5]古须眉[6]。

早耕晚读须勤俭，记取传家有四知[7]。

（二）

百岁韶华[8]似雷光，箕裘[9]弓冶[10]岂寻常？

马援[11]诫子书堪味，杨震[12]传家法最良。

世事艰难鱼上竹[13]，人生忙碌鼠搬姜[14]。

桑弧蓬矢[15]当年愿，多少心情待尔偿。

注释

［1］庚申：1920年。

［2］马齿：马的牙齿。见齿知年，故借此指自己的年龄。

［3］舐犊：老牛以舌舔小牛，以示爱。喻人爱其子女。

［4］没字碑：没有刻文的碑。比喻虚有仪表而不通文墨的人。

［5］秩：十年为一秩。

［6］须眉：男子的代称。

［7］四知：东汉杨震，人称关西孔子。有人向他秘密行贿，他说："天知，神知，我知，子知，何谓无知！"后多用为廉洁自持，不受非义馈赠的典故。

［8］韶华：美好的时光。

［9］箕裘：比喻祖上的事业。

［10］弓冶：即良弓良冶，指善于冶金、造弓的人。谓子孙相传的事业。

［11］马援：东汉名将。建武十七年拜为伏波将军，年八十余尚征战。对人说："丈夫立志，穷当益坚，老当益壮。"又言：男儿要当死于边野，以马革裹尸还葬。后卒于军中。

［12］杨震：东汉潼关西华阴人，好学博览，时人称为"关西孔子"。

［13］鱼上竹：比喻上升极难。

［14］鼠搬姜：形容劳而无功。

［15］桑弧蓬矢：桑木做的弓，蓬梗做的箭。古代男儿出生，以桑弧蓬矢射天地四方，象征男儿应该志在四方。后用作勉励人应有大志的典故。

（赏析见1.35）

1.34 腊月朔日致中儿生辰，赋诗寄之

记得儿初度[1]，悬弧[2]寓意深。

龙骧[3]千里志，鲤对[4]一生心。

喜尔年加富，谙余病自针。

家声[5]原洁白，祖武好追寻。

长至寒梅[6]放，阳回寿草森。

材兼通将略，品要重儒林。

凛冽衣添絮，平安信抵金[7]。

充间[8]期望切，时际[9]有知音。

注释

［1］初度：谓始生之时。后称生日。

［2］悬弧：古时尚武，家中生男，则于门左挂弓一张。后称生男。

［3］龙骧：昂举腾跃貌。比喻壮志。

［4］鲤对：孔鲤过庭，孔子教他要学诗。后称子受父训。

［5］家声：家族世传的声名美誉。

［6］寒梅：梅花。因其凌寒而开，故称。

［7］抵金：抵万金。比喻极其珍贵。

［8］充间：乡里，家乡父老。

［9］时际：经常。

（赏析见1.35）

1.35 腊月初一日值致中儿生辰有忆，口占二章

（一）

记得辞家万里游，濒行谆嘱著羊裘[1]。

潼南此去风霜紧，知道阿爷[2]念汝不？

（二）

莱衣戏彩[3]俟他年，争得功名趁目前。

蓬矢桑弧[4]今尚在，闻鸡[5]好著祖生鞭[6]。

注释

［1］羊裘：羊皮做的衣服，可御寒。

［2］阿爷：父亲。《木兰诗》："阿爷无大儿，木兰无长兄。"

［3］莱衣戏彩：相传春秋时老莱子侍奉双亲至孝，年已七十，尚著五彩衣为儿戏，以娱双亲。后用为孝顺父母之典。

［4］蓬矢桑弧：蓬梗做的箭，桑木做的弓。比喻人有大志。

［5］闻鸡：闻鸡起舞。东晋名将祖逖与刘琨二人为好友，常常互相勉励，半夜听到鸡鸣就起床舞剑。后用为典，喻有志者及时奋起。

［6］祖生鞭：祖生即东晋名将祖逖。《晋书》云："常恐祖生先吾著鞭耳。"后以祖生鞭为典，以勉励人努力进取。

赏析

诗人有六个女儿，却只有一个儿子。在那个时代，他把希望寄托在儿子身上，所谓"望子成龙"。这里有五首诗是为儿子写的，都是借贺生日鼓励其成才出世，建功立业。大致内容如下。

一、鼓励树雄心，立壮志。比如："既为男子擎天柱，莫像虚名没字碑。""蓬矢桑弧今尚在，闻鸡好著祖生鞭。""龙骧千里志"，"悬弧寓意深"。

二、要继承杨家的优良传统，并发扬光大。比如："家声原洁白，祖武好追寻。""杨震传家法最良"，"记取传家有四知"。

三、要勤奋好学，做到品学兼优，文武双全。比如："早耕晚读须勤俭。""材兼通将略，品要重儒林。"

四、要抓紧时光，切勿虚度。比如："百岁韶华似雷光，箕裘弓冶岂寻常？""莱

衣戏彩俟他年，争得功名趁目前。""充闾期望切，时际有知音。"

　　五、表达亲人对儿子的深切关怀。比如："凛冽衣添絮，平安信抵金。""潼南此去风霜紧，知道阿爷念汝不？"

　　这些都体现了诗人对儿子深切的关怀、严格的要求，望子成龙之心跃然纸上。

1.36　葭月[1]廿日喜正五弟[2]来山[3]

天真[4]惟骨肉，缘缔在三生[5]。
至性[6]嗟[7]予季[8]，衰年念乃兄。
鸟枪双臂挂，鸭卵一怀盈。
不惮[9]崎岖路，相关[10]手足情。
同眠惭大被[11]，劝饭助香羹。
归去烟霞晚，终宵[12]梦未成。

注释

[1] 葭月：农历十一月。

[2] 五弟：诗人五弟杨正伍。

[3] 山：指诗人家乡的白云寺，又名中寺。

[4] 天真：事物的天然性质或本来面目；天然本真。

[5] 三生：佛教语，指前身、今身、来身。

[6] 至性：多指天赋的卓绝品性；最高本真。

[7] 嗟：赞叹。

[8] 季：兄弟排行最小的。

[9] 惮（dàn）：害怕。

[10] 相关：相互关心，关爱。

[11] 大被：典故，兄弟同被而眠，比喻兄弟友爱。

[12] 终宵：连夜，直到天亮。

赏析

　　诗人在深山之中的白云寺养病，其五弟十分想念他，特地长途跋涉，带着鸭蛋上山看望。这使诗人深为感动，于是写下了这首感人肺腑的诗作。

　　这首排律将兄弟骨肉之情写得深厚至极：天然纯真骨肉情，因缘缔结在三生。本能同情我幼弟，弟亦关爱吾老兄。下面将弟弟的爱兄行为写得栩栩如生：两只胳膊挂鸟枪，怀兜鸭蛋满盈盈。不怕崎岖山路险，最相亲爱手足情。又将短暂的相处写得亲切感人：同被而眠情意厚，相劝加餐有香羹。最后更将依依惜别之情写得深厚浓烈，回味无穷：烟笼霞光晚归去，通宵达旦梦不成。

1.37　哭荫福幺弟见殇[1]
时在光绪癸未年（1883年）

（一）

六年梦短并尘轻，谁散天花太暴横[2]。

树萎田荆[3]悲此日，眠同姜被[4]誓来生。

灵丹药少医何陋，仙骨身披死尚明。

知否高堂[5]深夜里，娇儿犹自唤声声。

（二）

痛极呼天首屡搔，忍看绿柳并红桃。

可怜秀骨湮[6]尘土，不尽伤心托管毫[7]。

晓日无情分棣影[8]，夕阳如语吼江潮。

阿兄好似孤飞雁，薄暮寒烟自泣号。

注释

[1] 殇：未成年而死。

[2] 暴横：横暴，强横凶恶。

[3] 田荆：兄弟和好之典。

[4] 姜被：指兄弟和兄弟之情。

[5] 高堂：借指父母。

［6］湮：埋没。

［7］管毫：指笔。

［8］棣影：谐音"弟影"。

赏析

　　两首七律痛悼幺弟早亡。第一首痛恨天花病的猖狂，痛感医术的乏陋，痛心父母的悲伤。这可能也是促使诗人学医救人的动力。

　　第二首表现诗人对幺弟的深厚感情，对其夭亡的深深悲痛。多种修辞手段的运用，使诗句感染力倍增，读了使人潸然泪下。

1.38　初九日谒显荣公像

　　为除老病学无生，**本唐人句："欲知除老病，唯有学无生。"**[1]　下榻禅关[2]俗累清。

　　见说[3]先人遗像在，整衣瞻拜不胜情。

注释

　　［1］唐人：指唐代诗人王维。诗句引自其诗《秋夜独坐》。

　　［2］禅关：禅门。

　　［3］见说：听说。

赏析

　　诗人为抛弃俗念，去寺庙静心养病。一听说寺庙里有祖先的塑像，便满怀深情地整衣瞻拜。这充分表现了诗人对祖先的崇敬。

1.39　暇日寻谒[1]显荣公墓

（一）

　　累累[2]古冢夹松杉，碍道榛芜[3]手自芟[4]。

　　惆怅[5]四维频眺望，丰碑认载义官[6]衔。

（二）

龙盘虎踞[7]起祥光，一片菁英[8]萃[9]穴场[10]。

祖有德兮山有福，定瞻垂荫[11]后人昌。

（三）

曾记儿时拜墓前，三阳开泰[12]喜翩翩。

白驹过隙[13]光阴速，屈指而今六十年。

（四）

堪嗟后裔到来稀，源远根深讵[14]可违？

冢在寺前容在寺，当年勋业自巍巍[15]。

注释

［1］谒：拜见。

［2］累累：重积貌。

［3］榛（zhēn）芜：草木丛杂。形容荒凉。

［4］芟（shān）：割草。

［5］惆怅：因失望或失意而伤感、懊恼。

［6］义官：做善事的荣誉称号。

［7］龙盘虎踞：形容地势雄伟险要。

［8］菁英：茂盛的花。

［9］萃：聚集。

［10］穴场：坟场。

［11］垂荫：此指庇佑之瑞。

［12］三阳开泰：岁首（开年）称颂之语。

［13］白驹过隙：比喻时光过得飞快。

［14］讵：岂可（用于反问）。

［15］巍巍：崇高伟大。

赏析

寻谒祖先墓地，诗人写了四首七绝。第一首写诗人披荆斩棘寻墓。先是荒凉景象令人感到惆怅，既而眼前一亮，认出刻在石碑之上的"义官"名衔。普普通通的墓碑说成"丰碑"，体现了对祖先的敬仰。

第二首赞颂祖先墓地。在看了义官碑之后，仔细审视墓地周围，群山环抱，落英缤纷，龙盘虎踞，一片吉祥。诗人高兴地说："祖有德兮山有福"，一定会庇佑后人平安昌乐。

第三首回忆儿时祭拜的情形。新年扫墓祭拜，所以有三阳开泰的祝福语。儿时便长途跋涉来深山祭拜，可见诗人从小就敬重祖先。可是这以后，一转眼六十年过去了，怎不令人感叹时光飞逝，时不我待！

第四首感叹来祭拜的后人稀少，指出家族传承源远流长，后代不可忘记违背。末两句又回到祖先的勋业上，祖先坟还在，像还在，我们可以想见其当年功业的崇高、伟大，再次说明不忘祖先的道理。

2 亲戚朋友

2.1 赠别堂侄[1]杨雨村茂才[2]

兰玉[3]当阶乐事宽，三生有幸[4]庆团圞[5]。

谈心屡剔青灯[6]焰，托足[7]何嫌白屋[8]寒。

在我不拘高下分，与君愿作弟兄看。

深深潭水情千尺，三叠阳关[9]不忍弹。

注释

［1］堂侄：同祖父弟兄的儿子。

［2］茂才：即秀才。因避东汉光武帝名讳，改秀为茂。明清时入府州县学的生员叫秀才，也沿称茂才。

［3］兰玉：兰草和玉石；芝兰玉树，比喻优秀的子弟。

［4］三生有幸：前身、今生、来生都感到幸运，形容极其难得的荣幸。

［5］团圞（luán）：团聚。

［6］青灯：光线青荧的油灯。

［7］托足：立脚，容身。

［8］白屋：古代不施彩色，露出木材的屋子。指平民的居所。

［9］三叠阳关：即《阳关三叠》，古曲名，又称《阳关曲》《渭城曲》。是根据唐代诗人王维《送元二使安西》谱写的古琴曲。

赏析

这首七律亲情、友情交融，感人至深。诗人注重才能与真挚友谊，乐于与侄辈以平辈相交，以知己相待。诗人与堂侄挑灯夜谈，不避贫寒。末两句倾注深情："深深潭水情千尺，三叠阳关不忍弹。"叔侄俩情深似海，怎么舍得分离？

2.2 挽表兄季明玉

（一）

人琴亡却不胜悲，无术招魂强赋诗。
一点儿时灯有味，只今谁共算残棋？

（二）

曾记髫年[1]总角[2]时，堤边同捉柳丝丝。
如归视死君何忍，上有高堂[3]下有儿。表兄以服毒身故。

（三）

酒奠葡萄觉有棱[4]，抛馀血泪冷成冰。
当年嬉戏人何处，问遍梅花苦不应。

注释

[1] 髫（tiáo）年：幼年。

[2] 总角：古时儿童束发为两结，向上分开，状如角，故称。借指童年。

[3] 高堂：借指父母。

[4] 棱：物体的棱角。

赏析

三首七绝均为悼亡诗。第一首写痛失表兄，强为赋诗。第二首忆童年与表兄之乐，痛怪表兄抛亲弃儿，服毒身亡。第三首深切表达自己的悲痛。"酒奠葡萄觉有棱"，一个"棱"字，如鲠在喉，无限辛酸。"抛馀血泪冷成冰"，抛洒血泪已是悲痛之极，而"冷成冰"，则令人更加心寒。末两句："当年嬉戏人何处，问遍梅花苦不应。"到处询问梅花，花不语，悲苦难言，反衬人心倍加哀痛。痛悼之情表现得淋漓尽致。

2.3 寄怀袁朴堂

朴堂后改为玉堂，今与余联姻[1]。

（一）
枝头求友鸟鸣嘤[2]，萍散蓬飘别绪萦。
记得去年明月夜，倚阑悄听读书声。

（二）
鸡窗[3]砚合[4]共维摩[5]，千里担簦[6]壮志多。
好似卢家[7]双燕子，隔年重补旧时窝。

注释

[1] 联姻：结亲。

[2] 鸣嘤：鸟叫。《诗经·小雅·伐木》："伐木丁丁，其鸣嘤嘤。"比喻求友。

[3] 鸡窗：指书斋。

[4] 砚合：合砚，指共同学习，合用一砚。

[5] 维摩：《维摩诘经》，佛经的一种。此泛指典籍。

[6] 担簦：背着伞。谓奔走，跋涉。

[7] 卢家：古乐府中相传有洛阳女子莫愁，嫁给豪富的卢家。后泛指富裕之家。唐代刘方平《新春》诗："一花开楚国，双燕入卢家。"

赏析

两首七绝充分表现了诗人对友人兼亲人的袁兄深情的怀念。诗人的感情主要从以下两个方面体现。

一是回忆。月夜悄悄听友人的读书声，体现其才能与学习的刻苦。长途跋涉来求学，体现其胸怀壮志。同窗共读，体现他们友谊之深厚。

二是比喻。枝头鸟鸣与萍散蓬飘，比喻对友人深切的思念。卢家双燕补旧窝，比喻期望与良友重逢。全诗喻忆交融，含蓄深沉，令人感动。

2.4 腊月廿三日拟[1]祭姻兄[2]袁楚珩

(一)

相逢萍水记龙山[3]，同是髫年绾[4]翠鬟[5]。

后此联姻同手足，乔松[6]幸许茑萝攀。

(二)

名门自昔重天罡[7]，况值书橱世代香。

臭味[8]无差声气叶[9]，西山[10]不隔感情长。

(三)

鳣堂[11]停枢[12]已多年，尘网蛛丝太可怜。

前岁新春曾展拜[13]，怆怀[14]莫禁泪潸焉[15]。

注释

[1] 拟：打算，准备。

[2] 姻兄：姻亲中同辈弟兄的互称。

[3] 龙山：指龙山书院，于诗人故乡龙鼻山。

[4] 绾：系结。

[5] 翠鬟：妇女环形发式。此泛指发式，如总角等。

[6] 乔松：高大的松树，比喻书香名门。

[7] 天罡：星名，北斗七星之柄；道教称北斗丛星中三十六星之神。

[8] 臭味：比喻志趣。

[9] 叶：和洽，相合。

[10] 西山：镇西山，山名。此山横亘于诗人家与姻兄家之间。

[11] 鳣（zhān）堂：称讲学之所。

[12] 枢：灵枢，装尸体的棺材。

[13] 展拜：拜谒，行跪拜之礼。

[14] 怆怀：悲伤。

[15] 潸焉：流泪貌。

赏析

诗人与表兄萍水相逢，成为志同道合的学友，进而联姻。友情兼亲情，实在难得。诗人将这种关系比作茑萝攀乔松，而且赞扬袁家是世代书香之家。这既是自谦，又反映了诗人对知识的渴望与追求。这种无比深厚的情谊，纵是高大的西山也阻隔不断。

可悲的是，表兄去世多年，一直没有得到很好的安葬。诗人前年春节曾前去祭拜，看到灵柩布满蛛丝与灰尘，不禁潸然泪下。诗人生前同逝者情深意厚，见其死后如此，怎能不伤心？

2.5 安之姻伯[1]疾笃，以徽五孙相托，感而赋此，以代诔文

（一）

待遇从来特别优，河鱼抱患[2]竟弥留[3]。

难忘凄咽殷勤[4]嘱，要把孙枝护出头。

（二）

平生不作负心人，顾命[5]堪怜病里身。

只是鳌山[6]难载重，嗟余一念一怆神[7]。

注释

[1] 姻伯：对兄弟的岳父、姐妹的公公及远亲男性长辈的称呼。

[2] 河鱼抱患：指腹泻病。河鱼腐烂从腹内开始，故称。

[3] 弥留：久病不愈。后多指病重濒死。

[4] 殷勤：情意深厚。

[5] 顾命：临终遗命。

[6] 鳌山：传说海中巨鳌背负的大山。比喻个人能力。

[7] 怆（chuàng）神：伤心。

赏析

此时诗人已是年迈多病，姻伯之重托难以如愿，所以既惭愧，又伤心。此情郁结于心，不得排解，于是有此七绝二首。"诗言志"是也。这恰恰反映了诗人的仁爱之心，令人感动。

2.6 怀友

萍飘蓬散感离群，节序回头迥[1]不分。

满院钟声同酌酒[2]，一窗灯影细论文。

牙琴[3]学弄应嗤我，陈榻[4]高悬尚待君。

莫恠[5]相思浑[6]不解，渊明当日赋《停云》[7]。

注释

[1] 迥（jiǒng）：远，形容差别很大。

[2] 酌酒：饮酒。

[3] 牙琴：伯牙之琴。后用以泛指高手奏琴。

[4] 陈榻：即陈蕃榻。陈为太守，不接宾客，唯徐稺来特设一榻，去则悬之。后用为礼贤下士之典。

[5] 恠：同"怪"。

[6] 浑：全，整个；都。

[7]《停云》：指东晋陶渊明四言诗《停云》。其序云："停云，思亲友也。"后用以表示思念亲友。

赏析

这首七律写怀念友人。友人，看来多半是学友。首联感叹与友人的分离。从正反两方面说：年复一年，节序回头，没有任何不同；而友人却四散分离，不再相聚，多么令人感慨。颔联回忆与学友共同生活与学习的美好时光（酌酒与论文）。颈联回忆同学的亲密与深情：学琴之乐与陈榻相待。尾联借陶潜的典故，表现对友人的深切思念。

诗中"萍飘蓬散"的比喻，节序不分的对比，"满院钟声"的相伴，"一窗灯影"的相随，使诗意浓厚，意境生动。而牙琴、陈榻与停云，又将古人古事引入，今古相接，意蕴幽深。感想赋于诗语，深情寓于文字，很好地表达了怀念友人的真情实感。

2.7　夏日怀友

一段南薰[1]倒酒瓶，茭荷[2]香里醉初醒。

离愁别绪知多少，满院蝉声独坐听。

注释

[1]南薰：指《南风歌》，相传为虞舜所作。歌曰："南风之薰兮，可以解吾民之愠兮。"也借指从南面刮来的风。

[2]茭（jì）荷：指菱叶与荷叶。唐代罗隐《宿荆州江陵驿》："风动茭荷香四散。"

赏析

在南风中，在茭荷香里，酒醉醒来，不禁又思念友人，与友人相处的往事涌上心头，分别之苦萦绕于心。独自一人坐在寺院里，耳边是满院的蝉声，心中涌动着说不尽的离愁别绪。"知多少"，即说不尽，用询问的方式，言少而意无穷。也许正是由于不堪忍受这离愁别绪而借酒消愁。可一旦醒来，却有增无减。正是"抽刀断水水更流，举杯消愁愁更愁"。离愁之多，别绪之浓，跃然纸上。

2.8　葭月[1]中旬怀友人

（一）

记从觌面[2]便心倾，肄业[3]岐轩[4]许有成。

君自谦冲[5]求大道，我非浮泛博虚名。

别来多日相思苦，数到光阴百感生。

寄语古编[6]须按习，归时好为导前程。

（二）

栖迟[7]兰若[8]意潇然，无那[9]怀人思屡牵。

百艺惟医仁者术，功成利济[10]即神仙。

注释

[1]葭（jiā）月：农历十一月。

［2］觌（dí）面：当面，迎面，见面。

［3］肄（yì）业：修习课业。

［4］岐轩：学馆名，取岐伯之轩意，为学医之所。

［5］谦冲：犹谦虚。

［6］编：书籍。

［7］栖迟：游玩休憩。

［8］兰若：梵语"阿兰若"的省称，指寺院。

［9］无那：无奈。

［10］利济：救济。

赏析

第一首是七律，第二首是七绝，都是怀念学医友人的。七律首联写学友富于才干，一见面便钦佩，相信他学医定有成就。颔联写二人都胸怀大志：你谦逊求大道，我不浅得虚名，可谓志同道合。颈联写对友人的深切思念。"相思苦"与"百感生"，体现感情深厚，思念强烈。尾联写殷切希望：好好学习古代传统经典（中医名著等），归来为你引导前程。

七绝写从医的重要与高尚。头两句写诗人自己游息寺院，心意潇洒，只是思念友人，情思绵绵，无可奈何。三、四句称赞医术的高尚与功效："百艺惟医仁者术，功成利济即神仙。"从医拯救病人，普济大众，是仁人的专职手艺，成功即为神仙。而友人正是从医者，前途无可限量。这充分表现了诗人对传统中医的极大尊重与深刻认识，故其成就卓著。

2.9　客中闻雁怀馆内诸友

七绝二首，五律一首

（一）

银缸[1]初上仲宣楼[2]，塞雁声声尽带秋。

一事关心频问汝，平安缄[3]寄故人不？

（二）

长天[4]辽阔自成行，珍重衔芦[5]去异乡。

楚水燕山多少路，料应飞不过衡阳[6]。

（三）

辜负谈心约，遥闻鸿雁声。

书思千里寄，寒为九秋[7]惊。

以尔长征苦，添余久别情。

相思复惆怅，轮指[8]计归程。

注释

[1] 银缸（gāng）：银白色的灯盏、烛台。此借指明月。

[2] 仲宣楼：即当阳城楼，在今湖北。王粲，字仲宣，于此作《登楼赋》。后借指诗人登楼抒怀之处。

[3] 缄（jiān）：书函，书信。

[4] 长天：辽阔的天空。

[5] 衔芦：口含芦草。雁用以自卫的一种本能。

[6] 衡阳：即衡阳雁断。衡阳有回雁峰，传说雁至此峰不过。因用以喻音信隔断。

[7] 九秋：指九月深秋。

[8] 轮指：手指交替的动作（计数时间）。

赏析

这组诗写客中闻雁，对雁抒情，寄托对友人的思念。

第一首七绝，写雁问人，寄了平安信否。环境是仲宣楼上，浓浓秋意中闻塞雁声声，创造了一种浓郁的怀思氛围。

第二首七绝，写塞雁飞程有限，无法将平安信带给友人：在辽阔的天空里，雁飞成行，诗人祝福它们安全地含芦去异乡。然而楚水与燕山相隔遥远，估计塞雁飞不过衡阳，信是带不到的。

第三首五律，借鸿雁更加深入地写怀念之情。首联讲听到雁叫，却不见友人，怪他辜负约定，不能按约尽快回归。颔联讲盼望千里寄书信来，深秋凉寒使人惊异。颈联讲友人长征辛苦，我却增添久别念情。尾联写苦苦相思，估算归程。全诗以闻雁为纲为线，情景交融，怀友之情，感人至深。

2.10 待友人来馆共砚[1]，春将半矣，莫接音尘[2]，拈此代柬

深山佳处隔红尘，匝地[3]青青柳色新。
道是[4]担篸[5]迟亦好，免[6]教愁杀上楼人。

注释

[1] 共砚：谓同处学习。

[2] 音尘：音信，信息。

[3] 匝地：遍地。

[4] 道是：觉得是，以为是。

[5] 担篸：背着伞。谓奔走，跋涉。

[6] 免：避免。

赏析

这首七绝写等待友人，别有特色。头两句说，此处佳妙，值得来一看。三、四句则道出：本来希望友人早些来到，但是路上辛苦，你就慢慢走吧，晚些到达也好，免得我（上楼人）为你担心、挂念。关切之情跃然纸上。这充分表现了诗人善解人意，与友人感情深厚、纯朴、美好。

2.11 癸亥[1]仲春，主席[2]何场公立学校，旧同学多相从游，感赋两章，藉以策勉

（一）

易地从游大有情，相孚[3]难得旧师生。
皋比[4]坐拥惭称傅，老马驰驱尚识程。
一日长兮毋以我，千秋后亦要知名。
经腴[5]滋味甘如醴，咀嚼焚膏夜五更。

（二）

春风浴泳^[6]孔坛^[7]开，学有渊源^[8]莫浪猜。

百岁光阴弹指过，一生事业少年培。

士先立志居人上，我正留心养尔才。

为语及门诸弟子，眼前境遇实佳哉！

注释

［1］癸亥：1923年。

［2］主席：作主席，为中心。

［3］孚（fú）：诚信；信服，信从。

［4］皋比：虎皮。古人坐在虎皮上讲学。后指讲席。

［5］经腴：经的要义、精华。

［6］春风浴泳：语出《论语》。文中写道："莫春者，春服既成，冠者五六人，童子六七人，浴乎沂，风乎舞雩，咏而归。"

［7］孔坛：孔庙杏坛，传为孔子讲学处。

［8］渊源：水的源头，指学业上的师承关系。

赏析

两首七律是写给旧同学勉励的话。诗人自己作为老师，既谦虚，更对同学有深切的关怀与鼓励，读来令人大受教益。

第一首写师生习读感情。首联讲师生从游，情意纯厚，实为难得。颔联讲自己坐在讲席上被称为师傅，感到惭愧。如老马一般为学生奔走效劳，却是识路的。颈联讲不要一时以我为师长，而要看重长期经得起考验的名声。尾联讲要刻苦研读古典经书，汲取其精华。

第二首写对学生的殷切期望。首联讲，自孔夫子以来，学问源远流长，博大精深，要认真学习，不可随意猜想。颔联讲光阴飞快而过，一生的事业成败，重在少年时的学习培养。颈联讲，人要先立志，我正留心培养你们的才能。尾联希望学生抓紧目前的大好时光，好好努力。

两首诗塑造了一个慈父严师的形象，深刻的教诲，浓浓的情意，令人感动。

2.12 阳月[1]应考于邛，与诸君子客邸夜话

共有腾骧[2]志，当筵酒漫倾。

茶炉添兽炭[3]，茅店听鸡鸣。

万里云程迥，三更客梦清[4]。

明朝珠榜[5]放，高处定题名。

注释

[1]阳月：农历十月的别称。

[2]腾骧：飞腾，奔腾。

[3]兽炭：做成兽形的炭。亦泛指炭或炭火。

[4]清：清醒，醒来。

[5]珠榜：指金榜。

赏析

这首五律是诗人年轻时住客店，写给一同参加考试的学友的，是知心话、鼓励的话。首联讲一起喝酒，同有大志。颔联讲共同过着旅居生活，冷天烤火，赶早起床。颈联讲旅途艰辛，路程遥远，梦也清新。尾联讲大家定能金榜题名，所有辛苦都不会白费。诗中没有竞争、嫉妒，只有关爱、友情。

2.13 天贶[1]后三日将试临邛，与馆中诸友谶[2]谈

同是仙缘未了身，圣朝[3]珍重读书人。

云程此去无多愿，博得荣名慰老亲。

注释

[1]天贶（kuàng）：天贶节，宋代节日名，农历六月六日。

[2]谶：相聚叙谈。

[3]圣朝：圣明的朝代。封建时代尊称本朝。

赏析

七绝"谶谈"，也是写给一同参加考试的同学的，是鼓励祝福的话。意思

是，都是可以成仙的人，因为圣明的朝代珍重读书人。成功的愿望不会太遥远，相信大家一定能考上，博得荣耀之名以安慰自己年迈的双亲。诗题点明天贶节，预示有好兆头。诗言"圣朝"，亦为鼓励信心之语。

2.14 州考未竟，一友束装思归，拈此戏之

漫漫客路绕[1]风尘[2]，检点归装笑语新。
生怕桐花梅子雨[3]，绣窗憔悴抱儿人。

注释

[1] 绕：缭绕。

[2] 风尘：被风扬起的尘土。

[3] 梅子雨：初夏产生于江淮流域的连绵阴雨，又称霉雨。因此时梅子成熟，故称梅子雨。

赏析

此七绝为戏友人而作，轻松诙谐，充满善意。此诗讲，风尘仆仆离家出来考试是很艰辛的，然而收拾行李回家，却笑声不断。为什么？是怕梅雨时节，窗前抱儿的妻子因想念自己而变得憔悴。这是善意的批评、劝告，深意为，州考未完就要回家，为妻小所累，目光短浅，不利于前程。这反映了诗人对友人真正的关心，也表现了诗人志存高远。

2.15 寄朱芳谷

时丙辰（1916年）二月初十

（一）

东风吹到一函来，云树茫茫倦眼开。
万种离情今日慰，三年旧艾[1]满园栽。
相如[2]病不因秋雨，陆凯[3]春还寄陇梅。
我正思君君抱羔[4]，几番惆怅几徘徊。

（二）

种杏^[5]何劳预主张，<small>芳谷来函有为余种杏之说</small>　论交毕竟异寻常。

矫廉^[6]仲子^[7]原堪哂，续命真人^[8]贵有方。

敢诩^[9]逃名^[10]师国手^[11]，偶因采药助诗肠。

年来自信医如我，纵不岐轩^[12]总莫妨。

注释

［1］旧艾：陈旧的艾叶。《诗经·王风·采葛》："彼采艾兮，一日不见，如三岁兮。"后用以喻友情。

［2］相如：汉代司马相如，常患消渴病。

［3］陆凯：三国吴人。陆与范晔相好，自江南寄梅花一枝与范，并赠诗曰："折花逢驿使，寄与陇头人。江南无所有，聊赠一枝春。"

［4］抱恙：抱病。

［5］种杏：种杏树使之成林。"杏林"代指良医。

［6］矫廉：假装廉洁。

［7］仲子：指春秋吴季札，吴王少子，不受君位，封于延陵。曾出使过徐，徐君爱其剑，未即与；后还，徐君已死，便将己剑挂于徐君冢树之上而去，后人称颂之。

［8］真人：修真得道者。亦泛指仙人。

［9］诩（xǔ）：夸口。

［10］逃名：逃避声名而不居。

［11］国手：才艺技能冠绝全国之人。

［12］岐轩：岐伯之轩。喻医业。

赏析

朱芳谷为诗人诗友、好友，他们多有和诗，交往甚密。这两首七律，第一首写思念之情：首联讲诗人收到朱的信，精神振奋。颔联讲离愁别绪得到慰藉，友情充满其间。颈联借古人再次表现友情之密切，思念之深切。尾联讲友人生病，自己忧心，关切之情溢于言表。函来如"东风吹到"，又如"云树茫茫倦眼开"，生动形象。而旧艾、相如病、陆凯寄梅等典故的运用，典雅含蓄，意蕴深长。

第二首写医学事业。首联诗人劝友人不必为自己种杏，视我为良医，我们之间的交情非比寻常。颔联讲医贵在有真方术。颈联讲自己对医术的信心和医业对作诗的好处。尾联讲诗人相信友人病体必能康复。上一首讲友人生病，这一首讲他会康复，前后呼应，充分表现了诗人对友人的关爱之情。

2.16 寄怀朱芳谷［一］

（一）

爨下[1]焦桐[2]久不弹，年来世故[3]历多艰。

为君再谱巴人曲[4]，一雨催成近夜阑。

（二）

容易怀人水一方[5]，秋江秋色共天长[6]。

笑侬日试刀圭[7]手，自不能医是俗肠。

（三）

嬉游尚记儿时事，忽忽知非岁已过。

万种闲愁抛得去，最难驱逐是诗魔。

（四）

韶光过眼杳云烟，弹指论交已卅年。

一语寄君应共慨，秋霜渐逼发华巅。

注释

［1］爨（cuàn）下：灶下。

［2］焦桐：指琴。东汉蔡邕曾用烧焦的桐木造琴，故名。

［3］世故：世事变故。

［4］巴人曲：古曲名。唐代李白《古风》其二十一："试为《巴人》唱，和者乃数千。"

［5］水一方：《诗经·秦风·蒹葭》："所谓伊人，在水一方。"此指怀念的人所在之处。

［6］此句化用唐代王勃《滕王阁序》中的"秋水共长天一色"。

［7］刀圭：中医量器名。指医术。

赏析

　　四首七绝，似同友人说知心话。第一首写诗人特意为友人作歌。先说自己久不弹琴了，因经历了许多艰难世故。现在为你谱曲作歌，夜深雨催，得以完成。体现了诗人对友人的一片深情。

　　第二首写自己病中思念友人。在秋高气爽的日子里，很容易产生对友人的怀念情思。我天天自己医病，却没有效果，原来自己是一个平凡的医者啊。

　　第三首写自己酷爱吟诗的志趣。先说儿时游戏，如今年华已逝，诗人已老，知道了人世间的是与非。然而时光已逝，无可挽回。诗人现在"万种闲愁抛得去，最难驱逐是诗魔"。诗人吟诗言志有如着魔一般，身不由己了。

　　第四首写共同的感慨：时光飞逝，交情久长；寄语同慨，华发如霜，我们已经老了。（那就彼此祝愿，多多珍重吧。）

2.17　寄怀朱芳谷［二］

（一）

萍根无定感离群，往事龙山[1]话夜分。

江畔吟风应笑我，屋梁落月倍思君。

莱衣[2]乐向媚帏[3]舞，姜被[4]还从锦帐薰。

况复缥缃[5]传世业，一家围坐细论文。

（二）

暮云春树总愁牵，知己暌违[6]思悄然。

双鲤[7]未通添俗累，三生有幸结诗缘。

空于马帐[8]悬陈榻[9]，勉向鹏程著祖鞭[10]。

缕缕情怀浑莫解，思君望断板桥[11]烟。

注释

　　［1］龙山：龙山书院。于诗人故乡龙鼻山寺庙内。

　　［2］莱衣：即莱衣戏彩。相传春秋时老莱子孝顺父母，年已七十，仍自著五彩衣为儿戏，以娱双亲。后用为孝顺父母之典。

［3］孀帏：寡妇所居之处。喻双亲膝前。

［4］姜被：据《后汉书·姜肱传》，姜笃孝，事继母，兄弟同被而眠，不入房室，以慰母心。后用以指兄弟和兄弟之情。

［5］缥缃：指书卷。古时常用淡青、浅黄颜色的丝帛作书皮，故称。

［6］睽违：别离，隔离。

［7］双鲤：指代书信。

［8］马帐：指书斋或传业授徒之所。

［9］陈榻：陈蕃之榻。喻礼贤下士。

［10］祖鞭：祖逖之鞭。喻人努力进取。

［11］板桥：木板架的桥。

赏析

两首七律写诗人对诗友的怀念。第一首写与友人的交情和信任。首联感叹分离，忆与友夜话。颔联讲过去的交游与现在的思念。颈联讲友人尽孝和友爱兄弟的美德。尾联称赞友人是书香门第，传承文化，后继有人。忆交情，赞友人，是这首七律的中心主题。

第二首写诗人对友人的深切思念。首联讲思念的愁闷。因为与友分离，面对春树暮云，诗人总带着牵挂愁思。颔联讲音信未通的挂念和共有的诗缘——"三生有幸结诗缘"。颈联讲对友人思念之切，空悬陈榻，勉强着鞭。尾联更进一步讲思念之深，思念情怀屡屡无法排解，望眼欲穿——"思君望断板桥烟"。

2.18 朱芳谷创修宗祠赋诗索和，步原韵以覆

民国五年丙辰（1916年）七月下浣

（一）

春露秋霜易感生，丕修[1]祠宇费经营。

敬宗载礼曾留训，赡族希文有至情。

千古而遥思手泽[2]，百年之后记公名。

几时拨冗掀尘网，瞻拜轮辉载酒行[3]。

（二）

山邃^[4]全无半点埃，龙盘虎踞^[5]实天开。

池中一月心同印，庭外三槐手自栽。

美奂美轮^[6]隆报本，肯堂肯构^[7]定多才。

考亭^[8]道是家声远，蔚起书香祝后来。

注释

[1] 丕修：奉修或大修。

[2] 手泽：手汗。多用以称先人或前辈的遗墨、遗物等。

[3] 载酒行：即载酒问奇字。（见《汉书·杨雄传下》）后用以指人勤奋好学。

[4] 邃（suì）：深远。

[5] 龙盘虎踞：像龙盘着虎蹲着。形容地势险要雄伟。

[6] 美奂美轮：亦作"美轮美奂"。形容建筑物高大和众多。

[7] 肯堂肯构：喻子能继承父业。

[8] 考亭：相传五代南唐黄子棱筑亭以望其父（考）墓，因名望考亭，简称考亭。在今福建建阳西南。此指父辈或祖先。

赏析

两首七律赞扬友人创修宗祠的盛举。第一首写大修宗祠的盛举。首联讲友人于春露、秋霜中感慨宗祠的废坏，于是竭尽人力、物力进行修理完善。颔联赞扬友人遵从礼仪，孝敬祖先，崇尚文化的真情。颈联讲友人思念久远的祖先，百年之后，后人也将记住他的名字。尾联讲诗人将抽空前来拜访请教。

第二首盛赞友人的宗祠与家族。首联讲所在山岭幽静险要，有如龙盘虎踞，实为天公所开辟。颔联讲宗祠周围景况，有水有池，有槐树。池月印心，槐树亲栽。颈联讲屋宇高大，定能子承父业，良才辈出。尾联赞扬友人父辈声名远扬，祝愿其书香门第繁荣昌盛。全诗典雅华美，佳句连连，韵味无穷。

2.19　花朝^[1]前一日怀朱芳谷及馆中诸友

柳丝花瓣总关情，况复风前雁有声。

新旧不逢春雨至，去来空怅暮云横。

病中顾^[2]我愁千斛，江上怀人月二更。

那忍寂寥诗思少，枝头求友听鹦鸣^[3]。

注释

[1] 花朝：百花生日，农历二月十四日。

[2] 顾：探望，访问，看望。

[3] 鹦鸣：鸟鸣求友。《诗经·小雅·鹿鸣》："伐木丁丁，鸟鸣嘤嘤……嘤其鸣矣，求其友声。"

赏析

　　这首七律写在花朝前夕，用以怀念学馆中的友人。首联点明氛围：诗人在柳丝飘飘、花瓣纷纷的美好春光中，听到风前的雁鸣声，不禁想起了友人。颔联讲自己不如意的境况：送旧岁迎新年，但春雨未至；往来只见暮云横亘天际，只落得空空惆怅。颈联讲诗人自己的愁怀：病中的我，若有人来访，会见到我有万千愁绪；又如在月夜二更，独处江上怀念友人。尾联讲自己不能忍受的是寂寞和缺乏诗兴，而又聆听着鸟儿在枝间求友啼鸣。再次体现了诗人求友、思友的深切情怀。

2.20　闻朱芳谷有峨眉^[1]之役^[2]，拈此代饯

（一）

十年香火缔因缘，剑匣书囊载一肩。

识得峨眉天下秀，荷花风送米家船^[3]。

（二）

由来辛苦是风尘^[4]，珍重长途作客身。

此去应叨千佛笑，名山高会有诗人。

（三）

清风两袖度乡关^[5]，方丈蓬壶^[6]自往还。

我亦有心香一炷，烦君携取答灵山。

（四）

诗稿零星费剪裁，最高峰处雨相催。

归期早把倾心句，一纸书将寄草莱^[7]。

注释

［1］峨眉：山名。有山峰相对如蛾眉，故名。

［2］役：出差，远行劳苦。

［3］米家船：北宋书画家米芾（fú），常乘舟载书画，游览江湖。

［4］风尘：大风扬起的尘土。

［5］乡关：犹故乡。

［6］方丈蓬壶：传说中海上神山。《史记·秦始皇本纪》："齐人徐市等上书，言海中有三神山，名曰蓬莱、方丈、瀛洲。""蓬壶"即蓬莱。

［7］草莱：犹草野，乡野，民间；亦指平民。

赏析

这四首七绝就友人峨眉之行发吟。第一首写诗人对峨眉的感受：带着剑，背着书，像侠士一般四处游历，与佛门寺院结下了十年的香火之缘。知道峨眉号称天下秀，我曾如米芾一样，带着诗情画意去游览。

第二首，友人长途跋涉去会千佛，嘱咐友人珍重。名山会诗人，"此去应叨千佛笑"。叨，得到，获得。笑，高兴。因为有诗人来相会，所以千佛喜之不尽。

第三首请友人代自己携一炷香去答报灵山，并说友人此行如仙人往还，自由自在。

第四首请友人将写好的诗寄给自己：在最高峰处，风雨催诗，吟成佳句，并且认真修改剪裁。在回来的路上，请您早早将最得意的诗作，给我这个草民寄来。总之，诗人以四首七绝，寄托了对友人的深切关怀与重托，同时也表达了自己对灵山的向往和景仰。

2.21 闻朱芳谷抱病代柬[1]

（一）

海鹤[2]云龙[3]思靡穷，忽闻君卧小楼东。

前身合是王摩诘[4]，一幅诗成又病中。

（二）

胶漆[5]相投解莫开，已教结谊比陈雷[6]。

不因山水多重复，早倩奚奴[7]馈[8]药来。

注释

［1］柬（jiǎn）：信件。

［2］海鹤：海鸟名。或说是江鸥。

［3］云龙：即龙。人言"风从虎，云从龙"。

［4］王摩诘：唐代诗人王维，字摩诘，善诗画，时人谓其作品"诗中有画，画中有诗"。

［5］胶漆：比喻情谊极深，亲密无间。

［6］陈雷：东汉陈重和雷义的并称。二人俱学《鲁诗》和《颜氏春秋》，推重相让，亲密无间。乡里人都说："胶漆自谓坚，不如陈与雷。"后用以喻友情深厚。

［7］奚奴：奴仆。

［8］馈（kuì）：赠送。

赏析

两首七绝。第一首写友人苦吟诗作而生病：思想如海鹤云龙，纵横驰骋，无穷无尽。犹如唐代诗人王维一样，写出一首诗来便生病，卧于小楼之东。表现了友人对吟诗的痴迷。

第二首写对友人治病的关切：我俩感情深厚，如胶似漆，要不是因为山高水远，我早就打发仆人给你送药来了。关切之情，跃然纸上。

2.22 罗浮香院留别朱芳谷、昆玉

(一)

同心言臭[1]感庠祁[2]，无那还家梦早飞。

只为庭帏人念切，红灯夜夜课[3]儿归。

(二)

妹小妻庸叹此身，离家愁煞倚闾亲。

爱儿越宿藏甘旨[4]，倘误归期屡问人。

(三)

地胜桃园[5]好避秦，相将文酒[6]笑言真。

思归莫恈[7]疏于我，我是离家不惯人。

(四)

策马阳关[8]晓日迟，万山堆里系相思。

他时驿使经过便，好折官梅[9]寄一枝。

注释

[1] 同心言臭：臭（xiù）：气味。《周易·系辞上》："同心之言，其臭如兰。"

[2] 庠祁：宋代宋庠和宋祁兄弟二人的并称。二人俱以文学知名，同举进士。后称人兄弟并美。

[3] 课：期求。

[4] 甘旨：甜美的食物。

[5] 桃园：陶渊明在《桃花源记》中描写了一个躲避秦乱的胜地，一个幻想的人间乐园。

[6] 文酒：文君酒，临邛名酒。以汉代才女卓文君命名，至今犹存。

[7] 恈：同"怪"。

[8] 阳关：古关名。唐代王维《送元二使安西》："劝君更尽一杯酒，西出阳关无故人。"

[9] 官梅：官府所种的梅。宋代黄庭坚《雨中花》："官梅乍传消息。"

赏析

这四首七绝是诗人在朱芳谷住宅与朱、昆二友分别时写的。第一首写自己想家：我们本同心同气，亲如兄弟。分别是无可奈何，因为我回家的梦早已飞走。亲人思念，父母长夜难眠，盼望儿子回家。

第二首写亲人的思念：妹小妻庸，我一离家双亲就忧愁不已。他们隔夜藏美食等我，怕误了期屡屡问人。

第三首进一步写离开友人的原因：这里是好地方，胜过桃园，还能一同喝酒，说知心话。我离开不是有意疏远你们，我是一个不习惯离家的人。

第四首写对友人的思念：送别处我们依依不舍，我一定会思念万山堆里的你们。有一天驿使方便，我就折官梅一枝给你们寄来。

2.23　八月十五夜同芳谷、润森望月，兼怀季俊生、杨作谋

（一）

金粟[1]飘香飒飒[2]闻，一年秋色又平分。

人间诗料堆今夕，天上清光仗是君。

华屋辉飞灯结蕊，寒潭镜澈水生纹。

遥恋娇小邻家女，立遍花荫露湿裙。

（二）

为爱佳山作浪游，银蟾[3]三五恰中秋。

芹[4]香池沼[5]梯云[6]易，俊生于是年获隽[7]　药辨君臣累月愁。

同是别来情恋恋，时作谋令政[8]抱恙[9]　拟将归去路悠悠。

今宵怕有临江梦，时俊生、作谋肄业于临江书院　数遍更筹[10]又酒筹。

注释

[1] 金粟：桂花的别名。因其色如金，花小如粟。

[2] 飒飒（sà sà）：象声词。战国时期屈原《九歌·山鬼》："风飒飒兮木萧萧。"

［3］银蟾：指明月。

［4］芹：蔬菜名，即水芹。

［5］池沼：此指泮池，学馆旁边的水池。

［6］梯云：登云，升天。比喻从学上进。

［7］获隽（jùn）：会试得中。亦泛指科举考试得中。

［8］令政：敬称他人的嫡妻。

［9］抱恙：抱病。

［10］更筹：古代夜间报时用的计时竹签。

赏析

两首七律，写诗人同两位友人赏月，并怀念另外两位在临江书院的友人。第一首写月夜之美。首联写美好的中秋时节，"金粟飘香飒飒闻"，让人体会到了桂花的声、色、香，多么惬意！颔联讲月色之美好，天上布满清辉，充满诗情画意。颈联讲月色的魅力，华美屋室，灯光与月光交相辉映；室外潭水清澈，水生细纹。尾联从另一角度讲月色的魅力，邻家小女望月久立花荫，露湿衣裙。全诗描写了中秋月夜之美，令人无限向往。

第二首写中秋感怀。首联讲为爱佳山的浪漫游历中，又恰到了中秋时节。颔联讲在学馆中通过认真学习求得上进是容易的，而要让药物分辨出谁是君谁是臣，是根本做不到的。意思是得到好药治病是很难的。寓意学习容易治病难。颈联讲彼此分别，难分难舍，而打算回家又担心路途遥远。尾联讲今夜怕梦到临江书院的二位学友，这令人着实不安。全诗委婉含蓄地表现了诗人与二位友人深厚的友谊和深切的思念。

2.24　秋夜与朱芳谷、润森、昆玉分韵

（一）

人间有佳趣，风雨夜联床。

我笔输江令[1]，君情驾孟尝[2]。

寒炉新茗碧，秋水矮葭[3]苍。

未了吟哦事，灯明欲照霜。

（二）

一雨便成秋，萧萧客思幽。

万山黄叶乱，深树碧云流。

检韵^[4]频烧烛，怀归欲上楼。

零星好诗句，都向锦囊^[5]收。

注释

[1] 江令：江淹，南朝人，善辞赋。

[2] 孟尝：孟尝君，战国四公子之一，以善养士著称。

[3] 葭（jiā）：芦苇。

[4] 检韵：选韵作诗。泛指作诗。

[5] 锦囊：古人用锦缎制成袋子，多用来藏诗稿或秘密文件。

赏析

　　两首五律。第一首写秋夜作诗的盛况。首联讲，人间有美好的志趣，风雨之夜我们几个好友在一起分韵作诗。颔联讲，我的诗笔输给了善于辞赋的江淹，而你（们）的诗情却在善于养士的孟尝君之上，互竞高下，热情高涨。颈联讲有幽雅壮美的氛围相伴，寒炉新茗，秋水长天，怎能不让人诗兴大发？尾联讲诗兴不尽，室内灯窗明亮，照映地下，如铺白霜。对此美景，诗兴难禁，吟咏不停。

　　第二首写作诗的收获。首联讲客居思秋：雨水绵绵，秋天便至；秋风萧瑟，使旅人心怀幽思。颔联讲秋天的景色：放眼千山万岭，但见乱纷纷的黄叶；远望密林，唯见碧云飘绕流动。颈联讲秋思所为：作诗与怀归。尾联讲收存好诗。

2.25　腊月十五赠别^[1]朱润森

（一）

短水^[2]亭畔晓烟围，载酒难禁别泪挥。

满径滑泥游子迹，乱山残雪故人归。

冻梅^[3]此去香沿路，春柳重来汁染衣。

记否临江风雨夜，一帘灯影语依依^[4]。

（二）

骊歌^[5]唱彻倍伤神，惨淡朝来送别身。

万里江山斟白酒，一肩行李去红尘^[6]。

明知后会期尚有，未免分襟恨惹频。

他日罗浮^[7]春色永^[8]，梅花香里访诗人。

注释

[1] 赠别：送别时以物品或诗词等相赠。

[2] 短水：少水；水少。

[3] 冻梅：冬天的梅花。

[4] 依依：依恋不舍的样子。亦形容思慕、怀念的心情。

[5] 骊歌：告别的歌。

[6] 红尘：车马扬起的灰尘。

[7] 罗浮：指罗浮香院，诗人朱芳谷的居所。

[8] 永：浓，长。

赏析

　　这两首七律写离别之情。第一首写送别情。首联讲送别之难分难舍：送别亭边，破晓的云烟笼罩天空，带来的送别酒，难于禁止别泪的挥洒。颔联讲归友的辛苦：路上满是泥泞，那是游子离去的足迹；乱山残雪里，故人艰难归来。颈联讲归友的喜悦：在冬日的梅花中离去，花香一路；春柳依依，再次归来，柳汁（或春雨）湿染衣衫。尾联回忆过去的交往情：记得在临江书院读书的日子吗？风雨之夜，在一帘灯影之中相互告别，有说不完的知心话，充满无限的依依惜别情。

　　第二首写别后的思念与重逢的希望。首联讲送别时的伤感：唱遍了分别之歌，倍加伤心，朝来送别，凄凉惨淡。颔联讲友人离去的欣慰：万里江山为你斟满白酒；你一肩行李而去，便离开了纷扰的红尘。颈联讲送别友人的不舍与思念：明明知道我们相会有日，却总免不了恨别与思念之情频频产生。尾联讲他日重访友人：有一天罗浮山充满明媚春光时，在梅花幽香里，我便前来拜访你这位诗人。

2.26 送别朱润森

留君无计送君归，亭住劳劳[1]泪湿衣。

朝雨渭城[2]歌不得，心旌[3]一片向南飞。

注释

[1] 劳劳亭：三国时筑，为送别之所。在今南京西南古新亭南。唐代李白《劳劳亭》："天下伤心处，劳劳送客亭。"

[2] 渭城：汉高祖在咸阳城北部设立的新城。唐代王维《送元二使安西》："渭城朝雨浥轻尘，客舍青青柳色新。劝君更尽一杯酒，西出阳关无故人。"

[3] 心旌：喻不宁静的心神。

赏析

这是一首送别诗。诗人借用李白和王维的典故，将送别之情写得极为感人。诗的大意是，没有办法留住你，只好送你归去。在送别的亭子里挥泪相别，以致泪湿衣衫。王维的送别之歌唱不得啊，万千情意随着你的归程向南飘飞。

2.27 代柬朱润森

漫天风叶打窗寒，病卧维摩[1]就枕难。

一语寄君君信否？诗人从古骨蹒跚[2]。

注释

[1] 维摩：指维摩病，佛教徒生病。比指生病。

[2] 蹒跚（pán shān）：行步缓慢貌；摇晃貌。此指瘦弱，不结实。蹒跚，原稿作"瑞珊"，今正。

赏析

诗人生病，写诗代信，向友人表述心怀：漫天的风，翻卷的叶，扑打着窗户，令人生寒。生病卧床，难以入眠。我有一句话捎给你，你信不信？从古到今凡是诗人，都是骨瘦如柴的啊。（呕心沥血写诗，哪有不损害身体的？）这充分体现了诗人对诗歌的执着与痴迷。

2.28 腊月十四夜同朱润森、郭仪亭聚饮于临江书院，藉此作饯[1]

（一）

挑灯剪烛理吟笺，斟罢葡萄醉欲颠[2]。

愿得人如天上月，隔年又似隔宵圆。

（二）

多少豪情在，临江话夜阑。

天教留胜会，人共上诗坛。

竹牖[3]风三面，芸[4]窗月一丸。

剧怜灯解意，花蕊结团团[5]。

注释

［1］饯（jiàn）：饯行，设酒食送行。

［2］颠：发狂。

［3］牖（yǒu）：窗户。

［4］芸：一种香草。

［5］团团：簇聚貌。

赏析

一首七绝和一首五律写与两位学友的聚饮和饯别。七绝写吟诗饮酒和祝愿再次团圆：挑灯剪烛，整理吟诵的诗稿；尽情地喝着美酒，醉到快要发狂。但愿人和天上的月亮一样，明年的相聚像隔夜的重逢，很快再次欢聚团圆。

五律写月下吟诗抒情。首联讲，我们满怀豪情，在临江书院倾诉心声，直到夜深人静。颔联讲诗坛胜会，上天为我们留下这个胜会，共同登上诗坛，展示才华。颈联讲吟诗氛围，进一步烘托诗坛胜会：竹窗吹来四面八方的风，摆有香花的窗户照进一轮明月。（月下风中吟诗，何其美妙！）尾联讲希望重逢：最爱油灯善解人意，结成团团的花蕊，预示我们别后重逢，再次团圆。

2.29 腊月十三日章克钦来山住宿，次日遂同回家，感而赋此

本来空谷足音[1]稀，见访贲临[2]雪满衣。
共话连床[3]寒不觉，一肩行李复同归。

注释

[1]足音：足步声。空谷足音出自《庄子·徐无鬼》。比喻极难得的音信或言论。

[2]贲（bì）临：光临。

[3]连床：同床而卧。多形容情意深厚。

赏析

这首七绝为诗人好友深山来访并同归而作。意思是，本来空谷深山就缺少音讯，很少有人来到。而你为访问我光临此处，不辞辛劳，全身都披满雪花。夜里我们同床而卧，知心话说个够，心中温暖而忘了严寒。次日你又帮我扛着行李，一同回家。感激之情，情意之深，溢于言表。

2.30 留别郭仪亭

临江[1]人尽去，寂寂感离群。
永夜风兼雨，连床我与君。
兴酣[2]还作赋，情重细论文。
明日山河隔，相思入暮云[3]。

注释

[1]临江：指临江书院。

[2]酣：充足；饱满。

[3]暮云：傍晚的云。

赏析

这首五律写深厚友情与相思。首联讲离群的寂寞感：临江书院的学友们都走

了（只剩下我们俩），我感到非常寂寞。颔联讲与郭仪亭共度长夜：长夜漫漫，有风又有雨，只有我们俩同床共眠。颈联讲二人吟诗论文：兴致充足饱满，我们赋诗抒怀；细细品读文章，我们情意深重。尾联讲与好友分离后的相思：明天你走了，山河相隔，见面困难；我的思念情怀连绵不断，直至融入傍晚的云烟。

2.31　代柬郭仪亭

万事都频[1]一笑宽，休将福命怨单寒[2]。
临江他日重携手，听雨听风话夜阑。

注释

[1] 频：屡次，接连。疑当作"凭"。
[2] 单寒：谓出身寒微。

赏析

这首七绝以诗代信，宽慰好友。意思是，世上万千事情不值得斤斤计较，要一笑而过，放宽心胸。不必讲究福禄命运而埋怨自己出身寒微。总有一天，我们会在临江书院重逢，听着风，听着雨，诉说心里话，直到夜深人静。

2.32　寄怀王勉之

时肄业灵鹫寺

（一）

烟云迷鹫岭，望望起相思。
啼鸟通禅偈[1]，飞花点墨池。
诗名今日博，交道古人师。
问遍西楼月，团圞[2]在几时？

（二）

多少暌违[3]感，江天雁响沉。

窗灯才子志，春雨故人心。

久待斋前榻，慵弹海上琴。

思君君不见，惆怅暮云深。

（三）

海内君能几？情高鲍叔牙^[4]。

希音谁赏识？宝剑自横斜。

李贺^[5]囊裁锦，江淹^[6]笔梦花。

迩来三日别，合拟大方家^[7]。

（四）

我已工^[8]愁惯，濡毫^[9]百虑宽。

酒香春夜试，花好远村看。

心自犀通易，人偏蚁聚难。

珊珊^[10]诗骨瘦，珍重饭加餐。

注释

[1] 禅偈（jì）：佛教的唱诵。

[2] 团圞：团聚。

[3] 暌违：背违，分隔。

[4] 鲍叔牙：春秋时齐大夫。以知人并忠实于友谊，闻名于世。

[5] 李贺：唐代诗人。常带着锦囊，得好句即投其中。

[6] 江淹：相传南朝江淹，夜梦郭璞索还五色笔，尔后作诗便无佳句。后用
"江淹梦笔"喻才思减退。

[7] 方家：大家，名家。

[8] 工：擅长；善于。

[9] 濡毫：濡笔，谓蘸笔书写或绘画。

[10] 珊珊：缓慢移动貌。

赏析

这四首五律是诗人写给友人（诗友）王勉之的。当时王就读于灵鹫寺。第一
首写相思之情。首联讲远望相思：烟云弥漫灵鹫山岭，望着望着就产生了相思。
颔联讲灵鹫寺的环境特色：这里连啼叫的鸟儿都通晓佛教唱颂的真谛；飞花点

点，落到了墨池。颈联讲友人的名气：今天友人的诗歌已广为人知，交友以古人为师。尾联讲重逢的急切心情：问遍了升上西楼的月亮，我们几时才能团圆啊？

第二首写自己对友人的思念。首联讲雁鸣起相思：听见江天之鸿雁叫声沉重，不禁思念起友人来。有多少感慨萦绕于心啊！颔联讲彼此的心志：你怀抱才子的大志，在窗前灯下用功读书。而春雨绵绵之时，也正是思念友人，捧出真心之际。颈联讲自己思念的表现：长久地等待在书斋床榻前，（除了等待友人归来）我已无心弹奏仙人琴了。尾联讲思君不见的愁绪：思念你而不得见，惆怅思绪有如暮云一般深重难忍。

第三首写友人才高品洁。首联讲友人之杰出：四海之内像你这样的人能有几个？你情志之高可以和鲍叔牙相比。颔联讲友人高洁，却不为世所知：珍贵稀少的音乐谁来赏识呢？虽如宝剑，却无用武之地，只能独自横躺在地，无声无息。颈联用古人的故事，喻指友人才华不受重视：唐代诗人李贺每得佳句便放入锦囊，可是锦囊剪裁掉了；而江淹生花之笔却只是梦境。尾联讲友人的进步：近来才分别几天，你就大有进步了，差不多比得上大家了。

第四首写对友人的嘱托和希望。首联讲自己提笔的感受：我长于愁思，已成习惯，可是一旦提起笔来作诗撰文，百虑千烦就都宽解，什么烦恼都没有了。颔联讲实践出真知：要想真正得知酒的香味，就要在春天的夜里试饮品尝；要想欣赏到美丽的花，就要到远村去观赏。颈联讲人们相聚很难，人心相通却很容易。（让我们永远情相通，心相连。）尾联嘱咐友人保重身体：你倾注心血吟诗，骨瘦体虚，要多多吃饭，加倍珍重啊！

2.33　春日怀季俊生

高馆[1]张灯酒复清，借古句[2]　临邛分袂不胜情。
怜君屡报维摩病[3]，顾我深惭汝士名。
腊[4]尽有书难觅雁，春来无梦怕闻莺[5]。
几时同听寒江雨，煴酒[6]挑灯理旧盟。

注释

［1］高馆：高大的馆舍。唐代岑参《武威送刘单判官赴安西行营，便呈高开府》："置酒高馆夕，边城月苍苍。"

［2］此古句为唐代高适《夜别韦司士得城字》中的诗句。下句为"夜钟残月雁归声"。

［3］维摩病：指佛教徒生病。此泛指生病。

［4］腊：岁末，农历十二月。

［5］闻莺：听到黄莺叫。唐代金昌绪《春怨》："打起黄莺儿，莫叫枝上啼。啼时惊妾梦，不得到辽西。"

［6］煨酒：温酒。

赏析

这首七律写春天里怀念友人季俊生。首联忆临邛的分别宴：高大的馆舍里红灯高挂，美酒清纯。临邛城的告别难分难舍，不忍回忆。颔联讲关心友人生病：可怜你屡屡生病（那是劳累辛苦所致）。相比之下，在你的学士名声面前，我深深感到惭愧。颈联讲对友人的思念：年终想寄书信给你，可是很难找到传递的鸿雁；春天来了，思念你，却做不成相会的梦；又怕听到黄莺的叫声，惊扰了对你的思念之情。尾联希望重逢，再温旧梦。本诗借古句"高馆张灯酒复清"，创造了一种高雅、庄重的氛围。"春来无梦怕闻莺"化用唐诗，又扣春日之怀，十分巧妙。

2.34　赠别邱敬如

（一）

梅花片片促归鞍，见说[1]分襟[2]意惘然[3]。
七碗[4]卢仝消俗渴，三生[5]圆证[6]结诗缘。
相谈风雨知何日，同醉葡萄又隔年。
好是坝桥[7]驴背稳，襄阳[8]清兴[9]水云[10]边。

（二）

一肩行李返家山，风雨长途意自闲。
茅店[11]鸡声同客话，雪泥鸿爪[12]唱刀环[13]。

漫惊竹叶邮亭钱，好寄梅花驿使还。

此日思君归去也，五云[14]深处是乡关[15]。

注释

[1] 见说：听说。

[2] 分襟：犹离别，分手。

[3] 惘然：失意不乐。

[4] 七碗：即七碗茶。出自唐代卢仝《走笔谢孟谏议寄新茶》，言饮茶不须七碗即"通仙灵"，极赞茶之妙用。

[5] 三生：佛教中指前生、今生、来生。

[6] 圆证：即圆证觉，佛教指修成圆满的灵觉之道。

[7] 坝桥：古桥，位于长安东。唐人多于此送别。

[8] 襄阳：指西晋羊祜。他爱游襄阳岘山，死后百姓为之立碑纪念。唐代李白《襄阳歌》："落日欲没岘山西……清风朗月不用一钱买，玉山自倒非人推。"

[9] 清兴：清雅的兴致。

[10] 水云：水和云。多指水云相接之景。清代邵景潮《蒹葭》："伊人不可即，怅望水云边。"

[11] 茅店：用茅草盖成的旅舍。言其简陋。

[12] 雪泥鸿爪：鸿雁在雪地上走过的脚印。比喻事情过后留下的痕迹。

[13] 刀环：出自《汉书·李陵传》，为"归还"的隐语。

[14] 五云：五色瑞云。

[15] 乡关：故乡。

赏析

两首七律都是赠别诗，实为表达友情之作。第一首写送别所感。首联讲与友人分别之不快：片片梅花纷飞，好似在催促即将归去的马鞍行车；而我一听说分手，便愁闷不安。颔联讲与友人的深厚诗缘：卢仝的茶吃了七碗就可以消除俗间的饥渴，通向仙灵；咱们之间的诗歌缘分是经过三生修炼，才得以结成。颈联讲别后的思念：此次分别，不知哪一天才能相见，在风雨之夜促膝谈心。要想一同喝醉酒，需相隔好多年呢。尾联讲友人此去必定平安快乐：让人感到放心的是驴背稳当，坐车或骑行定会平安无事；也会像羊祜那样寄情于山水，享受快乐。

第二首写友人去后的情状。首联讲友人归途惬意：带着一肩行李返回故乡山村，虽长途跋涉，风风雨雨，而心意却很悠闲。颔联讲旅途状况：茅店中听鸡鸣，与客人谈话；沿途的足迹似在唱"归还"的歌。颈联讲旅途平安：在邮亭饯别时不要惊扰了报平安的竹叶，驿使回来时，最好为我捎上一枝梅花。尾联讲友人带着思念顺利归家：今天我思念你，你已经顺利回家了；那五色瑞云的深处，就是你的故乡了。全诗典雅生动，情深意长。

2.35 赠郑仲文二律用原韵并序

百端苍莽[1]中，忽听高山流水[2]，不啻[3]清风来故人，此乐何可言喻？惟是荣迁在即，怅惘殊深。韵拈南浦[4]，江文通[5]笔底无花；梦入西堂，谢惠连[6]句中有草。既承见爱，乞赐斧斤[7]。不尽区区，载盼载祷。

（一）

咳唾[8]九天珠玉生，钦将风雅[9]导前程。
年来子惠敷诚遍，个里婆心认得明。
可奈莺喉催客去，争传驴背有诗成。
赠君折尽青青柳，三叠阳关[10]万种情。

（二）

世业缥缃[11]世所知，康成[12]家婢亦能诗。
一官力学真儒吏，两宰论交动古思。
大鸟迁乔原指日，使君[13]还我又何时？
普通桥畔留题在，当作甘棠[14]好护持。

注释

[1] 苍莽：苍茫丛莽，荒芜莽原。

[2] 高山流水：喻高妙乐曲。

[3] 不啻（chì）：不只。

[4] 南浦：地名，在今江西南昌县西南。唐代王勃《滕王阁》："画栋朝飞南浦云，珠帘暮卷西山雨。"

[5] 江文通：江淹，字文通，济阳考城（今河南民权东北）人，少有文名，世称江郎。早年即以文章著名，据说晚年诗文佳句渐少，人谓"江郎才尽"。

[6] 谢惠连：南朝宋诗人谢灵运族弟，亦富文才。灵运尝于永嘉西堂思诗，竟日不就。忽梦见惠连，即得"池塘生春草"句，大以为佳。此句出自谢灵运诗《登池上楼》："池塘生春草，园柳变鸣禽。"

[7] 斧斤：即斧正。请人修改诗文的敬词。

[8] 咳唾：咳嗽吐唾液。称美他人的言语、诗文。唐代李白《妾薄命》："汉帝重阿娇，贮之黄金屋。咳唾落九天，随风生珠玉。"

[9] 风雅：指诗文之事，风流儒雅。又指教化风范。

[10] 三叠阳关：即《阳关三叠》，古曲名。又称《阳关曲》《渭城曲》。是根据唐代诗人王维《送元二使安西》谱写的古琴曲。

[11] 缥缃：指书卷；文化。

[12] 康成：郑玄，字康成，东汉经学家。

[13] 使君：对人的尊称；尊称奉命出使的人。

[14] 甘棠：棠梨。用以称颂官员的美政和遗爱。

赏析

两首七律，前有序，是赠答之作。郑氏为从政者，且能诗善文，与诗人交谊甚深。这里诗人就郑氏的诗有感而吟，并用其原韵。

诗序首先赞扬友人诗文之高妙喜人：（读您的大作）如同在百种烦愁中，在荒芜莽原中，忽然听到高山流水似的美妙音乐，其佳美胜过清风中喜逢故人来到。这种快乐怎么可以用语言来形容、比拟？唯有一点使人失意不快，那就是您很快就要荣升，离开我们了。而您的诗文才华则很令人仰佩：像王勃那样，挥豪成就佳作，也正是江文通才华横溢之时；又像谢灵运梦到弟弟惠连那样，得到佳句美词。最后自谦地表示，赠诗二首，望您给予指正；微薄之言，为您祝福祈祷。诗序笔底生花，感情真挚充沛，令人感动。

第一首赞扬友人的文才和品格。首联讲友人诗文高妙、风雅：你的诗文高妙无比，有如珠玉生辉，钦佩你用风流儒雅引导前程。颔联讲友人从政之善举：近年来你的恩惠遍布各处，其中的慈爱仁惠，大家都看得分明。颈联讲友人离开，有诗留存：无奈莺鸟叫个不停，催促你离去；可喜的是，你在驴背上有诗作成（留给大家），众人争着传诵。尾联表依依不舍的送别情：我折尽了青青的杨柳枝，前来赠送给你；那《阳关三叠》的送别之歌，包含着我们的万种深情。

第二首写友人的政绩与大家的送别情。首联讲友人家业文化底蕴深厚，连奴婢也能吟诗。颔联讲友人儒吏的特质：作为一位官员，你却能努力学习，真正是个儒生出身的官吏。你和其他官员交往谈话，往往涉历古今，思接千载。颈联讲离别情：你的高就荣升，本来指日可待；而你回到我们这儿来，不知又要等到什么时候了。尾联讲友人离去后大家的怀念：普通桥边有你的题词在，我们将把它当作赞颂丰碑，好好保留下来。

2.36　仿前辈胡木生先生《临别牵衣图》

一曲骊歌[1]唱晓晖，临歧牵袂语依依[2]。
关山[3]万里愁千缕，莫为封侯[4]久不归。

注释

[1]骊歌：分别之歌，送别之歌。

[2]依依：依恋不舍的样子。

[3]关山：关隘山岭。《木兰诗》："关山度若飞。"

[4]封侯：封拜侯爵。亦泛指显赫功名。

赏析

这首七绝也是别离歌，写一个女子与夫婿的别离情：一曲别离之歌在晨光中响起，分别的路口两人牵着衣袖，倾诉深情，依依不舍。此去远涉万里关山，不知要经历多少辛苦，这让妾身牵肠挂肚，万千愁苦。夫婿啊，不要为了封侯就长久不归呀。字里行间，情意绵绵，柔情似水，感人至深。

2.37 留别

（一）

我是天涯访旧身，骊歌唱彻暗伤神。

语君休送阳关路，柳色青青[1]恼煞人。

（二）

点缀飞花淡不言，一鞭金勒[2]赴前村。

临歧忍住相思泪，恐染衣衫尽血痕。

注释

[1] 柳色青青：出自唐代王维《送元二使安西》。其诗曰："渭城朝雨浥轻尘，客舍青青柳色新。劝君更尽一杯酒，西出阳关无故人。"

[2] 金勒：金饰，带嚼头的马络头。

赏析

这是诗人临别写给友人的两首七绝，是感伤离别之作。第一首写分别伤心，劝朋友不要前来送行：我是一个游历天涯走访故友的人，离歌唱遍，我暗暗伤心。告诉你，不要到阳关来送我了，折送的青青柳枝会让我烦恼、伤感到极点啊。

第二首写强忍别离之痛：点缀在空中的飞花，淡淡的，没有声音。我催马扬鞭，赶赴前村。岔路分别，我强忍相思泪，怕染湿的衣衫尽是血痕。

2.38 庚午[1]五月八日接世讲[2]王鹤昌函
并零星数事

（一）

一亩书田藉舌耕，频年挥麈[3]博虚名。

先生已老门生少，难得相关尚有情。

（二）

师门情感本深长，衣钵[4]传薪[5]道法[6]臧。

现值生存犹戛置[7]，他年那更服心丧。

（三）

师死才闻倍所尊，几曾师在便忘恩。

而今掉臂[8]忘情者，就是陈相[9]莫比论。

（四）

放怀天地任高歌，冷暖人情计较何？

取友无方翻内疚，自惭不及尹公佗[10]。

注释

[1] 庚午：1930年。

[2] 世讲：称朋友的后辈。

[3] 麈（zhǔ）：麈尾。古人闲谈时拿着驱虫、掸尘的文雅工具。

[4] 衣钵：僧尼的袈裟与饭盂。佛家作为师徒传授的法器。

[5] 传薪：传火于薪，使火种传续不绝。后亦喻师生递相授受。

[6] 道法：佛法；道教的教义、法术。

[7] 恝（jiá）置：淡然处之，置之不理。

[8] 掉臂：甩动胳膊走开。表示不顾而去。

[9] 陈相：指汉相陈平，常违心默认（以全社稷）。

[10] 尹公佗（tuó）：春秋时期一个不忘师恩的人。

赏析

这四首七绝讽刺那些对老师薄情寡义、忘恩负义的人，诗人对自己择友不慎感到内疚。"放怀天地任高歌，冷暖人情计较何？"一反世俗偏见，追求更高的精神境界。这是屈原"众人皆醉我独醒"的精神，这是出淤泥而不染的气节，十分难能可贵。

2.39 寄知事[1]杨汝襄

（一）

琴鹤携相伴，扁舟上益州[2]。

仁声同雨化[3]，儒吏自风流。

井里容光满，阳春脚力周。

关西[4]家法在，君夙景前修。

（二）

阖郡讴歌遍，都称内助贤。

提倡开女学，教育任师传。

桃李盈庭秀，芝兰得气先。

一般新弟子，瞻拜[5]有前缘。

注释

［1］知事：地方行政长官。

［2］益州：今成都。

［3］雨化：即春风化雨，比喻教益，良好影响。

［4］关西：本指函谷关或潼关以西地区。此指关西孔子杨震，后用以指大儒。

［5］瞻拜：参拜。

赏析

两首七律，一是赞扬杨知事，二是赞扬其夫人。第一首就知事离任回成都，赞扬其政绩和品格。首联讲知事潇洒而去：携着琴，伴着鹤，驾了一叶扁舟，向成都飘然而去。颔联讲知事的政绩：你仁政的声誉如同春风化雨，作为一位儒吏自有风格和风彩。颈联讲知事勤力为政：街道乡村，你到处露面；阳春三月，催耕课读，你四处走访。尾联讲继承家法传统：关西孔子杨震的家法还在，你恭敬遵守，景仰前贤。

第二首赞扬知事夫人。首联讲大众的颂扬：全郡的人都在讴歌，说她是你的贤内助。颔联赞扬知事夫人开办女学的盛举：她提倡开办女子学校，信任教师，专心教学。颈联讲教育成效：桃李满园，芝草兰花茁壮成长（她教育出大批优秀学生）。尾联赞扬她的楷模作用：来自普通大众的新子弟要参拜学习，把她当作模范，这是缘分。

2.40 赠别杨汝襄

乙卯（1915年）四月初旬

（一）

君不见，火井之山高插天，火井之水清且涟[1]。一山一水俱奇绝，桑麻鸡犬密如烟。此中人雅喜读书，亦有强暴混居诸[2]。我公到日分良莠[3]，栽者培之非种锄。自是四郊多欢悦，士读农耕勤旧业。朝来忽听唱刀环[4]，万种离愁乱不删。舆情[5]莫忍抛公去，那堪[6]公亦凄其颜。

右[7]七古一首

（二）

客从远方来，驱车临火井。

暇日讯乡民，闻有贤令尹[8]。

乡民笑且言，令尹他无奇。

诗书与农耕，亲为课督[9]之。

前日叛兵来，恐慌莫可状。

令尹曰无须，自有官相抗。

此事险复险，仗三师马团。

官虽遭劫掠，百姓庆公安[10]。

况乃平日心，清清如止水[11]。

猛虎政无苛[12]，悬鱼[13]堪媲美[14]。

今闻将卸篆[15]，贸贸[16]亦怛[17]伤。

挽留不可得，一瓣祝心香。

心香何所祝，多男福寿康。

右五古

（三）

我口欲吟句，已为他人吟。

我心所蕴结[18]，早结他人心。

不言殊耿耿[19]，言之噗土音。

杨公多惠政[20]，岂徒楮墨[21]寻。

吾民有天性，去后思不禁。

吁嗟乎！去后思不禁。

右五古二首

（四）

镇西山[22]，我宅焉，劳劳亭[23]畔柳丝牵。官爱民，民戴德[24]，甘棠[25]垂荫枝相接。争奈[26]公去难留公，呼天快吹石头风。

右古歌一章，代王勉之作

（五）

无计留春景物迁，风光又值麦秋天。

买丝争绣寻常事，井里都传内助贤。

（六）

整团办学费心裁，百废俱兴[27]仰大才。

襄治[28]如斯清似水，福星一路耀邛崃。

（七）

杨羊[29]原识是宗支，素不耽人共信之。

此日送公多堕泪，去思碑[30]当岘山碑[31]。

（八）

三月果能称大治，骊歌[32]无奈唱当筵[33]。

嗟余读礼蓬门[34]内，不及衔杯[35]亦怅然[36]。

右七绝四首，代樊景云作

注释

[1]涟：水面风吹的波纹。亦指微浪。

[2]诸："于此"的合音。

[3]良莠（yǒu）：指好人与坏人。

[4]刀环："还归"的隐语。

[5]舆情：群情，民情。宋代秦观《与苏公先生简》："伏乞为国自重，下慰舆情。"

[6]堪：忍受。

[7]右：因原稿是纵行，从右至左阅读，故曰右。下同。

[8]令尹：泛指县、府等地方行政长官。

〔9〕课督：督促。

〔10〕公安：公众安全。

〔11〕止水：静如明镜之水。喻为政清廉。

〔12〕猛虎政无苛：化用孔子语"苛政猛于虎"，反其意而用之。"苛政猛于虎"，谓繁重的赋税，苛刻的法令，比猛虎还要凶残。见《礼记·檀弓下》。

〔13〕悬鱼：语出《后汉书·羊续传》。文中写道："府丞尝献其生鱼，续受而悬于庭；丞后又进之，续乃出前所悬者以杜其意。"后用以指为官清廉。

〔14〕媲美：比美。

〔15〕卸篆（zhuàn）：卸印。谓辞去官职。

〔16〕贸贸：目眩貌。

〔17〕怛（dá）：悲伤。

〔18〕蕴结：凝聚。

〔19〕耿耿：烦躁不安，心事重重。

〔20〕惠政：仁政，德政。

〔21〕楮（chǔ）墨：纸与墨。借指诗文或书画。

〔22〕镇西山：诗人故乡山名。

〔23〕劳劳亭：亭名。在今南京西南古新亭南，三国吴筑，为送别之所。

〔24〕戴德：感恩戴德。

〔25〕甘棠：木名，即棠梨。语出《史记·燕召公世家》。后用以歌颂官员的美政和遗爱。

〔26〕争（奈）：犹"怎"。

〔27〕百废俱兴：所有被废置的事都兴办起来。

〔28〕襄治：治理。

〔29〕杨羊：指杨、羊二姓。二姓同一来源。

〔30〕去思碑：语出《汉书》，谓地方士民对离职官员的怀念。

〔31〕岘山碑：岘山，山名，在湖北襄阳。东晋羊祜任襄阳太守，有政绩，后人以其常游岘山而立碑纪念。《晋书·羊祜传》："襄阳百姓于岘山祜平生游憩之所建碑立庙，岁时飨祭焉。望其碑者莫不流涕，杜预因名为堕泪碑。"

〔32〕骊歌：分别之歌。

[33] 当筵：在宴席上。

[34] 蓬门：以蓬草为门，指贫寒之家。

[35] 衔杯：口含酒杯。多指饮酒。

[36] 怅然：失意不乐貌。

赏析

赠别诗一组，包括七言古诗一首，五言古诗两首，古歌行体一首和七绝四首。后二者为代人所作。

七言古诗赞扬政绩，表达惜别情。诗人赞扬自己的家乡火井："君不见，火井之山高插天，火井之水清且涟。一山一水俱奇绝，桑麻鸡犬密如烟。"但也不忘辩证地看，区分善恶："此中人雅喜读书，亦有强暴混居诸。"

五言古诗两首，第一首称赞令尹的政绩。第二首代表民众心声，挽留令尹，永远怀念。

古歌行体一首，有似民谣，表现纯朴、深厚的送别情意。

七绝四首，表达对令尹的赞颂与送别情。第一首赞扬知事夫人是贤内助。第二首讲知事的政绩。第三首讲要为知事竖立去思碑。第四首表达依依惜别之情。

2.41 赠别县佐杨汝襄续稿 [一]

（一）

公馀素爱与民亲，切切[1]怡怡[2]化导肫[4]。

风俗人心关学校，几回叮嘱重修身。

（二）

叛兵[5]西下势猖狂，尔日多公贾勇[6]当。

秩序安宁民不扰，只今井邑颂龚黄[7]。

（三）

今后阿谁更论文，鸿泥爪印[8]便离分。

许多父老殷相祝，惟道仍还我使君[9]。

注释

[1] 切切：相互敬重、切磋、勉励貌。

[2] 怡怡：和顺貌。特指兄弟和睦的样子。

[3] 化导：感化引导。

[4] 肫（zhūn）：诚挚。

[5] 叛兵：指民国四年驻防军营长叛乱，越过镇西山，直到火井，一路烧杀抢掠。（详见7.6《恐慌略记》）

[6] 贾（gǔ）勇：语出《左传·成公二年》。文中写道："欲勇者，贾余馀勇。"后用为鼓足勇气之典。

[7] 龚黄：汉循吏龚遂与黄霸的并称。亦泛指循吏（遵理守法的官吏）。《西游记》第九十七回："名扬青史播千年，龚黄再见。"

[8] 鸿泥爪印：指往事留下的痕迹。宋代苏轼《和子由渑池怀旧》："人生到处知何似？应似飞鸿踏雪泥。泥上偶然留指爪，鸿飞那复计东西。"

[9] 使君：尊称州郡长官；对人的尊称。

赏析

这三首七绝，第一首赞扬县佐平时的好作为。第二首赞颂他抗御叛兵的义举。第三首表示惜别之情。

2.42 赠别县佐杨汝襄续稿 [二]

（一）

书生面目长官身，个里[1]婆心认得真。

只是瓜期[2]今有代，一鞭杨柳去风尘。

（二）

连宵怕听杜鹃[3]声，尽有留春惜别情。

蓤[4]拔四郊才渡虎[5]，乔高三月又迁莺[6]。

本然[7]慈母堪依恋，无那风姨[8]惯送行。

到底不惭清白裔，邠乡[9]妇孺遍知名。

（三）

李桃兰蕙各分栽，心事如公酷爱才。

膏雨润时多本固，春风嘘到满枝开。

丰城[10]有剑光难掩，合浦[11]还珠理可猜。

他日使君能眄[12]我，成荫来看实累累。

（四）

文字因缘味最真，一经相洽轶[13]风尘。

人无官气原优学，天与多才总为民。

青帝[14]畅和偏促别，绿波浩渺共伤春。

君行试问桃潭水，我比汪沦[15]伦不伦？

（五）

不作恭维泛泛词，神交原只重襟期[16]。

剧怜兵叛锋相逼，为保公安势亦危。

握手忍教从此去，谈心毕竟在何时？

赠君愧我无长物[17]，多赋新诗当口碑[18]。

注释

[1]个里：此中，其中。

[2]瓜期：语出《左传·庄公八年》"及瓜而代"。原指戍守一年期满，后用以指官吏任期届满。

[3]杜鹃：鸟名，啼声凄切。

[4]薤（xiè）：一种多年生草本植物。拔薤，喻打击豪强。

[5]渡虎：虎口脱险。

[6]迁莺：黄莺鸟飞翔高升。喻仕途升迁。

[7]本然：本来，本当如此。

[8]风姨：古代神话传说中的司风之神。

[9]枌乡：即枌邑。本指汉高祖故里，后泛指故乡。

[10]丰城：地名，在今江西丰城市西南。此为雷焕得宝剑之处。故指丰城剑，名剑也。后世诗文中用以赞美杰出人才，或谓杰出人才有待识者发现。

[11]合浦：地名，在今广西合浦县，以产珍珠闻名。合浦还珠，喻人去复

归或物归原主。

[12] 贶（kuàng）：贶临，即惠顾，光临。贶我，光临我处。

[13] 轶（yì）：超绝，超越。

[14] 青帝：我国古代神话传说中位于东方的司春之神。

[15] 汪沦：即汪伦，人名，安徽泾县县令，李白好友。李白游泾县时，汪常以美酒相待。在《赠汪伦》中李白表述了与汪伦的深深感情，成为送别之情的千古绝唱："李白乘舟将欲行，忽闻岸上踏歌声。桃花潭水深千尺，不及汪伦送我情。"诗人于此化用此诗。为避重字，暂将"汪伦"写作"汪沦"。

[16] 襟期：犹心期，指人与人之间的期许。

[17] 长物：多余之物。

[18] 口碑：喻指众人口头的赞扬。

赏析

一首七绝，四首七律，皆为赠别诗。七绝为总评价：县佐是书生面目长官身，对其离去表示不舍和怀念。七律第一首写县佐荣归故里。第二首写县佐政绩和才华。第三首写深深的惜别情："君行试问桃潭水，我比汪沦伦不伦？"第四首写赋诗告别："赠君愧我无长物，多赋新诗当口碑。"

2.43 送别火井县佐周进吾

（一）

枣花桐叶接天长，祖饯[1]东郊共举觞。

桑梓[2]从今都勿剪，绿他树树化甘棠[3]。

（二）

赠到青蚨[4]愧不支，几番计划莫须辞。

藉君多买参苓味[5]，传与乡间竖口碑[6]。

（三）

骊歌[7]竟唱麦秋天，百里云山一怅然[8]。

父老攀辕相问讯，使君[9]还我又何年？

注释

[1] 祖饯：饯别。

[2] 桑梓：桑树和梓树。

[3] 甘棠：棠梨。用以称颂官吏的美政和遗爱。

[4] 青蚨：传说中的虫名。传说此虫可以使钱自还。后用以指钱。

[5] 参苓味：指养身补药。

[6] 口碑：百姓口中的称颂。

[7] 骊歌：别离之歌。

[8] 怅然：失意不乐貌。

[9] 使君：对地方长官的敬称。

赏析

七绝三首，第一首写东郊送别，第二首写赠送补药，第三首写惜别情。对周进吾，诗人有颂联：

一行作吏，十年读书，有枌榆桑梓之感情，佐治不迁犹不慭；

百里长才，万家生佛，共父老弟昆而拜手，祝公多寿复多男。（见6.11）

2.44　饯送火井县佐

（一）

争传井里福星来，瑞世琼瑶[1]大有才。

到处甘棠[2]留勿剪，思公遗爱为公栽。

（二）

花村月夜犬无哗，扑地闾阎[3]有万家。

日坐讼庭[4]春意遍，闲同父老话桑麻。

（三）

公庭见说有悬鱼[5]，挽也难留拟卧车。

百啭黄鹂三月晓，高迁直到上林[6]居。

（四）

一棹归帆一叶轻，冰心^[7]恰与水同清。

桃花潭^[8]泛桃花涨，我比汪伦正送行。

（五）

使君^[9]还我究何时？保障居然号茧丝。

昨日公民亲口道，大家要竖去思碑^[10]。

（六）

果然谊美又恩明，一曲骊歌^[11]万种情。

莫道分襟^[12]难觌^[13]面，他时来访锦官城^[14]。

注释

[1]琼瑶：美玉。喻美好的诗文。

[2]甘棠：棠梨。用以称颂官员的美政和遗爱。

[3]闾阎：里巷内外的门。后多借指里巷。闾阎扑地，形容房屋众多，市集繁华。

[4]讼庭：即讼堂，旧时审理诉讼案件的场所。

[5]悬鱼：用以赞扬官员为政清廉。

[6]上林：古宫苑名。泛指帝王园囿。

[7]冰心：纯净高洁的心。唐代王昌龄《芙蓉楼送辛渐》："寒雨连江夜入吴，平明送客楚山孤。洛阳亲友如相问，一片冰心在玉壶。"

[8]桃花潭：在今安徽泾县内。李白与汪伦告别之地。唐代李白《赠汪伦》："李白乘舟将欲行，忽闻岸上踏歌声。桃花潭水深千尺，不及汪伦送我情。"此处化用此诗。

[9]使君：对地方长官的敬称。

[10]去思碑：即思念碑。喻指地方士民对离职官员的怀念。

[11]骊歌：离别之歌。

[12]分襟：分手，分别。

[13]觌（dí）：见，相见。

[14]锦官城：成都的别称。

赏析

六首七绝，为饯送火井县佐而作，均为赞颂政绩、表达惜别的诗。第一首赞颂县佐是福星、大才，并表示深切思念。第二首写良好的社会状态和县佐的良好作风。第三首写县佐为政清廉，荣升高迁。第四首写县佐两袖清风而去，我们深情送别。第五首写民众对县佐的思念情意。第六首写别情万种，再见有期。

至此，我们欣赏了诗人写给几位火井长官的诗，各种体裁，多达三十首。这些长官皆为儒吏，为官清廉，在任期间为百姓做了一些好事。他们有文才，与诗人更有文字之缘，情谊甚厚。故其离任之际，民众挽留，诗人不舍，写了许多诗作。从中我们不仅看到了诗人所展示的杰出才华，也反映了诗人的社会政治理想，主要有以下几个方面。

一、以人为本。他写道："天与多才总为民。"这就是说，上天给予长官许多才能，是要用来为老百姓做事的。用今天的话来说，就是一切为了人民，全心全意为人民服务。何等可贵！

二、亲民爱民。比如："公馀素爱与民亲，切切怡怡化导腴。""闲同父老话桑麻。""官爱民，民戴德，甘棠垂荫枝相接。""诗书与农耕，亲为课督之。"

三、施仁政。比如："仁声同雨化。""年来子惠敷诚遍，个里婆心认得明。""杨公多惠政，岂徒楮墨寻。""猛虎政无苛。""日坐讼庭春意遍。""花村月夜犬无哗，扑地间阎有万家。"

四、抑豪强，抗危难。比如："此中人雅喜读书，亦有强暴混居诸。我公到日分良莠，裁者培之非种锄。""薙拔三郊才渡虎。""叛兵西下势猖狂，尔日多公贾勇当。""秩序安宁民不扰，只今井邑颂龚黄。"

五、重视教育。比如："提倡开女学，教育任师专。""整团办学费心裁，百废俱兴仰大才。""风俗人心关学校，几回叮嘱重修身。""心事如公酷爱才。"

六、为政清廉。比如："关西家法在，君夙景前修。""公庭见说有悬鱼。""到底不惭清白裔，枌乡妇孺遍知名。""况乃平日心，清清如止水。"

这些就是诗人通过赠别之作所寄托的社会政治理想，有似人间桃源。这些只有在人民当家作主的时代才可能实现，在当时也是一种鼓舞力量。

2.45　九月九日早发现逃难者归去

（一）

淋淋香汗点苍苔，二八婵娟[1]剧可哀。

不是烽烟惊四野，几曾莲步[2]到山来。

（二）

山路崎岖欲断魂，小姑柔媚大姑温。

禁[3]她一色芙蓉[4]面，不点胭脂点泪痕。

（三）

女儿箱好贮香衾，翠薜青萝[5]一径深。

我欲送卿谁送我，可怜同抱故乡心。

（四）

干戈戎马太猖狂，一径西风客路长。

唱彻刀环[6]归去晚，绣窗依旧伴萧郎[7]。

注释

［1］婵娟：姿态美好貌；指美人。

［2］莲步：指美女的脚步。语本《南史·齐本纪下·废帝东昏侯》："又凿金为莲华以贴地，令潘妃行其上，曰：此步步生莲华也。"宋代孔平仲《观舞》："莲步随歌转。"

［3］禁：折磨，使受苦。

［4］芙蓉：荷花的别名。

［5］翠薜青萝：薜荔和女萝，皆野生植物，常攀缘于山野林木或屋壁之上。屈原《九歌·山鬼》："若有人兮山之阿，被薜荔兮带女萝。"

［6］刀环："还归"的隐语。语本《汉书·李陵传》："立政等见陵，未得私语，即目视陵，而数数自循其刀环，握其足，阴谕之，言可归还也。"

［7］萧郎：姓萧男子的敬称。后指美好的男子或女子爱恋的男子。

赏析

四首七绝，通过对落难小姐的描写，寄托了诗人对她们的深深同情，也控诉了社会混乱给人民带来的痛苦。"依旧伴萧郎"，是对落难妇女的祝福，希望她们安全回家，过上幸福的生活。此诗描写了美好人事被损伤的悲剧。

2.46 ［卢家妇］

邑某甲,喜交游,广结纳,为仇家所中。闻被杀时,其外遇妇拼命救之。事虽不济,亦足愧交情凉薄[1]者矣。

同气同袍[2]那便真?蔺廉[3]交道慨沉沦。

当时结识该多少,不及卢家一妇人。古有卢家妇号莫愁,唐诗:卢家少妇郁金香。[4]

注释

[1]凉薄:微薄,浅薄,淡薄。

[2]同气同袍:有血统关系的亲属,指兄弟姐妹。亦指同僚、同学、朋友等。

[3]蔺廉:战国时期赵国蔺相如和廉颇的并称。两人皆为赵国功臣。蔺拜相,廉不服,欲与为难。蔺以国家利益为重,不与计较。廉终于觉悟,两人成刎颈之交。

[4]卢家妇:古代女子莫愁。其貌美聪慧,能歌善舞。此用以赞扬勇于救人的女子。唐诗为沈佺期《独不见》:"卢家少妇郁金堂,海燕双栖玳瑁梁。"有一字之差。"卢家少妇郁金堂"语本梁朝萧衍《河中之水歌》:"河中之水向东流,洛阳女儿名莫愁。莫愁十三能织绮,十四采桑南陌头。十五嫁为卢家妇,十六生儿字阿侯。"

赏析

这首七绝赞扬勇于救人的妇女,讽刺、批判那些感情凉薄的人。即使骨肉同胞,哪里就能当真?(关键时刻认利不认义)人们感叹廉颇、蔺相如那样的刎颈之交,可惜已经沉沦不见了。邑某当时不知结识了多少人,可是没有人前来相救;只有卢家妇人,虽为一弱女子,却能拼命相救。邑某结交的那些人,冷漠、刻薄,还比不上这样一位妇人啊!

咏景咏物

3.1　春景

风光明媚散晴晖[1]，佳水佳山列四围。
一路浓香吹不断，飞花多上美人衣。

注释

[1]晖：阳光。

赏析

这首七绝生动地描绘了一幅春光图、游春图：明媚的春光里，晴和的光辉处处洒播。放眼望去，周围都是好山好水。更兼春风吹来，一路浓香扑鼻。而点点飞花如有情意，大都飞落在美人的衣裙之上。读之让人身临其境，美不胜收。

3.2　暮春[1]

（一）

漫天雨气正蒙蒙，青帝[2]骊歌[3]唱欲终。
喜得春归三月暮，道旁尚有野花红。

（二）

乱点飞花日未斜，双双燕子宿平沙。

谁家一队垂髫^[4]女，绿柳荫中唱采茶。

注释

［1］暮春：晚春，春末，农历三月。

［2］青帝：古代神话传说中五位天帝之一，位于东方的司春之神。

［3］骊歌：分别之歌。

［4］垂髫（tiáo）：指儿童或童年。

赏析

两首七绝均写暮春。第一首虽有不快却有喜：漫天春雨，下个不停；雨气蒙蒙，令人难受。司春之神所唱的分别之歌已经快唱完了，让人感到寂寞、伤感。然而暮春三月，春虽归去，路旁还有红红的野花开放。这让人感到欣喜，给人希望。

第二首写暮春傍晚景色：飞花乱点，日光朗照；燕子双双，栖歇平沙。有一队女孩正在绿荫丛中唱着采茶歌谣，童音飞扬，令人欢畅。诗人笔下，暮春不伤，依然欢乐。

3.3　暮春郊望

村南村北树成行，春半枝头叶尚黄。

几日闭门读《周易》^[1]，蜩^[2]鸣万绿一齐芳。

注释

［1］《周易》：古代占筮用书。传说伏羲画八卦，周文王演为六十四卦。

［2］蜩（tiáo）：蝉。《诗经·豳风·七月》："五月鸣蜩。"

赏析

这首七绝，前两句讲春半时节的景致：山村树木众多，向南向北都成行列。春天已经过半了，树枝上的叶子还是一片嫩黄。三、四句讲几日之后的变化：我闭门读《周易》，读古书，才几天未出门。现在出来一看，已是春深似海：万绿丛中，鲜花齐放，蝉鸣声声。闭门读《周易》，也是巧笔，一方面使时间有了过渡，才有由"尚黄"到"万绿"的巨大变化和惊喜；另一方面又表现了诗人高雅的情怀与求知的勤奋。在美好的春光中闭门读书，难能可贵！

3.4　早起即景

乙丑（1925年）三月廿五

东风一夜不成眠，傍晓[1]盆花色色鲜。
清脆鸟声啼树杪[2]，四围天是蔚蓝[3]天。

注释

[1] 傍晓：拂晓，早晨。

[2] 杪（miǎo）：树枝的细梢。

[3] 蔚蓝：晴天天空的颜色。

赏析

即景，是就眼前的景物吟诗作画。这首七绝写春日晨景：春天来了，一夜东风，佳趣满怀，夜不成寐。自家栽种的一盆盆花，天一亮就五彩缤纷，鲜艳可爱。耳边听到的是枝头上清脆的鸟鸣。环顾四周，一片蔚蓝的天。鲜花伴鸣鸟，四周蔚蓝天，多美的春光图！

3.5　春游有忆

（一）

明珠仙露想丰神[1]，知是兰闺未字[2]身。
早日嫦娥[3]侍书女[4]，究因何事谪[5]红尘？

（二）

花间笑盼总倾城，玉貌珊珊[6]记得清。
卿是有家侬[7]有室，情缘珍重结来生。

注释

[1] 丰神：丰润而富于神采。

[2] 字：怀孕。

[3] 嫦娥：神话中的月宫仙子。

[4] 侍书女：女书童。

[5] 谪（zhé）：贬官，谪罚。

[6] 珊珊：晶莹貌。唐代韦庄《白樱桃》："泻得珊珊白露珠。"

[7] 侬：我。

赏析

　　两首七绝写春游时的美好记忆与感受。第一首说，姑娘像明珠仙露一般，其风采神韵任人想象品味。看来她是闺中的妙龄处子。（这么美）大概是嫦娥的女书童吧，究竟为什么被贬到人间来了呢？

　　第二首说，美人啊，笑盼花间，倾国倾城。晶莹如玉的美貌至今记得分明，怎么不令我倾心？你我虽彼此倾心，但是你有家室我有妇（不可能再结合了），让我们彼此尊重吧！但愿我俩的纯美情缘缔结在来生。诗如美玉奇葩，充满真爱与尊重，体现了诗人高尚的品格。

3.6　春闺

（一）

暖风晴日理朱弦[1]，春思无聊梦亦颠[2]。

好语吾家诸姊妹，绣窗多蓄买花钱。

（二）

湘帘[3]朝起透晴晖，红正酣[4]兮绿正肥。

悄悄呼郎忙起看，一双蝴蝶作团飞。

注释

[1] 朱弦：用熟丝制成的琴弦。

[2] 颠：猛烈，狂乱。

　　[3]湘帘：用湘妃竹做的帘子。《桃花扇》："湘帘昼卷，想是香君春眠未起。"

　　[4]酣：形容事物发展的激烈程度。

赏析

　　两首七绝，变换词句译述如下：

　　（一）暖风晴天弹琴弦，春思无聊梦也颠。我劝吾家众姐妹，绣窗多存买花钱。（二）晨起窗边露晴光，红花正盛绿叶肥。悄悄唤郎快起看，比翼蝴蝶团团飞。

　　《春闺》反映年轻女子的春思春情，有如两朵春花。第一首写年轻女子在明媚的春光里，在美妙的琴声中，受着春思春情的烦扰，多半是对自己终身大事的关切与担心。这是人之常情，旧时代困于闺中的年轻女子尤其如此。诗人更加关心自家姐妹，劝她们多多蓄积买花的钱，用美丽的鲜花来美化生活，慰藉心灵。

　　第二首塑造了一对年轻夫妇或新婚夫妻幸福美满的形象。绣窗帘枕，透着晴光，鲜红肥绿装点新房。一对年轻夫妻从窗户上露出笑脸，笑指花间蝴蝶，比翼飞翔。美好的春光与幸福的爱情，构成一幅美丽的鸳鸯图。这是未嫁女子的美好未来，也是诗人对她们的安慰和祝福。

3.7 郊行即景

农歌依约[1]柳边闻，四野融融日色熏[2]。
春水满田天倒影，一鞭黄犊[3]踏红云。

注释

　　[1]依约：仿佛；隐约。

　　[2]熏：通"曛"，赤黄色。

　　[3]犊：小牛。

赏析

　　这首七绝描写南国田野风光，有如一幅油画：

　　隐约农歌，柳边听闻。日色赤黄，四野融融。

　　春水满田，天光倒影。一鞭黄犊，踏行红云。

诗句如画笔，诗篇成美图。绝妙的乡村田野春景活灵活现地呈现在人们面前。这是诗人热爱家乡、热爱农人的内心体现。

3.8　二月初二日郊行即景

（一）

暖风晴日艳阳天，散步村庄意洒然[1]。

蜂子[2]嗡嗡频入耳，菜花[3]一色满原田。

（二）

十八封姨[4]态颇娇，吹黄岸柳正条条。

儿童拍手狂相逐，断线风筝飞过桥。

注释

[1]洒然：洒脱貌；畅快貌。

[2]蜂子：蜜蜂。

[3]菜花：油菜花，金黄色。

[4]封姨：风神。

赏析

两首七绝，写初春景色。第一首写暖风、晴日、蜜蜂、菜花：温暖的风，晴朗的日，正是艳阳天气。我在村庄里散步，心情多么洒脱畅快！许许多多的蜜蜂在花间采蜜，嗡嗡叫声频频入耳。而满田坝的油菜花一色金黄，令人喜不自胜。

第二首写风吹、柳黄、儿童、风筝：年方十八的风神，态度很是撒娇。岸边条条柳枝，正被吹得泛黄。儿童们拍手狂喊追逐，断了线的风筝飞过了桥。

3.9　郊行即目

四月初十

一溪新涨一溪烟，乍暖还寒[1]打麦[2]天。

夹道刺藜^[3]花满树，数家兜水^[4]溉原田。

注释

[1]乍暖还寒：形容冬末春初气候忽冷忽热，冷暖不定。宋代李清照《声声慢》："乍暖还寒时候，最难将息。"

[2]打麦：收麦。

[3]刺藜：一种草本植物，结带刺的果实。

[4]兜水：舀水，大多双人操作。

赏析

这首七绝写农历四月初山村农忙时节的情景：溪水正泛，奔腾流淌；水雾蒙蒙，满溪云烟。乍暖还寒，正是收麦子的时节。道路两旁的刺藜满树开花，有几家农民正在兜水灌溉农田。本诗写农事活动，生动形象，表现了诗人对劳动人民的关心。

3.10 即景^[1]

一溪水涨一村晴，雨霁^[2]朝来画不成。
好是树荫浓淡里，勾人诗思乱蝉鸣。

注释

[1]即景：就眼前的景物（吟诗、作文或绘画等）。

[2]霁（jì）：雨、雪停止，天放晴。

赏析

这首七绝写山村新景：青山新雨后，溪水涨流，水花波浪，腾起水雾，响起水声，一派壮美景象；而溪边山村，正值初晴，晨景无限。如此美景，怎么高明的画家也"画不成"。"画不成"，也写不出，诗如何结尾呢？诗人想到了"乱蝉鸣"：恰好在那浓浓淡淡的树荫之中，有许许多多的蝉儿在无拘无束地高声欢唱。这正是勾起诗兴的时候，也更加衬托了景致的魅力。这样的结尾既补足了诗篇，又韵味无穷。

3.11 晚步

(一)

剩有闲情在，溪头步夕晖[1]。

寒鸦争树落，老媪[2]唤儿归。

云气团青霭[3]，烟痕接翠微[4]。

笑余狂不禁，潇洒总忘机[5]。

(二)

水绿山青外，斜阳点点收。

叶飘龙鼻[6]晚，烟锁鹤潭[7]秋。

贾客[8]栖村栈，骚人[9]散酒楼。

归来清趣[10]满，纤月上帘钩。

注释

[1] 晖：光辉。

[2] 媪（ǎo）：年老妇人。

[3] 霭（ǎi）：云气。

[4] 翠微：指青翠掩映的山腰深处。

[5] 忘机：清除机巧之心。常用以指淡泊名利，与世无争。

[6] 龙鼻：指当地的龙鼻山。

[7] 鹤潭：指当地的一处河滩，水较深，叫白鹤潭。

[8] 贾（gǔ）客：商人。

[9] 骚人：文人。

[10] 清趣：雅兴。

赏析

　　五律两首。第一首写溪头散步所见所感。意思是，溪边悠闲散步，走在夕阳的余晖里。寒鸦争着落在树上休息，老妇人声声呼唤孩子们回家。近处白白的云气慢慢飘向远山深处，与山中青青的云气相合相融。可笑我狂放不禁，潇洒起来总是忘了尘世心机。诗人散步放松，进而"狂"起来，追求超凡脱俗、自由自在的心境，体现了诗人鲜明的品格。

第二首写由家乡何场集市步行回家所见所感。意思是,傍晚走出街市,放眼郊外,在绿水青山之外,斜阳一点一点慢慢收回去。傍晚龙鼻山树叶飘飘,秋日的白鹤潭被浓烟封锁。商人在客店里休息了,文人墨客从酒楼出来,各自散去。我回到了家,满怀雅趣。一看,纤细的弯月已经升到窗户帘钩了。本诗所写,有如一幅幅山区小镇的风俗画,栩栩如生,引人入胜。故乡的人读之,倍感亲切。

3.12 游山即景

豪吟^[1]不肯老来降,策蹇^[2]寻诗渡石矼^[3]。

雾密远山都没顶,云深枯树只留桩。

亲人猿鸟情如识,下坂^[4]牛羊体最庞。

取径晚归烧榾柮^[5],呼童先掩碧纱窗^[6]。

注释

[1] 豪吟:满怀激情地吟诗。

[2] 蹇(jiǎn):劣马或跛驴。

[3] 矼(gāng):石桥。

[4] 坂(bǎn):山坡。

[5] 榾柮(gǔ duò):木柴块,树根疙瘩。可代炭用。宋代陆游《霜夜》:"榾柮烧残地炉冷。"

[6] 碧纱窗:装有绿色薄纱的窗户。

赏析

这首七律,首联讲游山的目的:我满怀豪情地吟诗,即使到了老年也不停止。所以为了寻找诗料,我赶着劣马渡过石桥,游走山凹。颔联讲所见山景:因为雾密,所以远山都没了顶;因为云深,所以枯树只能看见树桩。颈联讲深山另外的景象:猿猴和山鸟与人相亲,感情上似乎相识。下山坡的时候看到了家畜,牛、羊的躯体最庞大。尾联讲归来的情况:我寻路晚上才归来,燃烧柴火取暖,先叫书童把碧纱窗户关上。诗人寻诗游山,写得生动有趣。

3.13 山行晚眺[1]

（一）

连朝雨气锁峰头，负手行行客思幽。

最是晚晴诗趣好，一行征雁荻芦[2]秋。

（二）

秋花秋草路缠绵[3]，欲写幽怀趁晚天。

何处一声鸡共犬，野人[4]家在翠微[5]巅。

（三）

深林穿遍路欹斜[6]，古树盘根骇似蛇。

落叶潇潇风瑟瑟，马头小立数归鸦。

（四）

苔侵古寺自荒凉，谁礼神前一瓣香。

日暮野樵归去速，歌声长短万山苍。

注释

[1] 眺（tiào）：往远处看。

[2] 荻芦：两种同类的多年生草本植物，生长在水边，秋有花穗。明代李时珍《本草纲目》："芦有数种：其长丈许中空皮薄色白者，葭也，芦也，苇也。短小于苇而中空皮厚色青苍者……荻也……"

[3] 缠绵：萦绕；曲折难行。

[4] 野人：村野之人，农夫，山民。

[5] 翠微：青翠掩映的山腰深处。此指青翠山峦。

[6] 欹斜：歪斜不正。

赏析

四首七绝写诗人向晚游山所见景象。写得活泼别致，耐人寻味。

第一首写秋日晚晴。意思是，早晨连连下雨，雨气弥漫而浓厚，以致锁闭了山峰，连山头峰尖都看不见了。（这特殊景致透着一种静谧）远行是不可能的了，只得背着手在近处慢慢踱步，思想、心情变得特别幽静。晚来晴空辽阔（或许还有绮丽霞光），放眼望去，一行行远征的大雁向南飞去。眼前秋水连天，一丛丛芦荻（也许还有芦花），一直铺向远方天际。这是秋日晚晴时节最富于诗情画意的景象。

第二首写秋日晚天山中所见：一路秋草秋花，道路曲折萦回。打算描写幽静情怀，要趁着傍晚天色。忽然听到山顶上一声鸡鸣狗吠，抬头一看，啊，原来青翠的山峰顶上住着村野人家呢。结尾生动活泼，声色并茂，充满趣味。

第三首写秋日晚天穿行在深山野林：不断穿行在深山野林之中，道路歪歪斜斜；古树盘根弯曲，状如蛇行，使人害怕。山中秋风萧瑟，落叶纷纷；主人停下马来，稍作休息，数着归去的乌鸦。结尾轻巧着笔，意犹未尽。

第四首写古寺所见：苔藓侵蚀了古寺，来人稀少，自然变得荒凉。然而神前有一瓣香，不知是谁曾前来礼神拜佛。日近黄昏，樵夫满载而归行动迅速，口中还唱着山歌。长长短短的歌声，慢慢消失在苍苍茫茫的万山丛中。结尾亦生动有趣，读之令人身临其境。

3.14 江干[1]即目[2]

消闲散手步江皋[3]，俗念[4]尘心[5]一例淘。
遥指那家春色好，小园花满发樱桃。

注释

[1] 江干：江岸。

[2] 即目：眼前所见。

[3] 江皋（gāo）：江岸，江边高地。

[4] 俗念：世俗的想法。

[5] 尘心：指凡俗之心，名利之心。

赏析

这首七绝写诗人江边散步时所见所感。诗人在江边休闲散步，放松身心。这样一来便清除了所有的俗念和名利之心。前面有一户人家，小园里樱桃花开满枝头，呈现出美好春色。

全诗从放松心情，再到欣赏美好春光，步步推进，趣味无穷。

3.15 登高

(一)

天涯何处少丛林，胜地名区不易寻。

我与山灵[1]长订约，此身还要再登临。

(二)

蹊[2]间人迹有无中，茅塞频披曲径通。

借问蚩人[3]谁识得，万山堆里一诗翁。

注释

[1] 山灵：山神。

[2] 蹊（xī）：小路。

[3] 蚩人：愚人。

赏析

两首七绝均写登高。第一首写山中名胜难得，还要再来：天下丛林有的是，然而胜地名区就不容易找到了。在此，我与山神长期约定，这辈子还要再来。

第二首写登山的特殊感受：山路难行，若有若无；茅草塞道，要不断披荆斩棘，才能在曲折的山路上通行。（这似乎让人感到难受。）然而诗人并非如此，而是以自己为在万山丛中独自行走的一位诗翁而感到自豪。诗人苦中作乐，自得其乐。

3.16 己巳[1]十一月初八日登白云寺[2]

(一)

仆夫扶我上山峦，石磴苔侵路几盘。

行到寺门云尚锁，梅花含笑出阑干。

(二)

我来白云寺，心与白云闲。

万虑俱空寂，终朝[3]只乐山。

注释

[1] 己巳: 1929年。

[2] 白云寺: 诗人故乡一座位于深山的寺庙, 又名中寺。这也是杨氏祖庙。诗人常来这里。

[3] 终朝: 整天。唐代杜甫《冬日有怀李白》: "寂寞书斋里, 终朝独尔思。"

赏析

一首七绝, 一首五绝, 写登白云寺所见所感。七绝先写攀登之难: 仆夫搀扶着我登上山峦, 苔藓侵蚀, 石磴难爬, 道路弯弯曲曲。后写到达寺门的惊喜: 来到寺门, 云雾弥漫封锁, 而寺内的梅花伸出栏杆, 含笑迎接来客。这里用拟人手法将梅花当作迎宾使者, 令人十分喜悦。

五绝以白云作比, 直抒胸臆: 我来到白云寺, 心情和白云一样悠闲。千烦万虑都没有了, 从早到晚只是游山, 快乐无比。

3.17 夜宿白云寺

长至犹未至, 瞬息便黄昏。

古木争归鸟, 寒山有啸猿。

楼高风铎[1]脆, 衾铁火笼温。

此夕云堂[2]歇, 菩提[3]证夙根[4]。

注释

[1] 铎 (duó): 大铃。

[2] 云堂: 僧堂, 僧众设斋吃饭和议事的地方。

[3] 菩提: 梵文音译, 觉悟, 智慧, 指豁然开悟、顿悟, 达到超凡脱俗的境界。又指觉悟的智慧途径。

[4] 夙根: 灵根, 又谓本源。

赏析

这首七律写夜宿白云寺的经历。首联讲时间过得快: 隔了很长时间到这里来, 像没有来过 (又熟悉又新颖) 一样。时间飞驰, 一会儿就是黄昏了。颔联讲寺外状况：归鸟争着歇在古树上，寒冷的山中有叫啸的猿猴。颈联讲寺内状况：在高高的寺楼上，风铃响声清脆；衣衫冷似铁，但有火笼，让人感到温暖。尾联讲自己的禅缘：这天晚上在僧堂里过夜，为的是顿悟真理来证明自己有灵根，达到人生的完满。诗人年老，加之多病，尝尽了人生各种滋味。他要借助禅理佛学，追求心灵上的放松、自由、超脱。"为除老病学无生"，如此而已。

3.18 游山口占

溪山深处绝尘埃，为养沉疴[1]策杖来。
心迹[2]只留真我在，行踪屡费野人[3]猜。
数庵[4]缔造思先泽[5]，一代勋名付劫灰[6]。
后裔纷纷知道否，象贤[7]继述[8]是贤才。

注释

[1] 沉疴：重病，久治不愈的病。
[2] 心迹：思想与行为；心事，心情。此指思想，心中。
[3] 野人：村野之人，山民。
[4] 庵：寺院。
[5] 先泽：祖先的德泽。亦泛指祖先遗物。
[6] 劫灰：战乱或大火毁坏后的残迹或灰烬。
[7] 象贤：谓能效法先人的贤德。
[8] 继述：继承。

赏析

这首七律题写在杨家祖庙白云寺的墙壁上，抒写自己来此的目的和继承祖业的愿望。首联讲为养病而来：溪谷山林的深处隔绝尘埃，为了休养重病的身体，我拄着拐杖前来。颔联讲自己的行踪心迹：在我心中只留有真我，我的所作所为屡屡让山野之人想象不到。颈联忆祖先业绩：祖先在此处有建筑，由此可以思念他们的业绩恩泽。可是一代勋业名声，早已付于劫后余灰。（然而优良传统还在。）尾联讲继承：后代子孙们知道吗，我们如能继承效法祖先的贤德与事业，我们自己也是贤人啊。

3.19　题白云寺壁

参天银杏树交加，叶落经霜一道斜。
材殖深山终得价，病居萧寺^[1]当还家。
登堂先拜长眉佛，阅世真如过眼花。
但使此心能入定^[2]，为僧何必著袈裟^[3]。

注释

　　[1]萧寺：唐代李肇《唐国史补》，"梁武帝造寺，令萧子云飞白大书'萧'字。至今一'萧'字存焉"。后因称佛寺为萧寺。

　　[2]入定：佛教徒闭目静坐，不起杂念，使心定于一处；谓安心一处而不昏沉，了了分明而无杂念。

　　[3]袈裟：和尚披在外面的一种法衣。

赏析

　　这首七律仍题于白云寺壁，抒发自己的抱负和思想追求。首联讲白云寺秋景：银杏参天，古树枝叶交错。经霜之后的树叶纷纷落下，山路歪歪斜斜伸向远方。颔联讲自己大才有用，病愈回家：好的木材种植在深山，终归会得到它的价值。我在佛寺养病，病好了必定回家。颈联讲拜佛所想：进入佛堂先参拜长眉之佛，体会到阅览人间万事，真如过眼烟花一般。（看淡世间一切，超脱于世俗名利之外。）尾联讲信佛入定，不讲形式，只重实质。

3.20　腊月十四日白云寺回家，喜杨正械途迎

尔比杨时^[1]我愧程^[2]，竹林谊重又师生。
不辞茧足崎岖路，山径来迎亦至情^[3]。

注释

　　[1]杨时：宋名士，隐于龟山，世称龟山先生，卒谥文靖。

　　[2]程：指程颐，宋代理学家。全句用"程门立雪"之典。《宋史·道学传二·杨时》："（时）一日见颐，颐偶瞑坐，时与游酢侍立不去。颐既觉，则门外

雪深一尺矣。"后用为尊师重道之典。

[3] 至情：极其真挚的思想感情，真情。

赏析

　　这首七绝写学生来迎接自己从山里回家，诗的大意如下：你把自己比作谦虚好学的杨时，而把我比作程颐老师，这让我觉得惭愧。咱们既有竹林七贤的深厚友谊，又有师生感情。你不辞辛苦，磨足起茧，走崎岖的山路来迎接我，这是你的一片真情啊！全诗运用成语典故，将师生感情含蓄、深沉地表达出来，同时也反映了诗人谦逊的品格。

3.21　冬夜

丛林检得一栖[1]枝，雪夜霜天月上迟。
数遍更筹[2]心寂静，梦回犹补未完诗。

注释

[1] 栖（qī）：鸟停留在树上。

[2] 更筹：古代夜间报更用的计时竹签。

赏析

　　这首七绝写诗人度过冬夜的情况：鸟儿在丛林中寻找一根树枝歇宿，有雪的夜晚，下霜的天气，月亮很晚才升上天空。在这样的冬夜，很难入眠；一根一根数遍了报时的竹签，心中感到无比寂静。梦醒了补完未写成的诗稿。全诗不仅写了典型的冬夜景色，还写了梦回补诗的特殊行为，颇具特色。

3.22　望雪山

五古

天际独昂头，遥望雪压顶。
六出花飘飘，气象觉清迥[1]。

古树坠鸦巢，寒江系鱼艇。
深处卧袁安^[2]，门关人未醒。

注释

［1］清迥（jiǒng）：清明旷远。

［2］卧袁安：即袁安卧雪。汉袁安未发达时，洛阳大雪，人多出求食，安独卧不起。洛阳令见而贤之，举为孝廉，授予阴平长、任城令。后指身处困穷但仍坚持节操的行为。

赏析

这是一首五言古诗，描写雪山及其周围景象，雄奇壮阔，寓意深远。头两句写望雪山：巍峨的雪山在天地之间独自昂头，远远望去积雪压着山顶。三、四句写雪花：六瓣的雪花在空中飘飘洒洒，让人感到清明旷远的气象。五、六句写古树寒江：由于雪压，古树上的鸦巢坠落下来。在寒冷的江面上有拴着的渔船（已无人捕鱼）。七、八句以典故袁安卧雪作结：雪山深处有袁安在睡觉，柴门关着，人还没有醒来。本诗描写雪域壮景，以古人自比，表现高洁情怀。

3.23　腊月十一夜，雪中望月

七绝三章，七古一章

（一）

果是纤尘不染红，冰心^[1]一片玉壶^[2]中。
偶闻天半仙人语，行也泠然^[3]欲御风^[4]。《庄子·逍遥游》："夫列子御风而行，泠然善也。"

（二）

香梅艳雪和明月，正值禅关^[5]夜色深。
景致如斯太清绝，此身能得几回临？

（三）

仰视俯瞰色空明^[6]，色色空空画不成。
夜静人眠鸟栖息，独向禅廊自在行。

（四）

佛前一灯光炯炯[7]，似有似无天籁[8]声。

月姊梅兄来相伴，扫雪煎茶逸兴生。

便欲因之冲举[9]去，犹恐仙人笑我尘缘尚未清。

雪梅色白月娟娟[10]，一片盈眸[11]彻地天。

十二万年难遇此，今宵毕竟是何年？

注释

[1] 冰心：纯净高洁的心。

[2] 玉壶：美玉制成的壶。唐代王昌龄《芙蓉楼送辛渐》："洛阳亲友如相问，一片冰心在玉壶。"

[3] 泠然：轻妙貌。

[4] 御风：乘风而行。

[5] 禅关：禅门。

[6] 空明：空旷澄澈。

[7] 炯炯：明亮或光亮貌。

[8] 天籁：自然界的响声，如风声、鸟声、水声等。

[9] 冲举：旧谓飞升成仙。

[10] 娟娟：明媚貌。

[11] 盈眸：满眼。

赏析

这三首七绝、一首七古，有机联系，妙然一体。第一首化用唐人诗句："一片冰心在玉壶"，"不敢高声语，恐惊天上人"。玉壶冰心，用以形容纤尘不染的纯洁月色。这样的月色有如仙境，于是想象：听到仙人在说话，在乘风而行，轻妙飘逸。诗意美化了，神化了。

第二首，前两句写明月伴香梅艳雪，后两句赞美：这样的景致太清绝了！难得亲临。这令人倍加热爱和珍惜。

第三首以月色下诗人的行为反衬月色之美：仰视俯看，尽情欣赏，这色色空空无限美妙的景象，怎么也画不成。面对此景，独自在禅廊中自由自在地行走，慢慢欣赏品味。

第四首七古，进一步丰富、深化雪夜美景：有佛前炯炯明亮的灯光，有似有若无的天籁之音。月亮像姐姐那样相亲，梅花像兄长一般相伴。于是诗人扫雪烹茶，佳趣满怀，进而想升举成仙。然而又恐仙人笑我尘缘未清除，不肯收留。成仙难得，剩下的就是尽情地享受、赞美这无边的雪月了。梅月相辉，盈天彻地。十二万年，难得相遇。今宵何夕，如此神奇！这是一组吟月佳作，令人长吟不倦。

3.24　冬日访黄侍郎[1]墓

漫天黄叶冻云[2]横，翁仲[3]斜攲[4]世代更。
有女[5]能文公不死，相传黄崇嘏是其女　卜山葬骨气同清。
到来一片留荒石，难得千秋著大名。
我是儒冠称后学，瓣香来祝古先生[6]。

注释

[1] 黄侍郎：前蜀才女黄崇嘏之父，亦称黄使君。侍郎，官名。唐以后为尚书省等长官之副，地位渐高。

[2] 冻云：严冬的阴云。唐代方干《冬日》："冻云愁暮色。"

[3] 翁仲：称铜像或石像。唐代柳宗元《衡阳与梦得分路赠别》："翁仲遗墟草树平"。

[4] 斜攲：倾斜，歪斜。

[5] 有女：女指黄崇嘏。前蜀临邛女子，有才。女扮男装，赴考有绩，人称女状元。因事入狱，献诗蜀相自明。蜀相爱其才，荐为司户参军。嘏政事明敏，相欲妻以女，嘏作诗见意："幕府若容为坦腹，愿天速变作男儿。" 相得诗大惊。问之，乃黄使君之女也。后归故乡，隐居不仕。

[6] 古先生：东汉末有老子西游化胡成佛的传说。传老子以佛为弟子，自号为 "古先生"。后借指佛或佛像。唐代王维《过乘如禅师、萧居士嵩丘兰居》："深洞长松何所有，俨然天竺古先生。"此指黄侍郎。

赏析

这首七律写诗人拜访故乡古先贤墓地时的所见所感：漫天的黄叶纷纷飘落，

严冬的阴云横亘天际。墓园石像歪歪斜斜，世世代代都在不断变更。有女能写得好诗文，因而公名不朽。占卜寻山葬其身骨，父女气质同样贞洁。我来到这里，现在只留下一片荒芜乱石，然而墓主人却有千秋大名。我是后学儒生，手捧瓣香前来参拜，祝福古老先贤黄侍郎先生。

　　黄侍郎父女，当地民众颇为敬重。今仍存状元桥、崇暇山、崇龈塔等名胜。"振策访前徽，此地有侍郎故址。""千秋艳说状元名"，诗人很是崇敬、怀念。悠悠古思，情意绵绵，令人难忘。

3.25　清明日燕至喜作

（一）

絮语[1]喃喃唤小檐，差池[2]其羽落花粘。

衔香[3]从此休迷路，待汝终朝不下帘。

（二）

好结香巢好养雏[4]，朝来同伴紧相呼。

莫嫌屋小如舟样，多少朱门[5]在也无？

注释

　　[1]絮语：连绵不断地低声说话。

　　[2]差池：犹参差，不齐貌。此指燕子梳理羽毛的动作。

　　[3]衔香：衔香泥。

　　[4]雏：小鸡。泛指幼禽。

　　[5]朱门：红漆大门。指贵族豪户之家。唐代刘禹锡《乌衣巷》："朱雀桥边野草花，乌衣巷口夕阳斜。旧时王谢堂前燕，飞入寻常百姓家。"此句化用。

赏析

　　两首七绝是诗人在清明节因燕子回到家高兴而作，似在亲切地和燕子谈知心话。第一首写燕子的可爱表现：在小小屋檐上喃喃絮语，轻轻叫唤。背上粘满落花，回来抖动羽毛，梳理自身。从今天起，你出去衔香泥筑巢不要迷路。我从早到晚都不放下帘子，始终等你回来。

第二首希望燕子安心住在这儿：为了筑香巢，养小雏，燕子一早起来就紧紧相呼，你不要嫌屋小如小船，多少朱门大户都不存在了（还是住在寻常百姓家好）。这里暗用刘禹锡的《乌衣巷》，寓意深长。

3.26　薄暮观鸭

乙丑（1925年）上巳[1]后三日

成群乳鸭[2]太喧哗[3]，春水前溪戏落花。
薄暮女儿频唤去，各寻归路识还家。

注释

　[1]上巳：旧时节日名，三月三日，俗有洗涤除垢，招魂续魄，乘兰草，拂不祥等。

　[2]乳鸭：小鸭。

　[3]喧哗：声音大而杂乱。

赏析

　这首七绝写鸭，生动有趣：成群的小鸭嘎嘎叫个不停，很是喧哗，在前溪春水之中戏玩落花。天快黑了，女儿们频频呼唤，小鸭们便各自寻找主人家的路，慢慢回去了。

　诗中乳鸭戏落花，女儿频频唤，洋溢着活泼的朝气。而鸭之"喧哗"与"识还家"，准确生动，特点鲜明，乃传神之笔。

3.27　花朝[1]

春分二日是花朝，是年春分在二月十三，故云　烟锁长堤景色饶[2]。
为访故人评往事，拨云漫[3]过柳边桥。

注释

　[1]花朝：花朝节，百花的生日，农历二月十五。

［2］饶：多，饱满，丰富。

［3］漫：穿越。

赏析

这首七律写花朝的景色和诗人的行为：春分之后的第二天便是百花的生日，长堤之上，云烟弥漫，景色丰饶。我为了访问故人评说往事，特地拨开云雾，穿过柳树旁边的石桥。佳节良辰，诗人访友，美景雅趣，令人羡慕。

3.28 杏花

尚书[1]门第几枝红，青帝[2]催开二月中。

好似状元[3]看上苑[4]，六街[5]香送马嘶[6]风。

注释

［1］尚书：古官名，权位尊显。

［2］青帝：东方司春之神。

［3］状元：科举时代称殿试第一名为状元。

［4］上苑：皇家的园林。

［5］六街：唐京都长安的六条中心大街。亦泛指京都的大街和闹市。

［6］嘶：同"嘶"，号呼；鸟兽鸣叫。

赏析

这首七绝写红杏美丽而高贵，有春风得意之韵。

在尚书的高门宅第中，有几枝红红的杏花。这是司春之神在二月间催动开放的。开满杏花的春光美景，好像状元郎到皇家园林游赏一般，热闹非凡；又像京都大街风送花香，马儿鸣叫，快乐无边。杏花，本是平常的花，诗人将它与尚书门第、状元赏花联系起来，就显得生动美丽而且高贵了。

3.29　桃花

春光二月喜重来，浅白深红带笑开。

知否天台[1]千万树，刘郎[2]未至已先栽。

注释

[1] 天台：天台山，在浙江东部，甬江、曹娥江和灵江的分水岭。

[2] 刘郎：指刘晨。据《幽明录》载，汉永平五年，刘晨与阮肇共入天台山采药，迷路。后得桃子食而充饥，再后遇二女，因邀还家。有群女来，各持三五桃子祝贺二女与刘、阮结为夫妻。半年后刘、阮返乡，唯见七世孙矣。白居易《县南花下醉中留刘五》："愿将花赠天台女，留取刘郎到夜归。" 又指刘禹锡。他有诗《元和十年自朗州至京戏赠看花诸君子》："玄都观里桃千树，尽是刘郎去后栽。"

赏析

这首七绝写桃花，欢乐活泼，乐趣横生：春光二月又重新回到人间，让人无比高兴；那可爱的桃花啊，浅白深红，容光焕发，像带着笑脸盛开。知道吗？那天台山的千万树桃花，在刘郎还没有到来的时候就已经栽种了。后两句用了典故，刘禹锡诗为，"玄都观里桃千树，尽是刘郎去后栽"。而诗中写"先栽"，来时就可以尽情地观赏了，既有创新，又韵味无穷。

3.30　题梅

点缀疏烟淡霭[1]霞，一枝开便压群葩。

孤山[2]三百成香国[3]，几次句留[4]过客车。

注释

[1] 霭（ǎi）：云气。

[2] 孤山：山名，在杭州西湖中。宋代林逋曾隐于此。他喜梅养鹤，人称孤山处士。林有咏梅名句："疏影横斜水清浅，暗香浮动月黄昏。"（《山园小梅》）

[3] 香国：遍布花香的国度。

〔4〕句留：逗留，停留。

赏析

这首七绝写梅花，非同凡响。诗中说：美丽高洁的梅花，凌寒开放，点缀着疏疏的云烟，淡化了水气，也使霞光为之逊色。它开放一枝就能压倒众花。三百座种满梅花的孤山竟成了香国，几次三番使路过的嘉宾被吸引，停留下来。本诗在写尽梅花艳姿神韵之后又引用典故，进一步描写梅花之魅力。这在大家手笔之上又添了一笔重彩，表现了诗人非凡的才华。

3.31　丙辰[1]季春郊行看罂粟花[2]

(一)

艳阳天气足嬉游，万紫千红眼底收。

可笑青莲唐学士[3]，烟花只解羡扬州。

(二)

到处芙蓉[4]密密栽，花光[5]直欲上楼台。

山坡田野皆香国，愿伴群芳[6]管领[7]来。

(三)

果然世界号花花，粉白猩红入望赊[8]。

四季古称三月好，勾人诗思是繁华。

注释

〔1〕丙辰：1916年。

〔2〕罂粟花：俗称鸦片烟花，花美而果汁有毒。亦可药用。

〔3〕青莲学士：唐代诗人李白，人称青莲学士，世称诗仙。其《黄鹤楼送孟浩然之广陵》曰："故人西辞黄鹤楼，烟花三月下扬州。孤帆远影碧空尽，唯见长江天际流。"

〔4〕芙蓉：荷花的别名。

〔5〕花光：花的色彩。苏轼《雪上访道人不遇》："花光红满栏，草色绿无岸。"

〔6〕群芳：群花，众花。

[7] 管领：管辖统领。

[8] 赊（shē）：远，空阔。

赏析

罂粟花，粉白艳红，色彩很美，但其汁有害（亦可用药）。这三首七绝写尽此花的艳丽绝美。

第一首以李白写"烟花"的诗作比，衬托罂粟花带来的万紫千红的艳阳春光：艳阳天很值得赏玩，万紫千红尽收眼底。可笑青莲居士李白，只晓得羡慕烟花三月扬下州。

第二首将罂粟花比作芙蓉，极写其魅力：到处像芙蓉花那样栽种，罂粟花的光彩简直要映上楼台。山坡、田野都成了芳香的国度。它伴着群花，甚至要来统领众花。

第三首进一步写罂粟花的繁盛与魅力：因为此花的装点，这里真成了花花世界。映入眼帘的尽是粉白猩红，一望无际。古人称四季中三月最好，能勾起诗人诗兴的，就是这繁华美景了。诗人趋利避害，取其花色之美入诗，创造了美妙的诗情画意。

3.32 对菊口占

丁巳（1917年）重阳[1]后六日

（一）

晚节能香莫与京[2]，新霜天气动诗情。

耽吟[3]我亦同秋士[4]，知是渊明[5]第几生？

（二）

花当夫人[6]趣亦佳，诗人心性爱风华[7]。

羡他脱尽炎凉态[8]，秋老频开处士[9]家。

（三）

沧桑[10]屡变花无变，岁岁重阳浊酒呼。

欲采数枝头满插，鬓毛堪笑一茎无。

（四）

曾将佳种隔邻寻，栽向春前爱护深。
如此色香如此艳，居然不负惜花心。

注释

［1］重阳：节日名。古以九为数之极，九月九日为重九或重阳。俗于此日登高游宴，饮菊花酒，赏菊花。

［2］京：大，盛。

［3］耽吟：爱好，专心于吟诗作诗。

［4］秋士：迟暮不遇之士。《淮南子·缪称训》："春女思，秋士悲，而知物化矣。"

［5］渊明：陶潜，字渊明，东晋诗人。其不为五斗米折腰的精神令世人称颂。好饮酒吟诗，尤其热爱菊花，人称田园诗人。

［6］花当夫人：宋代林逋，恬淡好古，隐居孤山，善为诗，写梅花尤闻名。不娶无子，所居种梅养鹤，人因谓梅妻鹤子。

［7］风华：风采才华。

［8］炎凉态：即炎凉世态。旧指亲富疏贫的势利现象。

［9］处士：本指有才隐居者。后亦泛指未做过官的士人。

［10］沧桑：沧海桑田的略语。喻世事变化巨大，亦喻朝代更迭。

赏析

这四首七绝均写菊花。第一首写菊花之香，并以陶渊明作比：在较晚的季节还能开花，散布幽香，没有什么花可以和它相比的了。在秋霜初起的天气里菊花开放，最能催动诗情。我也同迟暮不遇的人士一样，特别喜欢吟诗颂菊；谁知道我是陶渊明的第几代转世？

第二首赞颂菊花的高洁品质：花作夫人趣味也好，诗人心中的真性本是热爱风采才华。我羡慕菊花没有一点炎凉世态，深秋时节频频开放在清廉、正直的处士之家。

第三首写采菊：菊花不因时间的改变而改变，年年都可以陪伴人喝酒。本想多采几枝插在头上，可笑的是，我的鬓毛一根都没有了，怎么能插呢？

第四首写种菊：我曾经向邻居寻找好的种子，春天没来就种下了，而且百般呵护。终于，菊花灿烂地开放了。如此美丽的颜色和幽香，又如此鲜艳，真是不辜负我爱惜菊花的真心啊！

这组诗从不同角度写菊、颂菊，层层深入，颇为感人。

3.33　咏山茶花

余家栽山茶花一株，近二十年矣。今春中开花数朵，喜而赋此。

(一)

山畔移栽已廿[1]年，年年发蕊[2]小篱边。

不知花色为何许[3]，秋雨春风总淡然[4]。

(二)

今年花喜映楼台，紫色还兼白色开。

一样天公同长育，迟迟早早待时来。

注释

[1] 廿（niàn）：二十。

[2] 蕊（ruǐ）：花蕊，花朵。

[3] 为何许：为什么这样。

[4] 淡然：形容颜色浅淡。

赏析

两首七绝，均写山茶花。第一首写种不好花：山茶花从山畔移栽到家里已经二十年了，年年在小篱边发蕊开花。但不知何故，花色老是不如人意，秋雨、春风里总是颜色暗淡。

第二首写种出好花：令人高兴的是今年花开了，花色映楼台，紫色兼白色，交相辉映，无比美丽。这使人明白了一个道理：同在一片天底下生长发育，或迟或早总会等到时机，尽情开放，倾吐芳华。

本诗前后对比，立意鲜明，深层含义为，人如果有才能，总会有施展的一天。

3.34　柳

短长亭畔柳丝丝，惯与征人绾[1]别离。
张绪[2]风流犹在否，只今惟有女儿知。

注释

[1] 绾（wǎn）：系结；拉住。

[2] 张绪：南齐人，字思曼，清简寡欲，风姿清雅。官至国子祭酒。武帝植蜀柳于灵和殿前，尝曰：“此柳风流可爱，似张绪当年。”

赏析

这首七绝写柳，与人情世故紧紧相融，耐人寻味。意思是，短亭畔，长亭边，柳丝丝，紧相连。征人去，柳条牵，别离情，千千万。张绪的风流至今还在吗？恐怕只有年轻姑娘们才知道啊。

柳丝满含别离情，可诗人并不伤感，而是以“张绪风流”“女儿知”结尾，洋溢着活泼、可爱的青春气息。这是本诗的一个亮点。

3.35　琴

丝桐[1]调绝少知音，流水高山[2]莫处寻。
可羡相如[3]操绿绮[4]，弹来都是美人心。

注释

[1] 丝桐：指琴。因古人削桐为琴，练丝为弦。

[2] 流水高山：比喻高妙乐音。

[3] 相如：汉代司马相如，以美妙琴声打动卓文君之心，二人倾心相爱，直至私奔。

[4] 绿绮：古琴名。李白《听蜀僧濬弹琴》：“蜀僧抱绿绮，西下峨眉峰。”

赏析

这首诗写琴音，从头至尾融汇了典故，韵味无穷。意思是，因为没有知音，丝桐琴调断绝了；高山流水般的美妙乐音再也无处寻找了。令人羡慕的是，司马相如用好琴弹出的乐音，曲曲都是所爱美人（卓文君）的心声。本诗借写琴慨叹世上缺少知音，今不如古，表达了对世俗的不满。

3.36　樵[1]

前山雨气后山霞，穿遍深林落叶赊[2]。
明月半肩烟数点，归来身满野棉花。

注释

[1]樵：打柴。

[2]赊：多。

赏析

本诗写老百姓最常见的劳作活动之一——打柴，写得充满山野情趣，栩栩如生：前山雨气弥漫，后山霞光映照。穿遍深林，落叶满地。樵夫归来时肩扛明月，炊烟点点；满身披挂野棉花，煞是好看。此诗实为山野劳动者的热情颂歌。

3.37　[为风昭雪]

风雨诟[1]花，古今同詈[2]，而风之被责犹甚。于是有怨东风、骂东风、讨封姨[3]之词。特为昭雪。庶千载下才人，莫妄词华云。

（一）

瞒人犹去润群葩，廿四番吹信不差。
何故千秋词赋客，漫天忌诟逞词华。

（二）

阳春有脚遍天涯，一片繁华望眼赊[4]。
雨号如膏风号惠，诟花不是是催花。

（三）

为因九十春光老，剩有枝头不久开。

譬尔期颐[5]臻上寿，也将撒手步瑶台[6]。

（四）

阶前遍种老来红[7]，直干扶疏[8]见化工[9]。

贞固[10]精神坚劲[11]节，任教吹到大王雄[12]。

注释

[1] 诟：辱骂。原稿作"姤"，今正。

[2] 詈（lì）：骂。

[3] 封姨：风神。

[4] 赊：远。

[5] 期颐：一百岁。

[6] 瑶台：神话中仙人所居之所。

[7] 老来红：一种强劲的植物。

[8] 扶疏：枝叶繁茂纷披貌。

[9] 化工：自然形成的工巧。

[10] 贞固：守持正道，坚定不移。

[11] 坚劲：强健有力。宋代陆游《老学庵笔记》："竹欲老瘦而坚劲。"

[12] 大王雄：出自宋玉《风赋》，犹言帝王之雄风。

赏析

这里以四首七绝为风昭雪。

第一首赞扬风雨的功劳，谴责千秋词客：风雨悄悄地去滋润群花，二十四个节气按时吹拂，信用不差。为什么千年来的词赋墨客要漫天嫉妒，舞文弄墨，咒骂它们呢？

第二首进一步申明风雨之功，辨明功过：艳阳之春（春雨、春风）走遍天涯，给世界带来一望无际的大片繁华。雨可以称为脂膏，风可以称作贤惠，它们不是在诟花，而是在催花。

第三首以人寿作比，说明世事万物自有长短之期，自然的生长衰亡不能归罪于风雨。

第四首以一种有强劲生命力的植物为喻，说明万物自身如果强劲有力，坚定不移，那么任何狂风暴雨也奈何不了它。全诗一反旧俗，旗帜鲜明，论说有力。

3.38 古寺

贝叶[1]昙花[2]护短垣，姑苏[3]城外景黄昏。
打包[4]僧侣[5]归来晚，一杵钟声出寺门。

注释

[1]贝叶：古代印度人用以写经的树叶。亦借指佛经。

[2]昙花：优昙钵花的简称。常夜间开花，极短暂。故有"昙花一现"之成语。

[3]姑苏：古代苏州吴县的别称，因其地有姑苏山，故称。唐代张继《枫桥夜泊》："月落乌啼霜满天，江枫渔火对愁眠。姑苏城外寒山寺，夜半钟声到客船。"此借指古寺。

[4]打包：特指僧人行脚云游，谓其所带行李不多，仅打成一包而已。

[5]僧侣：佛教僧徒。亦指其他宗教的修道人员。

赏析

这首七绝借鉴张继的《枫桥夜泊》："姑苏城外寒山寺，夜半钟声到客船。"并有所创新。诗人写道：贝叶和昙花围护着古寺短墙，正是姑苏城外黄昏景色。僧人行脚云游，暮色中回归；一杵钟声，从寺中传来。

张诗是孤寂、伤感的，此诗却不是，体现的是对古寺的肃然景仰和归来的温馨。读之如身临其境，余味无穷。

4

节庆婚丧

4.1　除夕遣怀

应时才疏计屡差，每逢除夕感无涯。
三年蓄艾[1]肱三折[2]，八韵成诗手八叉[3]。
老我书生还恋岁，今宵游子定思家。
更阑尚捡黄庭卷[4]，兀坐[5]焚香味道华[6]。

注释

[1] 蓄艾：本指蓄藏多年之艾以治久病。后用以喻长期积累以备急用。语出《孟子·离娄上》："今之欲王者，犹七年之病求三年之艾也。苟为不畜，终身不得。"

[2] 肱三折：即三折肱为良医。谓多次折断手臂，就能懂得医治折臂的方法。后多喻对某事阅历多，富有经验，自能造诣精深。

[3] 八叉：两手相对为叉。唐代温庭筠才思敏捷，每入试，叉手构思，凡八叉手而成八韵，时人称他为"温八叉"。后用以喻才思敏捷。"叉"，原稿作"义"，今正。

[4] 黄庭卷：《黄庭经》，道教的经典著作。著名书法家王羲之曾为之书写。

[5] 兀坐：独自端坐。

[6] 道华：谓纷华盛丽的意念。南朝梁刘勰《文心雕龙·养气》："夫三皇

辞质，心绝于道华。"

赏析

　　这首七律写除夕抒发情怀，解除烦闷。首联说，应付时事，我的才能疏浅，计划屡屡受挫，不能成功，所以每到除夕便有无限的感慨。下两联讲遣怀内容："三年蓄艾肶三折"，指从医艰难；"八韵成诗手八叉"，指吟诗劳神；"老我书生还恋岁"，指年老恋岁；"今宵游子定思家"，指思念在外的儿子。这是旧时代一位富有才华的老年知识分子的一种心理状态。有谁能帮他排解呢？没有。他要在中国古代道家经典中寻求真谛，以获得精神力量。这就是尾联的"捡黄庭卷"，"味道华"。

4.2　庚申[1]除夕

　　冷暖年来阅历频，每逢除夕感怀[2]新。
　　宵深合[3]便送穷鬼，门外欣无索债人。
　　桃李苞含犹恋岁，芝兰秀发欲生春。
　　可嗤娇小垂髫[4]女，分给青钱[5]说未匀。

注释

　　[1] 庚申：1920年。
　　[2] 感怀：有感于怀，有所感触。
　　[3] 合：应该。
　　[4] 垂髫：指儿童或童年。
　　[5] 青钱：青铜钱。

赏析

　　这首七律，首联讲除夕感怀：一年来冷冷暖暖，阅历频繁，每到除夕就会有很多新的感触。颔联讲自己安于清贫：夜半更深，正好烧纸钱送走穷鬼；令人宽慰的是，家门外没有前来讨债的人。颈联讲除夕的气候特色：桃树和李子树含苞待放，却留恋着旧的一年；芝草、兰花长芽发绿，要生发出阳春天气来。（正是新旧交替、充满希望的时节。）尾联讲小女的调皮可爱：可笑的是，娇小的女儿说长辈给的压岁钱没有分匀（嫌自己少了）。结尾的小闹剧洋溢着轻松、活泼的气氛。

4.3　辛酉[1]元旦

容膝能安爱我庐，春风相约醉屠苏[2]。
闲将花种翻新种，笑指桃符[3]是旧符。
野舍欢呼闻掷骰[4]，比邻来往喜围炉。
谈天共证洪荒[5]世，也算先生德不孤[6]。

注释

[1]辛酉：1921年。

[2]屠苏：亦作"屠酥"，酒名。亦泛指酒。古代风俗于农历正月初一饮屠苏酒。宋代苏辙《除日》："年年最后饮屠酥，不觉年来七十余。"

[3]桃符：古时挂在门上的两块桃木板，上面画着神荼、郁垒二神像，用以压邪。

[4]掷骰：掷骰子，博戏的一种。

[5]洪荒：远古时代。《千字文》："天地玄黄，宇宙洪荒。"

[6]不孤：不孤单。《论语·里仁》："德不孤，必有邻。"

赏析

这首七律吟元旦，诗人心情是轻松、愉快的。首联讲自守清贫，快乐喝酒：我的住宅虽然不大，但能容身即自安，这便是我之所爱。何况又有春风来相邀，醉饮屠苏酒，此乐足矣。颔联讲种花换桃符：闲时把花种换成新的；含笑指谈桃符是旧的，应该换新的春联了。颈联讲邻人的欢庆：村舍外，听到一片掷骰子、玩牌的欢呼声；邻居们互相串门拜年，喜欢围着火炉说笑谈天。尾联讲诗人有德有好邻居：我们谈古论今，共同说起那远古的洪荒年代；有好邻居前来拜访，证明先生是个有德之人。

4.4　辛未[1]元旦

声声爆竹四邻喧，今岁今朝第一天。
人爱相逢褒[2]吉语，我由多病悟禅圆[3]。

东风贮满三千界[4]，秋水[5]还披十二篇。

愿把屠苏[6]遍招引[7]，万家消疫乐陶然[8]。

注释

[1] 辛未：1931年。

[2] 褒：称赞。

[3] 禅圆：谓通晓禅理达到圆满。

[4] 三千界：佛教指三千大千世界，简称"大千世界"，指以须弥山为中心的广大无垠的地域。

[5] 秋水：《庄子》中的《秋水》。此指《秋水》及《庄子》中的其他篇章。

[6] 屠苏：屠苏酒。泛指酒。

[7] 招引：招致，引之使来。

[8] 陶然：乐陶陶，高兴的样子。

赏析

这首七律可能是诗人生平最后一首诗了。诗人虽快到生命尽头了，但心情快乐，境界开阔，志向远大。首联讲新年的欢庆气氛：爆竹声声，四邻欢庆，元旦是今年的第一天，怎么能不快乐？颔联讲人们的吉祥祝愿：新年里，人们见面时喜欢说吉祥、祝福的话；而我由于年老多病，希望求禅得圆满。颈联讲大好春光里的奋斗精神：满世界都吹拂着东风，预示充满希望的春天就要来了；而我则要阅读许许多多的经典。尾联是对百姓的祝福：我愿意举起酒杯，广为祝福，引来福祉，让千家万户都消灾免疫，快乐平安！

4.5 癸未[1]正月十五夜遣兴[2]

村北村南笑语团[3]，声声箫鼓[4]彻云端。

性情那[5]得狂于我，高读诗章和夜阑[6]。

注释

[1] 癸未：1883年。

[2] 遣兴：抒发情怀，解闷散心。

［3］囷：环绕，围绕。

［4］箫鼓：箫与鼓，泛指奏乐。

［5］那：哪里，何处。

［6］阑：将尽；将完。

赏析

这首七绝写村民欢度元宵节的盛况和自己特殊的欢庆方式：村南村北笑声不断，欢乐无边。箫鼓声声，响彻云端，村里的男女老幼正在狂欢。然而这哪能比得上我？我高声朗读诗文，直到更深夜阑。这首诗塑造了一个性格豪放、酷爱诗歌的诗人形象。

4.6　腊月廿四日祀灶

庚申（1920年）

（一）

清酒三杯百炷香，胶牙[1]何事供饧[2]糖。

要求好语传天上，肯为吾家降吉祥。

（二）

终岁相依敬灶神，今宵饯祭[3]亦前因[4]。

东厨[5]果是能司命[6]，我有高堂[7]八十人。

（三）

净扫尘埃不许侵，一家团拜夜深深。

平时子女多忘礼，总乞长怀幼幼[8]心。

（四）

高明[9]室有鬼相看，我不高明敢自宽[10]。

道是[11]传家懔[12]清白，此心常问觉平安。

注释

［1］胶牙：粘牙。粘住灶神的牙，使他不能讲坏话。

［2］饧（xíng）：糖稀。

［3］饯祭：设酒食祭祀。

［4］前因：佛教谓人事万物皆种因于前世，故称。

［5］东厨：灶神。

［6］司命：掌握命运。

［7］高堂：指父母。

［8］幼幼：爱护幼儿。

［9］高明：高而明亮，高爽敞亮；聪明智慧。

［10］宽：宽心，宽慰。

［11］道是：有道是，犹常言道，俗话说。

［12］懔（lǐn）：戒惧；严正貌。懔清白：戒惧小心，清清白白，从不走歪门邪道。

赏析

按民俗，年底要祭祀灶神。诗人两次祀灶，共写了十首七绝。第一次是庚申（1920年），第二次是庚午（1930年），借祀灶，盼平安，述心怀。庚申祀灶共写了四首七绝。

第一首写对灶神的希望：献上清酒三杯百炷香，为何供奉饧糖？为的是请求灶神把好话传到天上，让上天肯为我家降下吉祥。

第二首希望灶神保佑父母长寿：一年到头相依为命，今天我来敬祭，是有前因。如果灶神果真掌管寿命，希望保佑我八十岁的老人（活得更加长久）。

第三首希望灶神爱护子女：扫尽尘埃，打扫干净，不许侵蚀污染。夜深人静，全家团拜，情意真诚。平时子女们多有忘礼不敬之处，希望灶神您长怀爱护幼儿的善心，原谅他们，多多关照。

第四首申明自己是清白传家，问心无愧：高而明亮的屋室有鬼神看护，我虽然不敢说自己高明，但问心无愧。常言道，传家要小心谨慎，清清白白，决不走邪门歪道；扪心自问，自觉心安无愧。

4.7 庚午[1]腊月二十四夜祀灶

（一）

愧乏黄羊[2]荐五更，香花陈设酒清清。
上皇[3]若问吾家事，为道终年素位[4]行。

（二）

成仙要待几身修，修到神仙百不忧。
我欲随君霄汉[5]去，遍观贝阙[6]与琼楼[7]。

（三）

恭饯行程夜未央，醇醪[8]煨熟举家尝。
剧怜有志充闾[9]子，为觅封侯尚异乡。

（四）

杖国[10]春秋[11]已逾年，年华[12]真个渺如烟。
此心素有希文[13]愿，收得桑榆[14]只问天。

（五）

岁岁今宵忙祭奠，礼仪虽备未能赅[15]。
东厨[16]顾我应相笑，依旧头衔老秀才。

（六）

秀才何必不鹰扬[17]，渭水[18]曾闻钓玉璜[19]。
最是斯文[20]关系重，拟从风教[21]重提倡。

注释

[1] 庚午：1930年。

[2] 黄羊：祭祀的供品。东汉阴识用黄羊祭灶致富。后用为典。

[3] 上皇：天帝。

[4] 素位：指尽职尽责，正道而行；清白做人，俭朴生活。《礼记·中庸》："君子素其位而行。"

[5] 霄汉：天河，亦借指天空。"霄"，原稿作"宵"，今正。

[6] 贝阙：紫贝为饰的宫阙。后用以形容壮丽的宫室。

[7] 琼楼：诗文中指仙宫中的楼台。

［8］醇醪（láo）：味厚的美酒。

［9］充闾：光大门庭。

［10］杖国：七十岁的代称。《礼记·王制》："七十杖于国。"

［11］春秋：年纪，岁数。

［12］年华：年岁；岁月，时光。

［13］希文：息文，停止诗文创作（以养老终天）。

［14］桑榆：比喻晚年，垂老之年。

［15］赅：完备。

［16］东厨：灶神。

［17］鹰扬：逞威；大展雄才。

［18］渭水：渭河，泛指渭河流域。

［19］玉璜：半圆之璧，常用为佩饰。相传周太公望在磻溪钓得玉璜。钓璜，喻臣遇明主，君得贤相。

［20］斯文：礼乐教化，典章制度。

［21］风教：风俗教化。

赏析

庚午祀灶六首七绝。第一首是对上皇的答话：家境不富裕，五更祭拜缺少黄羊，感到惭愧，只能敬献简朴的祭品。然而有香花陈设，清酒奉献。灶君啊，上皇如果询问我家，就请告诉他，我家一年到头素位而行（始终尽心尽责，从不搞歪门邪道）。

第二首写想同灶王一起上天：成为仙人要等待几生的修炼，成仙之后便什么也不忧愁了。我想同你一起登上霄汉，一一参观天上的琼楼玉宇。

第三首写思念儿子：在深夜里恭敬地为灶神饯行，美酒煨热了，全家都来品尝。（唯有爱子不在。）我们特别想念欲光大门庭在外打拼的儿子。为寻觅封侯，建功立业，他还在异乡奔忙。

第四首写自己年老的感慨和心愿：我已是七十开外的人了，岁月真如过眼云烟，转瞬即逝，渺茫不见。我向来就有息文的心愿，能否安度晚年，要问苍天。

第五首和第六首回答关于老秀才的问题，抒发壮心不已的情怀：年年今天都忙着祭拜您，礼仪虽然有了，但还不周全。灶君应该笑话我吧，到老仍然是老秀才的名衔。老秀才未必就不能大展雄才。听过姜太公在渭水钓玉璜的故事吗？文治对国家社会关系重大，我一旦能施展才华，便打算在风俗教化和教书育人上大力提倡，身体力行。

4.8 辛酉^[1]七月七日祝家龛中雷神寿

（一）

同君俨若一家亲，又届新秋祝寿辰。

半碟来其^[2]双榼酒，中雷^[3]休笑主人贫。

（二）

耿耿^[4]星河一道开，桥填乌鹊费疑猜。

凡夫那识神仙事，要问天门土地来。

（三）

玄宗^[5]约誓同妃子^[6]，世世生生妇与夫。

当日凭肩私语际，问公记得听来无？

（四）

逝水年年夏复秋，桑田沧海可回头？

寿君我亦同君醉，那管新愁与旧愁。

（五）

多感平安镇宅门，长生祝罢夜黄昏。

何时又是夫人寿？也合临龛^[7]荐一樽。

注释

［1］辛酉：1921年。

［2］来其：一种祭祀食品。

［3］中雷：土神；宅神。

［4］耿耿：高远貌；明亮貌。

［5］玄宗：唐玄宗李隆基。

［6］妃子：指杨贵妃。陈鸿《长恨歌传》："秋七月，牵牛织女相见之

夕……上凭肩而立，因仰天感牛女事，密相誓心，愿世世为夫妇。言毕，执手各呜咽。" 白居易《长恨歌》："词中有誓两心知。七月七日长生殿，夜半无人私语时。在天愿作比翼鸟，在地愿为连理枝。天长地久有时尽，此恨绵绵无绝期。"

[7] 龛：供奉佛像、神位的小阁子。

赏析

相传农历七月七日是雷神的生日。诗人一家为其祝寿，写了五首七绝。第一首写为雷神举行简单的祝寿活动：同你俨然像一家人那样亲热，今天又到了新秋为你祝寿的时候了。献上半碟菜和两杯清酒，土地爷，可不要笑话我这个主人家境贫寒啊。

第二首写关于牛郎织女的故事：天河耿耿，有一条道路铺开；成千上万的乌鹊飞来，搭成一座长桥，让牛郎与织女相会。这事儿是真的吗？下界凡人哪里知道神仙的事儿，要去问问天门旁边的土地老爷。

第三首写唐玄宗与杨贵妃的故事：玄宗与杨贵妃对天发誓，要生生世世永远做夫妻。那天晚上，他们肩靠肩说悄悄话，雷神爷你听到了吗？

第四首写同雷神一起醉酒解愁：逝水年华，夏去秋来，永不回头。沧海桑田，也从来不会复旧。为你祝寿，我也同你一块儿一醉方休，哪管它新愁和旧愁！

第五首写感谢雷神一家：很感谢你守护宅门，给我全家带来平安；祝你长生不老，在这夜色黄昏天。什么时候是你夫人的生日，也应该为她献上一杯祝福酒。

4.9 贺火井曾知事 国琛 新婚 甲寅（1914年）阴历九月下浣
前启[1] 后诗 七绝六章

一天端霭[2]，满郭祥风。聆玉杵[3]之声，高奏琼箫[4]而韵协。床间袒腹，王右军[5]隽逸[6]超群；窗下画眉，张京兆[7]风流狙擅。况乎坐琴堂而治理，不饮贪泉；宜其处甥馆[8]以延庥[9]，齐赓[10]福曜。此日荼黄[11]共醉，燕宾厂[12]东阁[13]之筵；他时桂蕊联芳，凤毛济南丰[14]之泽。欣瞻花烛，谨贡芜词[15]。恭叩鸿禧，曷胜雀跃！

（一）

晋管[16]秦箫[17]乐事宽[18]，两行官烛[19]影团圞。

槐衙一派铺金粉，问到盆梅[20]也不寒。

(二)

爱人学道谱弦歌，又叶鸾笙[21]酿太和[22]。
井里遍瞻云五色，齐眉[23]佳话颂来多。

(三)

绮筵[24]开值小阳天，簪朵[25]黄花色色鲜。
料得新娘应有语，沿途听说使君贤。

(四)

花果香奁真雅事，买丝争绣亦风华。
安仁[26]爱把桃培种，此日都开并蒂花[27]。

(五)

芙蓉香正满秋江，合卺[28]同心醉玉缸。
最喜公余闲鼓瑟，棠荫映处总成双。

(六)

赋就新诗十二联，为拈斑管[29]写红笺。
阿侬一语殷相贺，政助调羹[30]到百年。

注释

[1] 启：导言。

[2] 霭：云气。

[3] 玉杵：玉制的春杵。后用作求婚之聘礼。

[4] 琼箫：玉箫。唐代王翰《飞燕篇》："朝弄琼箫下彩云，夜踏金梯上明月。"

[5] 王右军：王羲之，字逸少，东晋人。及长，任右军将军，会稽内史，世称王右军。其草隶为古今之冠。初，郗鉴求婿，王氏诸少并佳，闻信至，咸自夸饰，惟一人东床坦腹而卧，食胡麻饼。鉴视之，心喜，曰：此佳婿也。访之，乃王羲之也。

[6] 隽逸：俊逸，英俊洒脱，超群拔俗。

[7] 张京兆：西汉张敞，为京兆尹。曾为妇画眉。宣帝问之，对曰："臣闻闺门之内，夫妇之私，有过于画眉者。"帝于是不再责问。

［8］甥馆：赘婿的住处或女婿家。

［9］延麻：延休，长久的荫庇。

［10］齐赓：齐眉。夫妻相敬如宾，白头偕老。

［11］茱萸：一种植物，重阳节佩之以辟邪。

［12］厂：同"敞"，张开；打开。

［13］东阁：古称宰相招致、款待宾客的地方。

［14］南丰：今属江西。北宋曾巩为此地人，少警敏，援笔成文，学者称南丰先生。

［15］芜词：芜杂之词。常用作对自己文章的谦称。

［16］晋管：晋国之美妙管乐。此泛指美乐。

［17］秦箫：传秦之箫史善吹箫作凤鸣，秦穆公以女弄玉妻之。弄玉亦善吹箫。后二人俱仙去。

［18］宽：多。

［19］官烛：官员的办公用烛。唐代杜甫《台上》："何须把官烛，似恼鬓毛苍。"

［20］盆梅：栽于盆中之梅。

［21］鸾笙：对乐器笙的美称。

［22］太和：谓太平。宋代宋祁《宋景文公笔记·考古》："天下太和，兵革不兴。"

［23］齐眉：犹举案齐眉。谓夫妻相敬如宾，白头偕老。

［24］绮筵：华丽丰盛的筵席。宋代李清照《庆清朝》："绮筵散日，谁人可继芳尘？"

［25］簪朵：犹簪花，戴花。

［26］安仁：潘岳，字安仁，晋人。出为河阳令，勤于政绩。县中满种桃花，人以为美谈。

［27］并蒂花：两朵花或两个果子共一蒂。比喻男女合欢或夫妻恩爱。

［28］合卺（jǐn）：古代婚礼中的一种仪式，剖一瓠（hù）为两瓢，新婚夫妇各执一瓢，斟酒而饮。后用以代指成婚。

［29］斑管：毛笔。

[30] 调羹：泛指烹调，做饭。

赏析

这组贺婚诗共六首七绝，前有导言。导言的意思如下：一天的瑞云，满郭的祥风；耳听玉杼的妙音，玉箫高奏，韵调和谐。床上坦腹而卧的王右军英俊潇洒；窗下画眉，张京兆独具风流。况且知事坐在琴堂而政事便得到治理；不饮贪泉之水，一身清廉。正该安家得福，夫妻相敬如宾，白头偕老。今天茱萸同欢，大摆宴席，招待嘉宾；他日桂蕊齐芳，后代定能青出于蓝而胜于蓝。人们高兴地看到红烛鲜花，献上祝辞。恭祝大喜，胜过雀跃！

这篇导言引经据典，广铺佳词，祝福贺喜，洋溢着幸福与欢乐，使新婚庆典大为增色。导言之后有六首七绝，极尽贺喜之能事。

第一首写婚礼的热闹场面：晋管秦箫一齐奏响，美妙的乐音响起来，欢乐的事情很多。两行官烛亮堂堂，烛影齐团圆。街道两旁铺满金粉，一派红红火火的景象，就是问到盆栽的梅花，也不觉得寒冷。

第二首是对知事夫妇的赞颂与祝福：热爱民众，遵从道义，谱写礼乐教化之歌；又与美妙的笙乐相互协调，造就了太平与和谐。本地区的民众都看到有五彩云霞升起，知事夫妻相合，齐眉佳话传诵得很多很多。

第三首写新娘：华丽丰盛的筵席，举办在小阳春的天气里；新娘头上戴的黄花，朵朵新鲜艳丽。新娘一路迎来，她应该听到这样的美言：嫁的郎君是个贤能的官员。

第四首写夫妻相合：有花装饰的香奁，真是风雅的事情；购买丝线争着绣出来，优美丽雅。潘安仁喜欢种植桃树，今天都开了并蒂花。

第五首写夫妻恩爱：芙蓉花的清香正弥漫在秋江之上，合卺成婚，心心相印，醉饮玉缸。最可喜的是，看到郎君公事之余，悠闲弹奏；在那甘棠树荫里，总能看到成双成对的身影，恩爱异常。

第六首写对新婚夫妻的祝福：吟完了新诗十二联，提笔写在红笺纸上。我们要深情地说一句祝福的话，愿新娘一生作郎君的贤内助，永远相爱，直到百年。

4.10 又寄曾国琛知事

七绝二首，五律二首，时在十月初三

(一)

前宵粉署[1]醉颜酡[2]，烛照红妆笑语多。

博得归家夸内子[3]，我从天上看嫦娥[4]。

(二)

古人名句[5]竞相传，愿作鸳鸯不羡仙。

此日赠公持此句，官梅[6]香里话团圆。

(三)

金屋连云起，娇藏[7]孰与伦？

并鸳看锦牒[8]，绣凤号针神。

梅萼含春意，湘帘[9]隔软尘。

一弯眉黛月，依样画来新。

(四)

仙吏[10]诗才妙，良缘凤缔成。

手工夸独步，心境想同清。

鸠喜营巢占，鸡因戒旦[11]鸣。

秋高计来岁，桂子定香生。

注释

[1] 粉署：即粉省，尚书省的别称。此指地方官府。唐代杜甫《秋日夔府咏怀奉寄郑监李宾客一百韵》："馨香粉署妍。"

[2] 颜酡：醉后脸泛红晕。《楚辞·招魂》："美人既醉，朱颜酡些。"

[3] 内子：称自己的妻子。

[4] 嫦娥：传说中的月宫仙子。

[5] 古人名句：指唐代诗人卢照邻《长安古意》中的"得成比目何辞死，愿作鸳鸯不羡仙"。

[6] 官梅：官府中所种的梅。唐代杜甫《和裴迪登蜀州东亭送客逢早梅相忆见寄》："东阁官梅动诗兴。"

［7］金屋藏娇：形容娶妻或纳妾。《汉武故事》："若得阿娇作妇，当作金屋贮之也。"

［8］锦牒：锦缎包装的表册、书籍。

［9］湘帘：用湘妃竹做的帘子。清代孔尚任《桃花扇》："湘帘昼卷，想是香君春眠未起。"

［10］仙吏：仙界、天庭的职事人员。明代吴承恩《西游记》第五回："那齐天府下二司仙吏，早晚伏侍。"

［11］戒旦：报晓。

赏析

诗人参加新婚典礼，意犹未尽，又写了两首七绝和两首五律。七绝第一首写新娘子：前天晚上在府衙里，美人醉酒泛红颜，红烛映照红妆，笑声不断。我回家禁不住对内子夸口说：我看见了天上的嫦娥！

第二首写对现世恩爱夫妻的珍视。众人争相传诵古人名句："愿作鸳鸯不羡仙。"今天把这句话送给你，在官梅的芳香里诉说夫妻团圆。

五律第一首用金屋藏娇的典故描写新娘的才华与美貌：金屋与云雾同时升起，此屋藏娇谁能比？看那锦册上比翼的鸳鸯，绣的凤凰也如此神奇，可以号称刺绣的神手了。梅花含苞待放，蕴含着无限春意，湘帘阻隔了轻软的红尘。一弯如月的黛眉，依样画下来也新鲜、美丽。

第二首写对新婚夫妻的祝福：仙吏郎君诗才高妙，他们的良缘早就结成。（新娘）刺绣的手工可以说是独一无二，心境想来同样清纯。鸠雀因营造良窝占据好巢而欢喜，公鸡为了报晓而高声啼叫。从现在秋高气爽的日子到明年此时，桂子一定能在花香里生成（喻早生贵子）。

4.11　浴佛日[1]循俗嫁毛氏女，赋诗以遣

（一）

绿荫深处小红桥，婿水潆洄涨暮潮。

趁与蜂媒[2]归去好，佛生时节咏夭夭[3]。

（二）

菊婢[4]梅兄[5]已驾车，忍将日月赋其除[6]。

书斋遍是神仙字，莫更勾留像蛀鱼[7]。

（三）

好去温柔觅故乡，声声蛙鼓[8]杂莺簧[9]。

向平[10]未了阿侬[11]愿，那有闲情为束装？

（四）

出门休听鼠姑[12]颠，桑柘成村绿满田。

我替蚕娘[13]催送汝，一池花露[14]洗红笺[15]。

注释

［1］浴佛日：即佛诞节。相传农历四月初八为释迦牟尼生日。佛寺于此日诵经，并用名香浸水，灌洗佛像。

［2］蜂媒：比喻男女间撮合或传递消息的人。

［3］夭夭：美盛貌。《诗经·国风·周南》："桃之夭夭，灼灼其华。"

［4］菊婢：以菊为婢。

［5］梅兄：对梅花的雅称。宋代黄庭坚《王充道送水仙花五十支欣然会心为之作咏》："山矾是弟梅是兄。"

［6］除：除去，不计算在内。

［7］蛀鱼：蛀蚀书卷的蠹鱼虫。借指只知死啃书本的读书人。

［8］蛙鼓：群蛙的叫声。

［9］莺簧：黄莺的鸣声，其声如笙簧奏乐。

［10］向平：东汉高士向平，字子平，隐居不仕，子女婚嫁毕，漫游名山，不知所终。"向平之愿"，称子女婚嫁事。嫁毕为"向平愿了"。

［11］阿侬：自称，我。

［12］鼠姑：虫名。古称伊威。

［13］蚕娘：农家养蚕女。

［14］花露：花上的露水。

［15］红笺：红色笺纸。多用以题写诗词或作名片等。

赏析

　　这组诗共四首七绝。第一首写应该在好时节把女儿嫁出去：绿荫深处有座小红桥，毛家就住在这可爱的地方。婿水回旋流淌，涨了暮潮。趁着好时节和媒人一起归去，正好在佛爷诞生的美好日子，把女儿嫁出去，把喜事办了。

　　第二首劝女儿出嫁：菊婢梅兄已经驾好了车，下决心抛弃这里的日月吧。书斋里即使全是神仙字，也不要像蛀鱼一样留恋不舍。

　　第三首写对女儿的劝慰：好好去寻觅温柔富贵乡，正值蛙鼓声声，伴着莺簧。向平没有了却我的心愿，哪有闲情打扮梳妆？

　　第四首写对嫁女的欢送：走出家门不要听鼠姑乱叫，这个时节正是桑柘满村、绿荫满田。我代替蚕娘（你的好伙伴）催着送你去，满池花露洗好红笺，为你出嫁我吟诵诗篇。

4.12　和何东玉生子二首

子名少东

（一）

石麟[1]天上又生来，试到啼声亦壮哉！

检点传家旧诗礼，书橱一日几回开。

（二）

熊罴[2]叶[3]梦赋新诗，正值风光得意时。

见说[4]蟾宫多桂子，嫦娥[5]亲赠第三枝。

注释

　　[1] 石麟：对幼儿的美称。

　　[2] 熊罴：生男之兆。《诗经·小雅·斯干》："大人占之：维熊维罴，男子之祥。"

　　[3] 叶：合，共。

　　[4] 见说：听说。

　　[5] 嫦娥：传说中的月宫仙子。

赏析

　　两首七绝，祝贺何家生子。第一首写天生健儿，可传承家业，其啼哭声雄健有力，必将成长为好男儿。何先生检点传家的旧诗礼典籍，一天好几次打开书橱翻了又翻。

　　第二首写美梦成真，仙人赐福：圆梦生子，赋得新诗，正值风光得意时。听说月中多桂子，嫦娥仙子亲手赠送了第三枝。

4.13　颂大邑县杨封翁双寿

（一）

五云高处灿祥光，喜报双星岁月长。

绛县来宾[1]酬菊酿，瑶池[2]摊宴[3]挹[4]梅香。

人夸寿考脷[5]多福，我信仁慈载笃庆[6]。

试向鹤鸣山上望，衣冠济济[7]拜鳣堂[8]。

（二）

未遂登龙愧莫支，摅[9]忧端合写新诗。

株株桂挺燕山[10]泽，轧轧机声孟母[11]仪[12]。

华发共钦绥[13]福祉[14]，齐眉[15]定许卜[16]期颐[17]。

黄花晚节松花秀，都是侬家祝嘏[18]词。

（三）

四知[19]堂外驻雕鞍[20]，酒晋[21]长生乐事宽[22]。

天与灵椿[23]增算数，岁逢慈竹报平安。

芳辰喜届盈珠履[24]，花甲重周荐玉盘。

今古仁人皆上寿，永年何用说烧丹。

（四）

久沐堂阴被里闲，老人星共拜庭除。

承欢戏彩天频相，积厚流光庆有余。

南极辉腾题句候，北堂萱[25]茂小春初。

家声我亦同清白，翘首临凤颂九如[26]。

注释

[1] 绛县来宾：即绛县老人。语出《左传·襄公三十年》："绛县人或年长矣……四百有四十五甲子矣。"后因称高寿之人。

[2] 瑶池：传说中的仙境，西王母所居。

[3] 摊宴：设宴。

[4] 挹（yì）：吸取。宋代吴自牧《梦粱录·六月》："恣眠柳影，饱挹荷香。"

[5] 膺：承受。《尚书·毕命》："予小子永膺多福。"

[6] 笃庆：诚笃之庆，衷心庆贺。

[7] 济济：整齐美好貌；庄敬貌。

[8] 鳣堂：称讲学之所。

[9] 摅（shū）：抒发，表达。

[10] 燕山：指战国时筑黄金台招贤的燕昭王。

[11] 孟母：孟子母亲，曾三迁择良邻，又断所织之布，以激励孟子勤奋学习。

[12] 仪：仪表，风范。

[13] 绥（suí）：告知。

[14] 福祉：幸福，福利。

[15] 齐眉：犹言举案齐眉，谓夫妻相敬如宾。

[16] 卜：占卜，期望。

[17] 期颐：一百岁。

[18] 祝嘏：祝福。

[19] 四知：出自《后汉书·杨震传》。其曰："故所举荆州茂才王密为昌邑令，谒见，至夜怀金十斤以遗震。震曰：'故人知君，君不知故人，何也？'密曰：'暮夜无知之者。'震曰：'天知，神知，我知，子知，何谓无知！'密愧而出。"后多用为廉洁自持、不受非义馈赠之典。

[20] 雕鞍：刻饰花纹的华美马鞍。此喻指贵人。

[21] 晋：进献。

[22] 宽：多。

[23] 灵椿：古代传说的长寿之树。《庄子·逍遥游》："上古有大椿者，以

八千岁为春，八千岁为秋。"

　　[24] 珠履：珠饰之履。指有谋略的门客；贵客。

　　[25] 萱：忘忧草。萱茂，喻指母亲健康。

　　[26] 九如：语出《诗经·小雅·天保》。文中连用九个"如"字，并有"如南山之寿"的辞语。后用作祝寿之词。

赏析

　　杨封翁亦为当地才德俱高的人，诗人以华彩诗篇，衷心祝寿，令人感动。共四首七律。第一首写对老人高寿的祝福：五色彩云的最高处祥光灿烂，喜报两位老人享有高寿。许多高寿老人前来敬奉菊花酒，瑶池设宴吸纳梅花的芳香。人们夸赞长寿老人享有多福，我相信仁慈者满载诚挚的庆贺。且向长寿山上望一望，众多弟子衣冠楚楚，前来学堂参拜。

　　第二首进一步写对老人的祝福：没有登天成龙很是惭愧，抒发真诚的人应当写新诗。株株桂花挺拔茂盛，显示燕王拓贤的恩泽；轧轧的织布机声，表现了孟子母亲教育孩子的仪表风范。满头白发一齐告知幸福吉祥，夫妻相敬如宾一定能期望活到百岁。晚节如金黄的花，又如松花秀丽。这些都是我的祝福词。

　　第三首写老人寿辰盛况：四知堂外停放着雕花的马鞍，美酒献给长寿人，乐事多多。老天给长寿之树增添年轮，年岁正逢竹报平安。美好的时辰又喜逢高朋满座，两位老人都届花甲，正该敬献美食玉盘。古今仁人都长寿，延长寿命何必烧制仙丹。

　　第四首赞颂杨氏一家，并表示"九如"的祝福：杨氏恩泽久远，遍及乡里，一家共同参拜老寿星于庭院。子孙孝顺，老天频频祐助，蓄积厚重，表露光彩，喜庆有余。南极老寿星光辉腾跃，正是题写诗句的好时候。北堂萱草茂盛，母亲健康，正是小阳春的初秋。说到家族的声誉，我和你们同样清白。仰头迎风，歌吟"九如"，祝福老人寿比南山！

4.14 挽王樊廷

代严著麟作

（一）

噩音[1]月朔[2]陡飞来，疑假疑真实费猜。

易箦[3]不曾闻抱病，依乔[4]莫再共含哀。

多年北斗瞻天上，一夕南风冷相台[5]。

书法文章千古事，只今空怅白云隈[6]。

（二）

堂畔栽槐计料工，歌兴薤露[7]恨无穷。

剧怜匍匐伤游子，应向泉台[8]晤阿翁[9]。

黯黯新愁难问卜，滔滔逝水尽朝东。

者番掬得盈腔泪，洒上榴花一色红。

注释

[1] 噩（è）音：噩耗。

[2] 月朔：月底。

[3] 易箦（zé）：更换寝床。箦，华美的竹席。后用以称人病重将死。

[4] 依乔：乔，乔山，黄帝葬处。依乔，指下葬，婉语。

[5] 相台：相州的别名。在今河北临漳县。州内有铜雀台，故名相台。

[6] 隈（wēi）：山边，角落。清代周亮工有："佩环声在白云隈。"

[7] 薤（xiè）露：乐府相和曲名，是古代的挽歌。晋代崔豹《古今注》："……为作悲歌，言人命奄忽，如薤上露，易晞灭也。"

[8] 泉台：墓穴。亦指阴间。

[9] 阿翁：祖父；父亲；对年长者的敬称。

赏析

两首七律都是表达对王氏的悼念。第一首写噩耗传来的感慨：月底噩耗陡然传来，疑假疑真实在难猜。本来没听说他老人家生病，可是却病得快离世了。本想不再一同含哀悲痛，现在却入土了。多年来仰望他如看天上的北斗星，而一个晚上南风就吹到了地上的相台。（时事变化之快真令人吃惊啊！）书法文章为千古要事（如今却无人从事了），只有空空怅望那布满白云的天边了。

第二首写对逝者的哀痛：堂屋前面栽种槐树以荫庇后人，是很费心思的。如今唱起挽歌叫人遗恨无穷。特别疼爱那伏地痛哭的游子，怕他伤心太重，损坏身子。正应该到泉台去会晤阿翁。黯黯新愁难于问卜，滔滔逝水全都向东。这番捧得满腔泪水，洒上石榴花一色鲜红。

4.15　祭杨作谋

乙丑（1925年）

（一）

生生死死最相关，那有金丹可驻颜？
新冢年来添几许，教人怕上北邙山[1]。

（二）

才过上巳[2]又清明，春草池塘处处生。
底事[3]西堂[4]难入梦，惠连[5]镇日苦思兄。

（三）

髫年[6]契合亦前因，洞口桃花[7]许问津[8]。
一棹再来难觅路，剩侬端作可怜人。

（四）

几回催著祖生[9]鞭，心学[10]由来有的传。
多少情怀抛得去，只今谁与辨人天？

（五）

落花无语感离群，天上人间瞬息分。
无限春愁眠不得，那堪征雁彻宵闻？

（六）

诔文未就强咏诗，凄绝明朝执绋[11]时。
马鬣[12]要封崇亦好，遥瞻当作岘山碑[13]。

注释

[1] 北邙山：即邙山，在洛阳之北。东汉、魏晋的王公贵族多葬于此。借指墓地或坟墓。

[2] 上巳：旧节日名。魏晋后定为三月三日。农历三月上旬巳日，在水上招魂续魄，秉兰草，避不祥。

[3] 底事：何事。

[4] 西堂：西厢的前堂。泛指西边的堂屋。

[5] 惠连：晋文学家谢灵运族弟。惠连聪慧，有文才，兄深加爱赏。弟兄二人情谊深厚。

[6] 髫年：童年。

[7] 洞口桃花：东晋陶渊明《桃花源记》载，渔人偶然发现桃花源，返回后，再也找不到。后遂无问津者。

[8] 问津：询问渡口；寻访或探求。

[9] 祖生：东晋名将祖逖，率部渡长江时中流击楫，发誓收复中原。祖生鞭，用以勉励人努力进取。

[10] 心学：犹言思想修养；又指宋明理学的一个学派，所谓良知之学，以陆九渊、王守仁为代表。

[11] 绋（fú）：通"綍"，指下葬时引柩入穴的绳索。

[12] 马鬣（liè）：坟墓封土的一种形状。

[13] 岘山碑：晋代羊祜任襄阳太守，有政绩，生前常游岘山。后人于此立碑纪念。

赏析

祭杨作谋共六首七绝。诗人有挽联一副，云："爱我以德，作我之师，数十年如一日也！痛今朝，相勖无人，花信风中空滴泪。堕凡不庸，超凡则圣，九万里去长天耶！问他时，追随有弟，瑶台月下许谈心。"（6.21）今又写了七绝悼念，更显情意之厚，悲痛之深。

第一首写怕上墓地，感叹友人离世之速：人之生生死死，关系最为重大，并不以人的意志为转移。哪有什么金丹可以留住容颜，让人长生不老？新坟近来增添了不少，让人怕上北邙山坟场。

第二首用谢氏兄弟之典表达对友人的深切怀念:才过了上巳日,转眼又到了清明节,池塘处处都长满了春草。为什么西堂之人难以入梦?因为惠连整日苦苦思念他的长兄。

第三首借桃花源的故事表怀念深情:我们童年就相交结谊,也是前世的因缘。桃花源洞口准许问路,驾一叶扁舟再来,却很难找到路径,剩下一个孤零零的我,真的成了可怜人。

第四首写友人去了,无人切磋学问,让人遗恨万分:好多次催促挥动祖生鞭,让人奋进,先生的学问从来就该有继承人。多少情怀都可以抛开,如今只有这件事让人难以忘怀:先生去了,今后谁与我讨论学问,辨别人与天?

第五首写对先生的无限哀思与强烈怀念:落花无言,全是离群伤感,天上与人间瞬息便离分。心怀无限春愁不能入睡,怎能忍受远飞的大雁整夜哀鸣?

第六首写下葬与哀思:悼念文章未写出,勉强来作诗,哪能经受得起明朝执绋下葬的凄绝情?坟墓封土高一点的好,遥望它当作砚山碑,永远思念仙逝人。

4.16　庚午[1]四月廿一日寄陈海门祭词

(一)

传闻佳兆[2]卜山阳[3],正值乡村四月忙。
我拟亲临躬执绋[4],麦风梅雨怕寒凉。

(二)

日西难返鲁阳戈[5],况复年来久抱疴[6]。
薤露[7]是谁吟古调,一声长笛感怀[8]多。

(三)

自写新诗当诔文[9],人间天上慨平分。
采风[10]定入乡贤[11]传,只恨无缘再识君。

(四)

远荐徐生[12]一束刍[13],风车云马[14]降临无?
他时定约林和靖[15],来种梅花三百株。

注释

　　[1] 庚午：1930年。

　　[2] 佳兆：吉兆，好兆头。

　　[3] 山阳：汉道县名，属河南郡。魏晋之际，嵇康、向秀等常居此为竹林之游，号为竹林七贤。后因以代指高雅人士聚会之所。

　　[4] 执绋：丧葬时手执牵引灵柩的大绳，以助行进。

　　[5] 鲁阳戈：喻指力挽危局的手段或力量。王充《论衡·感虚》："鲁襄公与韩战，战酣，日暮，公援戈而麾之，日为之反三舍。"

　　[6] 疴：病。

　　[7] 薤露：古相和曲，为挽歌。

　　[8] 感怀：有感于怀，有所感触。

　　[9] 诔文：悼念死者的文章。

　　[10] 采风：谓搜集民间歌谣。

　　[11] 乡贤：乡里中德行高尚的人。

　　[12] 徐生：徐市，秦人，发童男童女数千人，入海求仙，终未还。

　　[13] 刍：饲草。

　　[14] 风车云马：即风车雨马，指神灵的车马。

　　[15] 林和靖：林逋，北宋诗人，隐居西湖孤山，赏梅养鹤，终身不仕，也不娶妻，人称"梅妻鹤子"。卒谥"和靖先生"。

赏析

　　四首七绝，均为祭词。第一首写未能前去执绋：听说有前去赴高雅聚会的好兆头，正当乡村里四月农忙。我本打算前去亲自执绋，可惜害怕麦风梅雨，天气寒凉。

　　第二首写人去难返的感慨：日已偏西，即使鲁阳挥戈也难使白日再返，况且近年来又老是生病。是谁在吟诵古老的薤露挽歌？听到一声长笛，便感怀颇多。

　　第三首感叹天人分离，表示沉痛的哀悼：我亲手写新诗当作诔文，感慨天上与人间相互分离。如果深入民间采风，定会将他列入乡贤，只是遗憾无缘再见识此君。

　　第四首写告慰英灵：远远地献给徐市一束饲草，神灵的车马降临否？将来有一天我一定相约宋人林和靖，到这里来种植梅花三百株。

4.17　代人挽岳母文

庚申（1920年）十二月念[1]二。所挽者朱芳谷内人也。

（一）

今宵共道祀黄羊[2]，无那[3]催人赋挽章[4]。
百岁光阴如梦短，一生儿女太情长。
姥峰[5]隐约劳相望，婿水[6]潆回只自伤。
况值岳翁[7]衰迈[8]甚，蹒跚[9]久已鬓成霜。

（二）

多少贤名称戚里[10]，人间天上竟平分。
想因西极招王母[11]，自顾东床愧右军[12]。
爪印[13]有痕留积雪，心伤无际望飞云。
罗浮香院梅千树，唳鹤声声不忍闻。芳谷居址号"罗浮香院"。

注释

［1］念：即廿，二十的俗称。

［2］黄羊：一种野生羊。《后汉书·阴识传》："家有黄羊，因以祀之。自是已后，暴至巨富。"后用以表祭灶的供品。

［3］无那：无奈。

［4］挽章：挽词。

［5］姥峰：指代岳母。

［6］婿水：女婿自称。

［7］岳翁：老丈人。

［8］衰迈：衰老年迈。

［9］蹒跚（pán shān）：行步缓慢貌。

［10］戚里：泛指亲戚邻里。

［11］王母：西王母，传说中的女性仙人。

［12］右军：王右军，王羲之，其有东床袒腹之故事。

［13］爪印：鸿雁留在雪泥上的足印。喻人生轨迹。

赏析

两首七律，代人而作。第一首写女婿对岳母的哀思：今晚都说是用黄羊祭祀灶神，无可奈何却催我作挽诗。百岁的光阴像做梦一样短促，儿女们一生的情感却太长太长。岳母的身影遥遥相望，女婿的心中只有悲伤。况且岳翁已衰老得很厉害，行步蹒跚，鬓发久已成霜。

第二首写女婿的深切哀悼：多少贤惠的名声在亲戚朋友中传闻，而人间天上竟然对半离分。想到西天请来王母仙人（救岳母）（可是办不到）。同是东床女婿，与王右军相比，我感到惭愧。积雪中有爪印留下的痕迹，眼望飞云心中伤感不已。罗浮香院虽有千树梅花，白鹤声声鸣叫，却让人不忍听闻。

题词读后

5.1 题画

参天^[1]古木映前溪，只为风多叶不齐。
明月一船山两岸，有人高卧水亭^[2]西。

注释

［1］参天：高悬或高耸于天空。

［2］水亭：临水的亭子。

赏析

这首七绝题一幅古画：参天的古木映在前溪，只是因为风大，树叶被吹得参差不齐。一船明月，两岸是山，有人高卧水亭西畔。本诗生动地描绘了一幅高人隐居图。

5.2 题山水画轴

（一）

一篙撑去水云偎^[1]，两岸浓烟锁钓台。
傍晚推窗停画舫，好山无数忽飞来。

（二）

一重水抱一重山，中有幽人^[2]习养闲。

却被鱼郎惊梦醒，声声欸乃^[3]白云间。

注释

[1] 偎：紧靠，紧贴着。

[2] 幽人：幽隐之人；隐士。

[3] 欸乃：棹歌，划船歌唱之歌。

赏析

两首七绝，用动态的笔触描写山水画面。本是静态的画，却写得栩栩如生。

第一首写山水美景：人撑着画船穿行于水云之间，两岸浓烟弥漫，水边钓台被云雾紧紧锁住。傍晚时分停下画舫，推开窗一看，无数好山忽然飞到眼前来。

第二首写幽隐与渔歌：山拥水，水抱山，一重水抱一重山。此间有幽隐之人生活，自逸安然。然而却被鱼郎惊醒了，梦不成圆。只听到鱼歌声声，萦绕消失于白云之间。

这里一静一动，隐者与鱼郎，悠闲与渔歌，互为映衬，情趣盎然。真是文笔胜丹青，意境无限。

5.3 题《孤舟蓑笠翁，独钓寒江雪图》^[1]

一竿摇曳^[2]水中天，皓首^[3]庞眉^[4]望若仙。

风雪潇潇鱼不食，蓑衣^[5]倒挂酒家眠。

注释

[1] 图为柳宗元《江雪》诗意。全诗如下："千山鸟飞绝，万径人踪灭。孤舟蓑笠翁，独钓寒江雪。"

[2] 摇曳：晃荡，摇动。

[3] 皓首：白头，白发，谓年老。

[4] 庞眉：眉毛黑白杂色，形容年老貌。

[5] 蓑衣：用草或棕制成的披在身上的防雨用具，形如人衣。

这首七绝描绘了一个皓首庞眉、潇洒忘机的仙者形象：一位白头发、长眉毛的钓鱼老翁，独自一人垂钓于风雪之中。倒影映在水中云天之上，望之若仙。尽管风雪潇潇，没有鱼儿来食，他却不管不问，唯钓是为。连蓑衣也不披，却倒挂在酒家门前。而酒店主人已经睡去。四外无人无鸟，唯有风中之雪与雪中垂钓之人。全诗塑造了一个迎风雪、傲孤境的隐士形象。

5.4 题《闺人病起图》

五月炎炎尚怯寒，绣窗[1]掩映竹千竿。
蹒跚[2]病骨娇无力，斜依檀郎[3]对镜看。

注释

[1] 绣窗：装饰华丽的窗户。

[2] 蹒跚：行步缓慢的样子。

[3] 檀郎：妇女对夫婿或所爱男子的美称。《晋书·潘岳传》《世说新语·容止》载，晋潘岳，美姿容，出而妇女牵手围之，掷果盈车。潘小字檀奴，故称"檀郎"。后用为典。

赏析

这首七绝紧紧扣住"闺人病起"的三题，描写生动。特殊病人的状态栩栩如生：

赤日炎炎的五月天，她还怕寒冷，绣窗掩映着翠竹千竿。小姐病体娇弱，行步缓慢，斜身靠着丈夫，面对明镜，自照自怜。

5.5 题《美人摘花图》

蜂狂蝶舞艳阳天[1]，姊妹相携步步莲[2]。
采得百花归来晚，呼郎多插鬓云[3]边。

注释

[1] 艳阳天：阳光明媚的春天。杜甫《数陪李梓州泛江，有女乐在诸舫，戏为艳曲二首赠李》："竞将明媚色，偷眼艳阳天。"

[2] 步步莲：步步生莲花。形容美女的脚步。语本《南史·齐本纪下·废帝东昏侯》："又凿金为莲华以贴地，令潘妃行其上，曰：此步步生莲华也。"

[3] 鬓云：形容妇女鬓发美如乌云。

赏析

这首七绝写美人摘花。艳阳天里蜜蜂忙碌地采花，蝴蝶翩翩起舞。姐姐和妹妹手拉着手，踏着莲步走向花丛。她们采集了各种各样美丽的花，很晚才回家。回家顾不上休息，赶快呼唤郎君，多多地把花插在自己头上（以展示自己的美貌与青春风采）。

本诗描写了年轻活泼、爱花爱美的女性。她们有着花样年华，正享受着爱情的幸福与生活的甜蜜。

5.6 题《一元复始[1]图》

图系一猿蹲坐，手捧圆瓜欲啖之状。

幽穴高冈少俗埃，山公[2]原不是凡胎。
诗家[3]莫怪无新景，冬至阳生春又来。

注释

[1] 一元复始：出自《公羊传·隐公元年》。其曰："元者何？君之始年也。春者何？岁之始也。"后以"一元复始"为新的一年的开始。并常以"万象更新"配之，合成春联。

[2] 山公：此指猿。

[3] 诗家：诗人。唐代杜甫《哭李尚书》："史阁行人在，诗家秀句传。"

赏析 这首七绝所题之图中，有一只猿坐着，手捧圆瓜，正要啖食。此画取瓜之"圆复"意，吟之，表示四时更替，冬天过去，阳春又将回来，给人以新的希望。同时也赞扬猿之不俗与幽隐，讥讽了尘世。诗意为，幽静的山洞与高高的山冈很少有俗间的尘埃，住在这里的山公原本就不是凡胎。诗人们不要埋怨没有新的景致，冬天过去了，阳春生发，春天又会到来。

5.7　续题新庙子戏台上画

（一）

独坐闷无言，闲情何款款[1]。

倩[2]卿沉寂中，所思人不远。

（二）

一觉渔阳梦[3]醒身，香镫茗椀又相亲。

儿家正有关怀处，鹦鹉帘前莫唤人。

（三）

为语婵娟好唱酬，合欢团扇[4]漫悲秋。

相如[5]的是多情者，肯使文君[6]怨白头。

画本俚劣[7]，不堪题咏。然见芍药而思牡丹，千古才人，大率类此。偶因功课余闲，缀[8]五古一章，七绝二章。笼以碧纱，非所敢望，不过写美人香草之遗意云尔。

光绪廿有四年戊戌（1898年）阳月下浣第六日　爱兰主人志

注释

［1］款款：从容自如貌。

［2］倩（qiàn）：美好；古时男子的美称。

［3］渔阳梦：指唐天宝年间安禄山在渔阳举兵反叛，导致杨贵妃香消玉殒。渔阳在今天津市蓟州区。清代洪昇《长生殿·传概》："唐明皇欢好霓裳宴，杨贵妃魂断渔阳变。"

［4］团扇：圆形有柄的扇子。

［5］相如：汉代司马相如，辞赋家。

［6］文君：汉代卓文君。相如与文君倾心相爱，私奔而去。后相如移情，文君作《白头吟》以劝，二人和好如初。

［7］俚劣：粗俗低劣。

［8］缀：连字成诗文。

赏析

这组诗五言古诗一首，七言绝句二首，还有一段跋语。

五言古诗写独坐闲情：画上的人独自坐着，闷而无言，看去何等闲散自得！这位俊男子深情默默，大概他所思念的人就在不远的地方吧。这本是一般的俗相，诗人进行美好的想象，好似于一堆凡物中捡得珍品。

七言绝句第一首写一个女子坐于窗前，背景是帘子和鹦鹉。诗人想象：一场噩梦使这女子惊醒，面对着与之相亲的，只有香灯与茶碗。她关心的事情，要凭想象去把握。窗帘前的鹦鹉，你可不要打扰她啊，她正在思念或担心自己的心上人呢。

七言绝句第二首写一位握扇女子，联想到司马相如和卓文君：我给姑娘说，好好唱和应酬吧，合欢的团扇不要为秋而悲。看那司马相如，的确是个多情郎，他能使文君姑娘深情相爱，恨不得永远如此，不要白头。诗的深层含义为安慰女子，要她相信，她的心上人是司马相如那样的多情郎，不会变心。

跋语说明诗作产生的缘由：戏台上的画，本来粗俗，不值得题诗吟诵。但是看见芍药可以想到牡丹。千古以来有才华的人，大多类似于此。我偶尔因教学余闲，写了五言诗一首，七言绝句两首。把它们放在华丽的织物上当作雅品佳作让人欣赏，这是我不敢想的。我不过是写点美人香草的余韵而已。"见芍药而思牡丹"，可以说是一条重要的艺术规律，展开想像，追求美好，合于众心，就能产生佳作。

5.8　题铜雀瓦砚

制砚瓦有福，得砚我有缘。

汉魏无寸土，奸雄[1]亦荒烟。

唯此文字交，今古不澌灭[2]。

终日伴鸳鸯，寄语曹孟德[3]。鸳鸯[4]，瓦名。

注释

[1] 奸雄：出自《荀子·非相》。文中写道："夫是之谓奸人之雄。"后多指弄权欺世、窃取高位的人。《三国志·魏书·武帝纪》："玄谓太祖曰。"裴松之注引孙盛《异同杂语》云："尝问许子将：'我何如人？'子将不答。固问之，子将曰：'子治世之能臣，乱世之奸雄。'太祖大笑。"

[2] 渐灭：消亡，消失。

[3] 曹孟德：曹操，字孟德。

[4] 晋陆翙《邺中记》："邺都铜雀台，皆鸳鸯瓦。"

赏析

诗人面对铜雀瓦砚，思接千载，想起了一代奸雄曹操，感而为吟：制成墨砚的铜雀瓦算是有福气，而得到这方砚台我却有缘分。汉魏已没有一寸土地，号称奸雄的曹操，也变成了荒草云烟。唯有这种文字之交今古不灭，千秋长存。我终日陪伴鸳鸯瓦砚，想把我的感想写出来寄给曹孟德。（愿我们于千古之遥神交心许，交个朋友吧。）

5.9 题大堰口万寿桥

录志于碑者二

（一）

小桃源[1]里灿红霞，二月春明处处花。

隔岸有山崇嘏[2]在，过桥好去访仙家。

（二）

指点前溪雁齿铺，莫愁五日滞工夫。一作"直渡河梁雁齿铺，归船不用柳边呼"。

寻诗我亦添清兴，风雪梅花策蹇驴[3]。

（三）

听罢丁丁凿石声，中流砥柱利人行。

他时有客来题句，剔藓探碑问姓名。

（四）

一棹鱼郎许问津^[4]，桃花浪暖恰三春。

沧桑毕竟多迁变，补缀^[5]还须赖后人。

注释

［1］小桃源：此指万寿桥所在地的美丽风景。

［2］崇嘏：崇嘏山，诗人家乡山名，因前蜀女状元黄崇嘏而命名。山上有塔，山下有石桥，皆为纪念黄崇嘏而建。

［3］蹇驴：跛脚的驴子。

［4］问津：询问渡口；寻访，探求。

［5］补缀：补充辑集。此指修理桥路。

赏析

题桥七绝四首。第一首赞颂桥址：这里是小桃源，红霞灿烂，二月春光明媚，处处开着鲜花。隔岸有高高的崇嘏山，过桥就可以去拜访仙人。

第二首写新桥的便利：有了万寿桥，指望着前面的雁齿铺，不一会儿就过桥到达了，不需要耽误长时间的工夫。我也到这里来寻找诗料，增添雅趣，风雪梅花里赶着劣驴前行。

第三首写筑桥人的功劳不会被人忘记：听了叮叮的凿石声，看见石桥成了中流砥柱，从而方便人们过桥行走。将来有一天，如果有人想题写诗句，就会剔除苔藓，探视碑文，询问建设者的姓名。

第四首写石桥需要后人修补：恰好阳春三月，桃花盛开，水浪温暖，会有鱼郎驾一叶扁舟前来访问参观。这种美好景况能永远保持吗？沧海桑田，万物都会变换，石桥也有废坏的时候，这就要依靠后人来修补了。

5.10 ［题飞龙禅院］

步前明天全六番^[1]招讨史^[2]，同题太平场飞龙禅院。七绝一章，原韵二首。诗经友人周斯文——该地茂才^[3]也，录存院壁，至今犹在。

（一）

琪花^[4]香遍梵王宫^[5]，空向前朝问六龙^[6]。

留得一痕遗墨在，碧纱^[7]犹自护重重。

（二）

莫问秦楼与楚宫，万山堆里谒飞龙。

书生裕得筹边策，拟请长缨^[8]步九重^[9]。

注释

［1］番：旧称少数民族或外国。

［2］招讨使：边境地区负责招抚征讨的官吏。

［3］茂才：即秀才。因避东汉光武帝刘秀之秀字而改。明清时期入府州县学的生员叫秀才。

［4］琪花：仙境中的玉树之花。

［5］梵王宫：本指大梵天王的宫殿。泛指佛寺。

［6］六龙：古代天子的车驾为六马，马八尺称龙。因此"六龙"为天子车驾的代称。

［7］碧纱：即碧纱笼，出自五代王定保《唐摭言·起自寒苦》。后用为诗以人为重的典故。

［8］长缨：指捕缚敌酋的长绳。毛泽东《清平乐·六盘山》："今日长缨在手，何时缚住苍龙？"

［9］九重：九重天。泛指天。

赏析

七绝两首。第一首写前朝不在，遗诗犹存：仙境中玉树之花香遍了整个佛寺，然而前王朝早已不存在，只能空问前朝天子的车驾了。但是留有一痕遗墨在禅院，碧纱还重重护卫，珍重得不得了。

第二首抒发自己筹边的壮志：莫要询问秦楼与楚宫，在这万重深山中就见到了飞龙。书生若得到了许多安定边疆的良策，就准备请到长缨，到九天之上缚住苍龙。

5.11 题宣公祠壁

祠在邛崃南关外

阑干十二绕回廊，多少闲情付酒觞[1]。

四面云山[2]诗世界，满庭风竹韵清凉。

题桥屡欲挥文笔，过辙难禁忆武乡[3]。

指点宣翁遗像在，当年勋业[4]自堂堂。

注释

[1] 觞：盛满酒的杯。亦泛指酒器。

[2] 云山：云和山，高耸入云的山。

[3] 武乡：讲武之乡。

[4] 勋业：功业。

赏析

这是一首七律，首联写祠堂的建筑：十二根阑干围绕着回廊，在此散步游赏，会有多少闲情付诸酒杯。颔联写祠堂的景况风光：四周的云和山那么美，有如身在诗情画意之中。而祠堂里满庭院的清风翠竹，充满清凉的韵味。颈联写奋发有为的激情：屡屡想挥动文笔题词于桥头，路过此地，禁不住想起那讲武之乡。尾联颂扬宣公的勋业：指点瞻仰宣公的遗像，当年他的勋业当是伟大雄壮。

5.12 题临邛回澜塔

浮屠[1]倒影插江干[2]，山拥烟云[3]水拥澜。

登得危巅[4]天际望，三千路远指长安[5]。

注释

[1] 浮屠：梵语译音词，指佛或佛塔。

[2] 江干：江边，江岸。

[3] 烟云：烟霭云雾。

[4] 危巅：最高处。

[5] 长安：古都城，今西安市。唐以后诗文中常用作都城的通称。川南第一桥对联云："风月无边，长安北望三千里；江山如画，川府南来第一州。"

赏析

回澜塔，原名镇江塔，始建于明代，清代重修完善。这首七绝从两个视角来描写：一是由远而望。高高的塔影插在江岸之上，山拥抱着烟云，水涌着波澜。二是由塔上远望。登上塔的最高处向天边远望，三千里路之遥就到了长安。

长安，古诗文中多借指国都、祖国。"三千路远指长安"，体现了诗人心向祖国的情怀。

5.13　读刘禹锡诗有触

即《乌衣巷》一首

西望前山映落晖[1]，百年转瞬事都非。

只愁再过乌衣巷[2]，乌衣巷乃王家子弟出入之所　惟指邻家燕子飞。

注释

[1] 晖（huī）：阳光。

[2] 乌衣巷：地名，在今南京市秦淮河南。三国吴时置乌衣营，以士兵着乌衣而得名。东晋时王、谢等望族居于此。唐代刘禹锡《乌衣巷》："朱雀桥边野草花，乌衣巷口夕阳斜。旧时王谢堂前燕，飞入寻常百姓家。"

赏析

本诗就刘诗有感而发。诗人向西望见前山映照着落日的光辉，不禁感叹：一百年的光阴转眼即过，事物都变得面目全非。只是发愁再经过乌衣巷时，只看见邻家燕子飞来飞去，一片败落。本诗流露出诗人对王公子弟腐化、败落的感叹与谴责。

5.14 乙卯[1]三月十八日夜阅盛涤坤文稿题后

盛涤坤，杨知事室人[2]也。

（一）

下笔千言字字工，果然巾帼[3]有英雄。

倘教墨渖[4]挥江汉，洗尽支那粉黛[5]风。

（二）

咏絮何须说谢家[6]，连篇文帙[7]足风华[8]。

茧丝蕉叶重重思，看到更阑兴倍赊[9]。

（三）

膏焚[10]分到乙藜[11]青，读史才终又读经。

问字不烦频载酒[12]，晨昏相对子云亭[13]。

（四）

真成玉质又金相，豁我双眸锐莫当。

神在毫端香在纸，一团春气自堂堂[14]。

（五）

崇碫[15]当年亦特生，千秋艳说[16]状元名。

只今词赋皆陈迹，怎及文章见性情。

（六）

见说凭肩[17]辨鲁鱼[18]，不耽[19]罗绮负居诸[20]。

檀郎[21]占得人间福，第一闺中喜读书。

（七）

吾乡女学慨无声，何幸开宗[22]立课程。

料得他时诸弟子，相传衣钵[23]记先生。

（八）

如此才华大是难，多情京兆[24]许传观。

平生雅爱文为富，手叠花笺[25]自写完。

注释

［1］乙卯：1915年。

〔2〕室人：古时称妻妾。

〔3〕巾帼：古代妇女的头巾和发饰。后用为妇女的代称。

〔4〕渖：汁水。

〔5〕粉黛：傅面的白粉和画眉的黛墨，均为化妆品。又指美女。

〔6〕谢家：指谢家咏雪或谢家轻絮。东晋太傅谢安，尝于雪天与子侄集会论文赋诗。俄而雪骤，安欣然曰："白雪纷纷何所似？"侄儿谢朗曰："撒盐空中差可拟。"侄女谢道韫曰："未若柳絮因风起。"安大笑乐。后用为咏雪之典。

〔7〕文帙（zhì）：文章。

〔8〕风华：犹雅丽，优美。

〔9〕赊：高。引为情绪的殷切，高涨。

〔10〕膏焚：指点灯。

〔11〕乙藜：灯草。

〔12〕载酒：此句化用载酒问奇字典故。见《汉书·杨雄传下》。后称人勤奋好学。

〔13〕子云亭：亭名，在四川绵阳。相传为西汉学者杨雄读书处。杨雄，字子云。唐代刘禹锡《陋室铭》："南阳诸葛庐，西蜀子云亭。"

〔14〕堂堂：容貌壮伟；志气宏大。

〔15〕崇嘏：黄崇嘏，前蜀女子，居处常著男子装，能诗文，有才气，传为女状元。

〔16〕艳说：喜爱赞扬地评说。

〔17〕凭肩：倚肩或手臂放在别人肩上。

〔18〕鲁鱼：二字形似。借指抄写刊印中的文字讹误。宋代杨亿《受诏修书述怀感事三十韵》："披文辨鲁鱼。"

〔19〕耽：沉溺，专心于。

〔20〕居诸：出自《诗经·邶风·柏舟》中"日居月诸"。后用以指日月、光阴。

〔21〕檀郎：西晋潘岳，小字檀奴。美姿容，为妇女所喜爱。后指妇女对夫婿的美称。

〔22〕开宗：开始；创立某一教派或学派。

〔23〕衣钵：佛教僧尼的袈裟与饭盂。引申指师传的思想、学问、技能等。

［24］多情京兆：指汉张敞，做官于京兆。曾深情地为妇画眉。后有"京兆画眉""京兆眉妩"之语。

［25］花笺：精制华美的笺纸。

赏析

盛氏为杨知事夫人，诗人称她是贤内助。她开女学，有文才。诗人看了她的文章，大加赞颂，遂写了八首七绝。

第一首赞扬盛氏为巾帼英雄：下笔千言，字字都精巧，果然是巾帼英雄。倘若使其墨水洒入长江汉水，那浓浓的文气英才，将洗尽中国女性的粉黛习风。

第二首写她文才优秀：吟诵柳絮何必要数谢家女，这里的连篇文章就足够优美。文思如茧丝蕉叶一般细密严谨，层次分明。我看到夜深人静，兴致却倍加浓厚。

第三首写盛氏做学问刻苦虚心：挑灯夜读，孜孜不倦，读完了史书又读经书。载酒问字不怕麻烦，早晚用功，乐此不疲。

第四首写盛氏文章之美：文章真成了美玉般的质地，金一般的相貌，让我眼前为之一亮，兴奋异常。神气在笔端，芳香在纸上，只感到一团春气，生机勃勃。

第五首用女状元作比，进一步赞扬盛文之佳美：黄崇嘏当年也是一位杰出的人物，她的状元美名千秋传颂。只是今天世俗的诗词歌赋都是因袭陈迹，怎么比得上盛氏的文章，可见真情本性。

第六首赞扬盛氏夫妻：听说你们夫妻俩肩挨着肩分辨难字，切磋学问。夫人没有沉湎于穿戴打扮，空度光阴。我羡慕檀郎占尽了人间的福气，夫人是闺阁中喜欢读书的第一人。

第七首赞扬盛氏开办女学的盛举：我们本乡的女子教育历来无声无息，多么幸运你首办女校，开设课程。可以想象得到，以后各位弟子一定不会忘记先生，一定会遵从教导，继续努力，永不停息。

第八首写诗人自己阅读盛文的感受：有如此才华真是很难得，要感谢多情的丈夫允许将妻子大作给外人传观。我平生高雅的爱好就是以文为财富，特地叠好印花笺纸，亲自将美文抄完。

5.15　奉和潘六如先生 并启[1]

一天春雨，四野和风。花开满县，红飞令尹之桃；叶绽五株，青曳先生[2]之柳。方喜催耕课读，邛崃之草木知恩；何期敌忾称戈，锦里之烽烟告警。□□监督，爱人学道，永以天真。抚事感时，发为歌咏。王仲宣[3]登楼作赋，却是怀乡；杜工部[4]望月行吟，无非伤乱。抒绵邈[5]之声情，抑风流[6]而蕴藉[7]。是则青毡守榻[8]，难希爨下[9]焦桐[10]；欣瞻黄绢题辞[11]，愿作风前小草。谨献巴腔[12]，伏祈[13]郢政[14]。菲葑[15]不弃，荣幸奚如。

（一）

新诗一幅写瑶笺[16]，忧国忧民剧可怜。

种树久钦贤宰尹[17]，飞花又值暮春天。

本来慈善心如佛，都到吟成骨是仙。

盥诵焚香犹未了，化作霖雨沛芳田。

（二）

者番怕说古梁州[18]，刁斗[19]声声尽带秋。

无米欲炊难巧妇，守陴[20]皆哭悔封侯。

少陵[21]诗句多伤乱，屈子[22]《离骚》总抱忧。

何日天心才反治，春城花柳看楼头。

（三）

环海风潮终夜吼，哪堪同室竟操戈[23]？

公思把酒浇愁闷，我正闻歌唤奈何。

五色飞云多变幻，十年宝剑自摩挲。

诗书不是浑无用，只恐流光鬓易皤[24]。

（四）

中原多故叹时艰，蒿目[25]时艰胆亦寒。

米贵如珠薪似桂，炮声成雨弹如丸。

兵戈急待天河洗，今古同嗟蜀道难[26]。

为祝华阳[27]归战马，大家齐报竹平安。

（五）

见说蓉垣[28]事事哀，东风无那送愁来。

雨林枪弹疑天运[29]，歌舞楼台剩劫灰。

拟向君平[30]占国势，长思管子[31]济世才。

斯民饥溺关心久，得托仁艄[32]亦快哉。

（六）

抄到瑶章[33]字字鲜，风怀斐恻又缠绵。

人言兵气诚凶也，我读公诗亦泫然[34]。

自古多情称白傅[35]，可传佳句媲青莲[36]。

伤心蜀碧[37]书犹在，今后成都有续篇。

（七）

狼烟[38]腥雾极天横，底甚[39]同袍[40]起战争？

江水难苏车涸鲋[41]，春风不度锦官城[42]。

街衢一炬成焦土，晓夜千家有哭声。

可惜共和和未得，六年世事百回更。

（八）

一曲军歌听未休，阵云深处认荒楼。

枕骸相望天应惨，烈焰如烘鬼亦愁。

人道[43]愿为平世[44]犬，谁能闲共大江鸥[45]？

乂安[46]有日知何日，试谒祠堂问武侯[47]。

注释

［1］启：泛指书函。

［2］先生：指陶渊明。宅有五柳，号五柳先生。

［3］王仲宣：东汉王粲，在荆州依附刘表，不得意，痛心国家丧乱，乃以"登楼"为题作赋，借写眼前景物，以抒郁愤之情、怀乡之思。后诗画中常用以喻士不得志而怀故土之思。

［4］杜工部：唐代杜甫。其《月夜》诗曰："今夜鄜州月，闺中只独看。"其《月夜忆舍弟》诗云："露从今夜白，月是故乡明。有弟皆分散，无家问死生。寄书长不达，况乃未休兵。"

［5］绵邈：远视貌。

［6］风流：洒脱放逸；风流潇洒。

［7］蕴藉：含蓄。

［8］榻：住下，居住。

［9］爨（cuàn）下：灶下。

［10］焦桐：琴名。因东汉蔡邕用烧焦的桐木做琴而得名。

［11］黄绢题辞：语出《世说新语·捷悟》。杨修为魏武解碑：黄绢，色丝也，于字为"绝"；幼妇，少女也，于字为"妙"；外孙，女子也，于字为"好"；齑臼，受辛也，于字为"辞"。所谓"绝妙好辞"也。

［12］巴腔：下里巴人之腔。此为自谦语。唐代李白《古风》其二十一："试为巴人唱，和者乃数千。"

［13］伏祈：俯伏祈求。

［14］郢政：斧正，以诗文就正于人。

［15］菲葑：两种食用植物，根部味苦，常为人所丢弃。此用作自谦语。

［16］瑶笺：对书札的美称。

［17］贤宰尹：贤明的地方长官。

［18］梁州：古九州之一。

［19］刁斗：古代行军用具，斗形有柄，铜质；白天做饭，晚上敲击巡更。

［20］守陴（pí）：守城，守卫。《左传·宣公十二年》："楚子围郑……国人大临，守陴者皆哭。"

［21］少陵：唐代诗人杜甫，自号杜陵布衣、少陵野老。

［22］屈子：战国诗人屈原，其代表作为《离骚》。

［23］同室操戈：喻兄弟相残或内部纷争。

［24］皤（pó）：白色；老人白首貌。

［25］蒿目：极目远望。

［26］蜀道难：李白有诗《蜀道难》。开头云："噫吁嚱，危乎高哉！蜀道之难，难于上青天！"

［27］华阳：县名，在今四川剑阁南。

［28］蓉垣：即蓉城。"垣"，原稿作"坦"，今正。

［29］天运：犹天命，自然的气数。

［30］君平：汉高士严遵的字，隐居不仕，曾卖卜于成都。

［31］管子：管仲，齐桓公之相，助桓公称霸。

［32］仁牪：仁慈的屏障，护身。

［33］瑶章：对他人诗文、信札的美称。

［34］泫然：流泪貌。

［35］白傅：唐代诗人白居易的代称。白晚年曾任太子太傅。

［36］青莲：即青莲居士，唐代诗人李白的别号。

［37］蜀碧：出自白居易《长恨歌》中"蜀江水碧蜀山青，圣主朝朝暮暮情"。

［38］狼烟：燃烧狼粪升起的烟，古时用以报警。又用以比喻战火或战争。

［39］底甚：为什么。

［40］同袍：语出《诗经·秦风·无衣》。文中写道："岂曰无衣，与子同袍。"后军人用以互称；兄弟；泛指朋友、同学等。

［41］车涸鲋：即涸辙之鲋。比喻处在困境中急需援助的人。涸（hé）：干涸。鲋：古书上指鲫鱼。

［42］锦官城：指成都。旧时其少城为执掌织锦官员的办公处，因称成都为锦官城。杜甫《春夜喜雨》："花重锦官城。"

［43］人道：人们说。

［44］平世：太平之世。与"乱世"相对。

［45］大江鸥：大江之上的白鸥，悠闲自得。

［46］乂（yì）安：平安无事。

［47］武侯：指诸葛亮。他死后谥为忠武侯，后世称武侯。成都南郊有武侯祠，古柏参天，殿宇华美，内供武侯像。

赏析

潘六如先生，成都人，从政并执教于邛崃。先生德高望重，诗人极为钦佩。二人既是师生，又是诗友，情谊深厚。这里诗人为先生写了两组诗，共十二首七律，可谓规模宏大，实属罕见。我们先看《奉和潘六如先生》中的八首诗。

前有启，意思是：满天春雨，四处和风。花开满县，令尹之桃飘飞红花；叶茂五树，先生之柳摇曳青条。正喜催耕劝读，临邛之草木感恩；不料仇恨动武，锦城之峰烟报警。（先生洁身）监督，热爱人民，重义学道，永以天真为人生准则。感慨时事，写成诗歌。王粲登楼作赋，却是怀乡；杜甫望月吟叹，无非伤乱。抒发高远的声情，抑制风流而蕴藉深远。于是青毡守榻，不缺弹琴美事；喜看"黄绢题辞"（绝妙好辞），愿作风前小草（拜伏）。特献巴腔俗歌，拜请指正。一旦不弃，荣幸之至。

第一首称赞潘先生忧国忧民：一幅新诗写在珍贵的纸上，忧国忧民之心实在可赞。长久以来就钦佩为民种树的贤明宰尹，满目飞花又正值迟暮春天。（先生）本来慈善，心如神佛，不顾身疲力竭吟成新诗，骨瘦如仙。洗手捧读，焚香吟咏都还不够，诗歌化作甘棠定会滋润心田。

第二首感叹战乱来临：眼下怕说到古时的梁州（多战事），刁斗之声尽带秋愁。没有米做饭，那是为难了巧妇，守城将士尽都哭泣，后悔不该为了封侯（而从军）。杜甫的诗句太多感伤离乱，屈原的《离骚》总是怀抱忧愁。哪一日苍天才能拨乱反正，让人们在春城楼上安心地欣赏花和柳？

第三首谴责同室操戈，表达自己靖乱的情怀：环海风潮整夜怒吼，哪能同室操戈扰乱民生？先生想用酒浇愁（可无济于事），我正听到那无可奈何的歌。世事如乱云飞卷，变幻莫测，十年随身的宝剑亲自擦磨。诗书并非完全无用（儒生亦可有所作为），只怕时光飞逝，鬓毛容易斑驳。

第四首揭露战争带给人民的苦难，强烈表示希望和平：中原多事，感叹世事艰险，举目乱世，肝胆亦寒。大米贵得像珍珠，柴火涨价如桂木。炮声连成雨，子弹不断飞来。兵戈之乱急待天河之水来清洗，古往今来尽都嗟叹蜀道艰难。为了祝贺华阳休战归还战马，大家齐来报告平安。

第五首写乱世思贤才：说到蓉城百事悲哀，东风无可奈何送得愁来。到处枪林弹雨，疑心这是天运如此，昔日歌舞楼台只剩下劫后余灰。打算向严君平先生占问国事，长久思念那济世贤才。我们永远关心人民的饥饿沉溺，希望仁人志士快来解救，实现太平世界。

第六首称赞潘先生的诗是史诗般的大作：抄写的佳作字字新鲜，风情抑郁，心绪悲苦，不能解脱。人们说兵气实在凶恶，我读您的诗，泪下潸然。自古多情要数白居易，传诵的佳句可媲美青莲居士。好像伤心蜀山碧水的《长恨歌》在世，此后成都之恨便有君之续篇。

第七首谴责同袍挑起战争，破坏共和：腥雾狼烟横亘天际，为什么骨肉同袍还要挑起战争？远处的江水难于救活干涸待毙的小鱼，和暖春风偏偏吹不到锦官城。火烧街道成为焦土，早晚千家有哭声。可惜共和和未得，六年形势百变更。

第八首抒发厌恶战乱、渴望和平的情怀：还听得到军歌的余音在回绕，在阵云深处看到荒废的房楼。枕骸相望苍天都悲惨，烈火腾腾鬼也发愁。人们说愿意变为平安世道的家犬，有谁能与大江鸥鸟一同逗留？什么时候才能有平安无事的日子啊？那就到武侯祠拜问武侯吧。

5.16 步潘六如先生原韵

（一）

纷纷争战耀旗枪，谁唤邯郸梦[1]一场。
天道[2]本如旋磨蚁[3]，灾黎[4]近似触藩羊[5]。
摊书有泪伤今古，忧世无心论短长。
知否中原正多事，其亡端赖系苞桑[6]。

（二）

阽危[7]国事讵难知，怎不平心反复思？
可叹蓉垣颠沛[8]相，竟如天宝乱离[9]时。
是非自有千秋鉴，胜负徒争一局棋。
翻羡茅庐高隐士，晓窗睡起日迟迟[10]。

（三）

泪洒鲛珠[11]颗颗红，怕闻一曲《大江东》。
频遭饥馑伤涂殍[12]，如此沧胥[13]付太空。
树烧昏鸦栖野外，魂归蜀帝[14]泣宵中。
由来战阵无他技，杀虐人多早报功。

（四）

忍把蓉城比石头[15]，临风我亦泪难收。

万家有恨难填海，三刻[16]何人许逾沟。

元帅威尊心似铁，锦江春老气同秋。

可怜工部[17]溪前水，只浣飞花莫浣愁。

注释

[1]邯郸梦：即一枕黄粱梦。唐代沈既济《枕中记》载：卢生在邯郸客店中遇道士吕翁，用其所授瓷枕，睡梦中历数十年富贵荣华。及醒，店主炊黄粱未熟。后因以喻虚幻之事。

[2]天道：天理，天意；自然界的变化规律。

[3]旋磨蚁：旋转于石磨上的蚂蚁。喻岌岌可危。

[4]灾黎：灾民。

[5]触藩羊：喻处于困境的人。

[6]苞桑：桑树之本，喻牢固的根基。《周易·否》："其亡其亡，系于苞桑。"

[7]阽（diàn）危：临近危险，危险。

[8]颠沛：颠簸摇荡；困顿挫折。

[9]天宝乱离：指唐天宝年间的安史之乱，唐自此衰败。

[10]日迟迟：诸葛孔明隐于卧龙岗，睡起，吟曰，"大梦谁先觉？平生我自知。草堂春睡足，窗外日迟迟"。

[11]鲛珠：传说鲛人（神话中的人鱼）泪化成的珍珠。比喻泪珠。

[12]殍（piǎo）：饿死的人。

[13]沦胥：相率牵连。泛指沦陷，沦丧。

[14]蜀帝：蜀帝杜宇，传说蜀帝死后其魂化作杜鹃，哀鸣不已。

[15]石头：石头城，今南京。六朝故都。此指亡国之都。

[16]三刻：即一时三刻，言时间之少。

[17]工部：杜工部，杜甫。曾住成都浣花溪畔。

赏析

这组诗四首七律。第一首感伤战乱：纷纷战争炫耀旌旗刀枪，谁都是黄粱美梦一场。世道本来就像旋转于磨上的蚂蚁一样岌岌可危，灾民如同触了藩篱无可奈何的羊。打开书本让人流泪，伤感今古，忧心时事，无心评论谁短谁长。知道吗，中原正是多事之秋，国破家亡就在于根本受到损伤。

第二首谴责战争之不义：濒危的国事岂难知，怎不平心静气反复思？可叹蓉城破败相，竟然好像天宝年间的战乱分离。是非曲直自有千秋历史来评判，胜与负不过白白竞争一局棋。我反而羡慕隐居茅屋的高士，早上起来高声吟读"日迟迟"。

第三首揭露战争之罪恶：泪洒如珠颗颗鲜红，害怕听到一曲《大江东》。连年饥荒，伤心道上饿死人，如此沦丧，命运付诸太空。树木烧光了，晚归的乌鸦只得栖息于野外，蜀帝魂归无所安，落得哀啼长夜中。战场上从来没有其他伎俩，杀死的人多就早早去领赏报功。

第四首抒发对战乱的恨与仇：不忍心把蓉城比作亡国之都石头城，临风而泣，我的眼泪难收。万家有恨难于填海，谁也没有片刻自由。元帅威严，心似冰铁，锦江春残，气色如秋。可怜啊，杜甫宅畔的浣花溪水，只洗落花不散愁。

5.15和5.16以上两组诗，集中反映了诗人对社会形势的关注，体现了其锐利、明智的见解和爱国、爱民的伟大情怀。

启似序言，表达了诗人对潘先生在邛崃从政执教的热烈赞扬与感激，并概述了潘先生诗作的伤乱之思与怀乡之情，蕴藉深长。诗人对潘先生的佳作敬佩不已，谦称自己的和诗是"巴腔"，伏祈指正，不胜荣幸。启文文采飞扬，声情并茂，也是难得的赋文佳作。

两组诗主要体现了以下内容。

一、谴责同室操戈。那时军阀恶霸为了争权夺利，不惜同室操戈，烧杀抢掠，使百姓处于水深火热之中。比如："狼烟腥雾极天横，底甚同袍起战争？""人言兵气诚凶也"，"炮声成雨弹如丸"。"元帅威尊心似铁"，"杀虐人多早报功"。"枕骸相望天应惨，烈焰如烘鬼亦愁。""可惜共和和未得，六年世事百回更。"

二、忧心国家命运，同情人民苦难。比如："可叹蓉垣颠沛相，竟如天宝乱离时。""频遭饥馑伤涂殍"，"歌舞楼台剩劫灰"。"米贵如珠薪似桂"，"灾黎近似触藩羊"。"街衢一炬成焦土，晓夜千家有哭声。""万家有恨难填海"，"今古同嗟蜀道难"。"可怜工部溪前水，只浣飞花不浣愁。"

三、呼吁结束战争，期望得到和平。比如："雨林枪弹疑天运"，"兵戈急待天河洗"。"乂安有日知何日，试谒祠堂问武侯。""何日天心才反治，春城花柳看楼头。""斯民饥溺关心久，得托仁枰亦快哉。"

四、赞佩先生及其诗作。比如："新诗一幅写瑶笺，忧国忧民剧可怜。""本来慈善心如佛，都到吟成骨是仙。""盥诵焚香犹未了，化作霖雨沛芳田。"

读了这十二首七律，使人深切感到诗人俨然是一位伟大的政治家：谴责战祸，揭刺元凶，伤感乱世，痛心民穷。诗人正气凛然，爱憎鲜明，不避锋芒，忧国忧民，情深意长。文笔老练生花，声情并茂。这充分说明九成先生的确是一位爱国诗人，其人其诗值得我们长久颂扬。

5.17　读魏雨楼先生诗稿题后 癸亥（1923年）

雨楼，名邑[1]人。太父[2]系前清孝廉[3]，诗学颇工。藕堂，乃雨楼居址之名。家有风雨楼，故云。癸亥岁，季松灵先生以雨楼诗见示[4]，俊逸[5]风华[6]，知为一时之秀[7]。为之赋此，不识有觌面[8]缘否也？

（一）

理学[9]传家慎乃修，藕堂东畔绍箕裘[10]。

江山丽藻[11]盈千帙，风雨催诗满一楼。

名士自来无俗韵，骚人[12]何故太工愁[13]。

花笺[14]手叠亲抄写，几日萍逢[15]醉玉瓯[16]。

（二）

烧丹炼汞总茫然，风雅[17]优游[18]别有天。

人到多情真佛子[19]，身无俗骨是神仙。

高山流水[20]知音在，杨柳芙蓉得气先。

我似东施[21]忘貌丑，妆成自合自家怜。

注释

[1] 名邑：今四川省雅安市名山区。

[2] 太父：祖父。

［3］孝廉：明清时期对举人的称呼。

［4］见示：给我看。

［5］俊逸：英俊洒脱，超群拔俗。唐代杜甫《春日忆李白》："清新庾开府，俊逸鲍参军。"

［6］风华：犹雅丽，优美。

［7］秀：优秀，特异（的人）。

［8］觌（dí）面：见面。

［9］理学：宋明儒家的哲学思想。此泛指儒学。

［10］箕裘：出自《礼记·学记》中"良冶之子，必学为裘；良弓之子，必学为箕"。后用箕裘喻祖上的事业。

［11］丽藻：指华丽的诗文。

［12］骚人：诗人，文人。

［13］工愁：善于描写悲愁。

［14］花笺：精制华丽的笺纸。

［15］萍逢：萍水相逢。

［16］玉瓯：指精美的杯盂等盛器。

［17］风雅：风流儒雅。

［18］优游：悠闲自得，从容洒脱。

［19］佛子：佛门弟子；菩萨。

［20］高山流水：出自《列子·汤问》，伯牙善鼓琴，钟子期善听。伯牙鼓琴，志在高山。钟子期曰："善哉，峨峨兮若泰山！"志在流水，钟子期曰："善哉，洋洋兮若江河！"后钟子期死，伯牙摔琴绝弦，终身不弹。后用为知音相赏或知音难遇之典。也比喻乐曲高妙。

［21］东施：丑女名。相传其为美女西施之东邻，因模仿西施病态，反而使自己更丑。此为作者自谦之辞。

赏析

两首七律。前有序言，介绍了雨楼先生的基本情况，包括住地、县邑和太父学识。同时介绍了其诗的主要特色"俊逸风华"，认为其人为"一时之秀"。诗人并未见过雨楼先生，读其诗，有感而发，欲见其人。

第一首赞扬魏先生及其诗作：儒学传家谨慎治学，住所书斋继承书家传统。描写大好河山的诗文有很多，风雨催诗篇章满楼。名士从来没有俗韵，文人雅士为什么还要过分描写悲秋？叠好带花的笺纸，我亲自抄写，萍水相逢时日不多，也心喜醉酒。

第二首写与魏先生情文相通，视作知己（并示以谦逊）：烧炼丹药总会让人感到茫然，风雅游赏则是别有洞天。人到多情便是真佛，身无俗间风骨即为神仙。高山流水知音在（有像魏先生这样的知音），杨柳和芙蓉花优先得到了春气（喻自己得到魏诗）。我像东施一样忘了自己相貌丑，打扮起来自己觉得自己好看。（对自己题诗的自谦语也。）

诗人未见其人，见其诗就加以赞扬，并引为知己，说明诗人重神交，以文为友。正如诗人所言："唯此文字交，今古不澌灭。"（5.8）充分表现了诗人以文才为重的高雅情怀。

5.18 读崔国辅诗题后

即题长安主人壁《世人结交须黄金》之一首也。

悠悠[1]行路是何心？交要黄金便不深。
放眼千秋多少恨，教人欲碎伯牙琴[2]。

注释

［1］悠悠：连绵不绝貌。

［2］伯牙琴：春秋时人伯牙之琴。后用为痛悼知音惜其难遇之典。

赏析

这首七绝针对"世人结交须黄金"的观点而发：连绵不绝的长长的人生之路，应当抱着什么样的态度呢？人们结交要黄金，便不会真诚深刻。（只是表面应付，做些表面文章。）放眼千秋，世人有多少（受骗上当的）遗恨，这真真叫人要狠心打碎伯牙的琴啊！诗人为人正直，坚持清白传家。这首诗体现了诗人的高尚情操。文如其人，实真言也。

5.19　阅何东玉悼殇[1]诗，书后慰藉

丁巳（1917年）九月

（一）

谁倩[2]娲皇[3]补恨天？拈毫慰藉已成联。

百年三万六千日，明月何尝月月圆？

（二）

一落红尘[4]不自由，情深儿女总多忧。

除他年少卢家妇[5]，更有何人号莫愁？

（三）

爱怜少子丈夫情，幻到昙花[6]百感生。

知否神伤形易悴，欧阳[7]为此赋秋声。

（四）

频年桂子月中栽，忻戚[8]相乘莫浪猜。

料得甯馨[9]缘未断，转轮[10]还要再生来。

注释

[1]殇：未至成年而死。

[2]倩（qìng）：请。

[3]娲皇：即女娲氏，中国神话中人类始祖。传说她曾炼五彩石，以补苍天。

[4]红尘：本为车马扬起的飞尘。佛教、道教等用以称人世。

[5]卢家妇：古乐府中相传，有洛阳女名莫愁，嫁于豪富卢氏夫家。一说为石头城女子。唐代沈佺期《独不见》："卢家少妇郁金堂，海燕双栖玳瑁梁。"

[6]昙花：优昙钵花的简称。夜间开放，短暂，供观赏。有"昙花一现"之语。

[7]欧阳：指欧阳修，宋文学家，号六一居士。其《秋声赋》将秋声秋景写得惟妙惟肖，包含了作者深刻的人生体验和感慨。

[8]忻（xīn）戚：忻，同"欣"。忻戚，犹悲喜。

[9]甯馨：即宁馨儿，宋时俗语，意为这样的孩子。又指父子情缘。此为后意。

［10］转轮：指人生轮回转世。

赏析

何氏生子时，诗人曾写诗为之祝贺："石麟天上又生来"，"正值风光得意时"。可是天不遂人愿，后来其子失去，何氏写悼殇诗。诗人看后，写新诗予以安慰，共四首七绝。

第一首写遗恨：谁能请女娲皇后来修补遗恨之天？我提笔写慰问诗正成了挽联。一百年有三万六千多天，何尝每个月都会看到月圆？

第二首写人生有情就有忧，忧愁之事不可避免：人一落入红尘便不自由，富于深情的儿女总是有许多忧愁。除了年轻的卢家妇人，还有什么人能叫作"莫愁"呢？

第三首安慰何氏不要太伤心：爱怜少子是大丈夫的性情，爱子昙花一现，确实使人百感交集，痛不欲生。但你知道吗？精神损伤身体就容易憔悴，欧阳修为此还专门作了《秋声赋》呢。

第四首安慰何氏还可以再生爱子：月中年年都栽种桂子，悲喜交加中不要胡想乱猜。我相信父子情缘并没有断绝，日月轮回，你还会再生爱子，降福于怀。

6

对联

6.1 挽何东玉联

十载论交，古道^[1]照人如饮醴^[2]；
一樽布奠^[3]，精魂^[4]此日可还乡。

注释

[1] 古道：古代之道，泛指古代的制度、学术、思想、风尚等；古人好的思想风范。宋代文天祥《正气歌》："风檐展书读，古道照颜色。"

[2] 醴：甜酒；泛指酒。

[3] 布奠：谓陈列祭品。唐代李华《吊古战场文》："布奠倾觞，哭望天涯。"

[4] 精魂：精神魂魄。王充《论衡·书虚》："生任筋力，死用精魂……筋力消绝，精魂飞散。"

6.2 挽季仰之

代严觐光作

公去太仓忙，计多年，杯酒论交，况是两家戚好；
我来真惨淡^[1]，痛此后，乡贤^[2]列传，又添一个古人。

注释

[1] 惨淡：悲惨凄凉。

[2] 乡贤：乡里中德行高尚的人。

6.3 挽王懋廷

代严著麟作，时乙卯（1915年）五月上浣

廿载早联姻[1]，记得去冬失怙[2]，怕聆葭管[3]声飞，极不忘，我恸[4]乌私[5]，公殷[6]鹤吊[7]；

五丝[8]难续命，可怜此日登堂，正值菖蒲[9]香候[10]，那堪想，花飘姊妹，星陨[11]老人。

注释

[1] 联姻：结亲。

[2] 失怙（hù）：指丧父。语本《诗经·小雅·蓼莪》："无父何怙？无母何恃？"

[3] 葭管：装有葭莩灰的律管，亦作"葭律"。俞锷《醉歌行》："葭管灰飞愁破云，春魂欲返天犹醺。"

[4] 恸：极其悲痛；痛哭。

[5] 乌私：孝养父母。西晋李密《陈情表》："乌鸟私情，愿乞终养。"

[6] 殷：通"慇"，忧伤貌。

[7] 鹤吊：称吊丧。传说晋陶侃以母忧去职，尝有二客来吊，不哭而退，化为双鹤冲天而去。

[8] 五丝：五色丝。

[9] 菖蒲：多年生水生草本植物，有香气，端午节悬挂。

[10] 香候：芳香之时。

[11] 星陨：天星坠落。喻名人死亡。

6.4　挽张茂廷

代严著麟作，时乙卯（1915年）二月二日

父作古[1]，翁感怀，忆前冬无限情文，过去光阴才百日；
死为灵，理可想，倘泉下有缘聚晤[2]，话来离别隔新年。

注释

[1] 作古：死的婉辞。意为已作古人。

[2] 聚晤：聚集会面。

6.5　挽季太孺人[1]

晓楼尊堂[2]

（一）

懿训[3]足千秋，看列女篇中，母道每兼师道重；
噩音传万里，想游子身上，泪痕应共线痕多。

（二）

有荻草[4]传薪[5]，秋月一天光阀阅[6]；
共棠花[7]肄业，春风十载忆门墙[8]。

代欧鼎臣

（三）

总角[9]便呼娘，口泽[10]况蒙分亥豕[11]；
盈腔空滴泪，心伤长此切螟蛉[12]。

代黄靖侯

注释

[1] 孺人：明清为七品官的母亲或妻子的封号。亦通为妇人的尊称。

[2] 尊堂：对他人母亲的敬称。

[3] 懿训：美好珍贵的教训。

[4] 荻草：多年生草本植物，与芦同类，秋日开花。

...

［5］传薪：传火于薪，相传不绝。

［6］阀阅：祖先有功业的世家、巨室。

［7］棠花：指兄弟。

［8］门墙：称师门。《论语·子张》："夫子之墙数仞，不得其门而入，不见宗庙之美、百官之富。得其门者或寡矣。"

［9］总角：古时儿童束发为两结，向上分开，形如角，故称。借指童年。

［10］口泽：谓口饮润泽。

［11］亥豕：二字形似易误，故指文字形似而误。

［12］螟蛉：养子的代称。

6.6　挽杨太孺人

作谋尊堂

恨东风，竟送愁来。记残冬抱病，迭卜更医，金简[1]有言皆莫效。

想西土[2]，果然乐极。况冢嗣[3]克家[4]，修身守道，瑶池[5]阿母[6]定相钦。

注释

［1］金简：金质的简册。常指道教仙简或帝王诏书。

［2］西土：指西方极乐世界。此指人死灵魂去的地方。

［3］冢嗣：嫡长子。

［4］克家：能承担家事。

［5］瑶池：古代传说中昆仑山上的池名，西王母所居。

［6］阿母：指西王母。

6.7　挽严太翁 字觐光

甲寅（1914年）十月下浣

（一）

我自诩知医，记曾竭虑殚精[1]，无术活公惭学薄；

人皆思大老，况是姻家戚好，失声溅泪恸[2]天荒[3]。

（二）

与阿岳是同胞，登龙门，聆麈训[4]，扰许多杯酒盘餐，每思一德未酬，正当抱憾；

痛今朝成大梦，遗子媳，别孙枝，更何说茑萝[5]姻娅[6]，想到九京[7]永逝，能不伤心！

代李炳勋

注释

[1]竭虑殚精：殚精竭虑，谓竭尽心力思考谋划。

[2]恸（tòng）：极其悲痛；痛哭。

[3]天荒：边远荒僻。

[4]麈（zhǔ）训：麈教。古人执麈尾而谈，因敬称他人的指点教诲为麈训。原稿作"塵"，今正。

[5]茑萝：茑萝与女萝，两种蔓生植物。比喻关系密切。

[6]姻娅：有婚姻关系的亲戚。

[7]九京：犹九泉，地下。

6.8　烟酒公卖局对联

代拟

（一）

烟以草呈材，公家利用恢商业；

酒同花可味，卖赋[1]归来入醉乡。

（二）

嘘烟乃晚近风情，此地是机关，在我公心储国用；

嗜酒亦高狂[2]质性，普天皆醉客，输他卖卜[3]数囊钱。

注释

［1］卖赋：出自汉代司马相如《长门赋》序。其云："孝武皇帝陈皇后，时得幸，颇妒。别在长门宫，愁闷悲思。闻蜀郡成都司马相如，天下工为文，奉黄金百斤，为相如、文君取酒，因于解悲愁之辞。而相如为文以悟主上，陈皇后复得亲幸。"后以"卖赋"泛指卖文取酬。

［2］高狂：高雅狂放。

［3］卖卜：以占卜为生。晋代皇甫谧《高士传·严遵》："严遵，字君平，蜀人也。隐居不仕，常卖卜于成都市。"

6.9　沙坝场九源桥碑联

（一）

振策访前徽[1]，此地有侍郎[2]故址；

凭栏瞻后起，何人擅司马[3]高才。

（二）

九派浪俱鸣，有客西来招隐；

同源流不尽，想佗东去朝宗[4]。

（三）

花韵鸟声潮两岸，

波光云影豁双眸。

注释

［1］前徽：前人美好的德行；前贤。

［2］侍郎：黄侍郎，又称黄使军，女状元黄崇嘏之父。"侍"，原稿作"待"，今正。

［3］司马：指汉代司马相如。

［4］朝宗：比喻小水流注大水。

6.10 代严姓挽朱芳谷联

有相关切之情，甥馆[1]长依，计三十年中，多蒙惠我；
抱真性灵[2]以往，诗篇俱在，问七旬身后，可觅传人。

注释

［1］甥馆：赘婿住处或女婿家。

［2］性灵：内心世界。泛指精神、思想、情感等。

6.11 颂火井县佐周进吾楹联

周系邛崃南路平落坝人

一行作吏，十年读书，有枌榆[1]桑梓[2]之感情，佐治不迁犹不戆[3]；
百里长才，万家生佛，共父老弟昆[4]而拜手，祝公多寿复多男。因其尚
未有子，故云。

注释

［1］枌榆：指故乡。

［2］桑梓：桑树和梓树，亦借指故乡或乡亲父老。

［3］戆（gàng）：鲁莽。

［4］弟昆：弟兄。宋代苏轼《东坡八首》："吾师卜子夏，四海皆弟昆。"

6.12 与火井巡政厅郑仲能送行

郑系湖南人

望重湘乡，经神[1]合许名千载；
恩周井里，生佛[2]还来祝万家。

注释

［1］经神：称东汉郑玄，字康成。郑玄为当时的经学大师，求学者不远千里而来。京师人称郑玄为"经神"。

［2］生佛：活佛。

6.13 代何锦文挽外祖母

民国十一年壬戌（1922年）

失怙[1]早含悲，只冀光腾婺宿[2]，随母登堂，犹得依依聆懿训[3]；
壮游空有志，为因学备军风，羁身作客，可怜忽忽痛天荒[4]。

注释

［1］失怙：丧父。

［2］婺（wù）宿：即婺女星，二十八宿之一，其北为织女星。

［3］懿训：美好深情的教诲、忠告。

［4］天荒：天荒地老；边远荒僻。

6.14 贺王济廷双寿

乙丑（1925年）六月上浣拟联。济廷，三角堰人，时年九十有六，夫人九十有四。

喜百岁同偕，况兼玉树临风[1]，酌兕[2]笑看莱子戏[3]；
是几生修到，正值蟠桃[4]缀露，登龙[5]齐拜老人星。

注释

［1］玉树临风：美丽的树在风前的姿态。形容人风度潇洒，秀美多姿。

［2］酌咒（sì）：酌酒，饮酒。

［3］莱子戏：传春秋时老莱子为婴儿戏，以使父母高兴。

［4］蟠桃：仙桃。

［5］登龙：登龙门。

6.15　挽李绥之

乙丑（1925年）冬季代严著林作

廿余年姻娅[1]相关，记前番庄叟[2]兴歌，永夜倾谈犹慰我；前日严失家，李有是情

四十载光阴太速，想今日邯郸醒梦[3]，安身应悔不逃禅[4]。

注释

［1］姻娅：有婚姻关系的亲戚。

［2］庄叟：庄子。其妻死，鼓盆而歌。后指丧妻。

［3］邯郸梦：即黄粱梦。喻虚幻之事。

［4］逃禅：指遁世而参禅。

6.16　挽严儒人

次荣之母已用

（一）

容工易觅，言德难求，试放眼看乾坤，要真真如是贤良，果然罕觏[1]；儿女何依，藁砧[2]渐老，虽旁观亦凄恻，况的的多年姻娅[3]，能不兴悲?

（二）

听三哥今日鼓盆[4]，惹我当年无限恨；

想一样夜台[5]把袂，同姑话旧有余哀。

代李炳勋作。炳勋系严妹夫，早年失家

（三）

寄子亦犹儿，萱草^[6]忧忘垂荫远；

浮生真若梦，梅花香遍感怀多。

代欧汝祥作。汝祥系严寄子

（四）

往事记心头，为我谋生理，择姻亲，只今侥幸成家，厚德最难忘嫂嫂；

关情同手足，问谁比温良，方淑慎^[7]，忽地仓惶弃世，伤情岂特有哥哥。

代严比玉作

注释

［1］觏（gòu）：遇见，看见。

［2］藁砧（gǎo zhēn）：古代处死刑，罪人席藁伏于砧上，用鈇斩之。"鈇"谐音"夫"，后因以"藁砧"为妇女称丈夫的隐语。

［3］姻娅：有婚姻关系的亲戚。

［4］鼓盆：庄子妻死，他鼓盆而歌。后用以指妻死。

［5］夜台：坟墓。亦借指阴间。

［6］萱草：俗称金针菜、黄花菜，古人以为种之可以忘忧，因称忘忧草。借指母亲。

［7］淑慎：贤良谨慎。

6.17　乡人傩^[1]对联

（一）

金简遍呈丹字疏^[2]，

火坑尽化白莲池。

（二）

建醮^[3]达三官^[4]，数点不忘方相氏^[5]；

修斋^[6]当六月，同居都是太平人。

（三）

寄子亦犹儿，萱草[6]忧忘垂荫远；

浮生真若梦，梅花香遍感怀多。

代欧汝祥作。汝祥系严寄子

（四）

往事记心头，为我谋生理，择姻亲，只今侥幸成家，厚德最难忘嫂嫂；

关情同手足，问谁比温良，方淑慎[7]，忽地仓惶弃世，伤情岂特有哥哥。

代严比玉作

注释

［1］觏（gòu）：遇见，看见。

［2］藁砧（gǎo zhēn）：古代处死刑，罪人席藁伏于砧上，用鈇斩之。"鈇"谐音"夫"，后因以"藁砧"为妇女称丈夫的隐语。

［3］姻娅：有婚姻关系的亲戚。

［4］鼓盆：庄子妻死，他鼓盆而歌。后用以指妻死。

［5］夜台：坟墓。亦借指阴间。

［6］萱草：俗称金针菜、黄花菜，古人以为种之可以忘忧，因称忘忧草。借指母亲。

［7］淑慎：贤良谨慎。

6.17　乡人傩[1]对联

（一）

金简遍呈丹字疏[2]，

火坑尽化白莲池。

（二）

建醮[3]达三官[4]，数点不忘方相氏[5]；

修斋[6]当六月，同居都是太平人。

（三）

逐疠驱瘟，

阜财[7]解愠。

（四）

二水祥潆丁字畔，

万山瑞映午桥前。

（五）

跨白鹤，有仙人戾止；

骑青牛，是老子[8]降临。

（六）

绿竹报平安，同臻[9]泰运；

红渠开沼址，定卜丰年。

（七）

街衢乡里膺[10]多福，

水火瘟蝗赴一船。

（八）

挥弦仵[11]召祥和福，

扬盾频消鬼魅踪。

（九）

法雨弥天，消夏尽成安乐国；

薰风匝地[12]，招凉齐唱太平歌。

注释

［1］傩（nuó）：古代风俗，迎神以驱逐疫鬼。傩礼一年数次，大傩在腊日（农历十二月初八）前举行。

［2］丹字疏：古代方士用以咒邪镇鬼的朱文符书。又称"丹书"。

［3］醮（jiào）：祭神。

［4］三官：道教所奉之神——天官、地官、水官。

［5］方相氏：周代官名，掌管驱除疫鬼及山川精怪。

［6］修斋：会集僧人或道徒供斋食作法事。

［7］阜财：厚积财物，使之丰富。

［8］老子：姓李名耳，字聃，春秋时期思想家，道教的创始人。

［9］臻（zhēn）：到，到达。

［10］膺：承受，接受。

［11］仁：积聚。

［12］匝地：满地，遍及。

6.18 代友人挽兰兄二联

（一）

老矣吾兄，何期春梦匆匆，转盼[1]便教成幻境；
黯然世事，此后天涯落落[2]，论交难得是忘年[3]。

（二）

合少长以谱金兰[4]，大雅[5]云亡，万里那堪悲极目；
一死生皆成铁案，百年不远，九京重与赋同心。

注释

［1］转盼：犹转眼。喻时间短暂。

［2］落落：零落，稀疏。

［3］忘年：忘年交，以才德相契，不拘年龄、行辈而结成的知己。

［4］金兰：指契合的友谊、深交。

［5］大雅：《诗经》的组成部分之一。旧训雅为正，谓诗歌之正声。后亦用
以称闲雅醇正的诗篇。李白《古风》之一："大雅久不作，吾衰竟谁陈？"

6.19 叔平三表兄贵阃[1]作古，赋联唁之

交外具优长，早经肄业巴黎，况遍游大地欧洲，出使俨同吴季札[2]；
伤神防过甚，寄语多情奉倩[3]，惟只问当年汉武，何因重见李夫人[4]。

注释

［1］贵阃（kǔn）：将帅或大臣。

［2］吴季札：春秋时期吴王少子，不受君位，历聘各国。尝出使上国。过徐，徐君爱其剑，未即与。使还，徐君死，便挂剑于徐君冢上而去。后人称颂其高风亮节。

［3］奉倩：三国魏荀粲，字奉倩。因妻病逝，痛悼不已，每不哭而伤神，岁余即死，年仅二十九岁。后成为悼亡之典。

［4］李夫人：汉代李延年妹，幸于汉武帝。早卒。方士使现形象，如见真人。

6.20 题关帝庙联

（一）

大江中袭幼主，已与先帝离情，对来使却婚，直讥吴狗非骄己；
华容道纵阿瞒[1]，要是稗官[2]小说，况立功乃去，且有私恩欲报曹。

（二）

本金兰[3]兄弟而尽臣忠，蜀犹汉，帝犹刘，正统皇皇[4]昭史册；
抱铁石心肠以维国运，天可擎，地可立，雄风[5]浩浩[6]贯神洲[7]。

注释

［1］阿瞒：三国魏曹操的小名。

［2］稗（bài）官：小官。小说家出于小官。后称野史小说为稗官。

［3］金兰：指契合的友情、深交。又指结义兄弟。

［4］皇皇：美盛貌，庄严肃穆的样子。

［5］雄风：强劲的风；威风。此指后者。

［6］浩浩：风势强劲貌。

［7］神洲：亦作"神州"，中国的别称。

6.21　挽杨作谋联

爱我以德，作我之师，数十年如一日也！痛今朝，相勖[1]无人，花信风[2]中空滴泪。

堕凡不庸，超凡则圣，九万里去长天耶！问他时，追随有弟，瑶台[3]月下许谈心。

注释

［1］相勖（xù）：互相勉励。

［2］花信风：应花期而吹来的风。相传有二十四番。清代彭开昌等《祭花神庙碑文》："从此阴阳和协，二十四番风信咸宜。"

［3］瑶台：传说中的神仙居所。

6.22　题季仰之墓联

（一）
尽有儿孙陈麦饭[1]，
不徒宅兆种梅花。
（二）
翁仲[2]巢莺春二月，
令威[3]化鹤夜三更。

注释

［1］麦饭：祭祀用的饭食。

［2］翁仲：传秦始皇初并天下，有长人见于临洮，其长五丈，足迹六尺，仿写其形，铸金人以象之，称为翁仲。后用以称铜像或石像。

［3］令威：传说中的神仙。本辽东人，学道于灵虚山。

6.23 甲子[1]秋七月何场觉路[2]坛宣讲局中元[3]普度[4]及荐拔[5]宗亲[6]拟对联

（一）

那堪以有罪拟先人，只因履到秋霜，思深无已；

我亦是多情如佛子[7]，惟祝挥来甘露，极乐同登。

（二）

天地水名官，精诚直可通三界；

道释儒皆圣，哀吁还祈鉴寸衷。

（三）

镇日经声团[8]正果，

接天烛影耀祥光。

（四）

休疑凡[9]不见阴，敢饶其舌；

自古诚能动物，各尽乃心。

（五）

道可通幽，安怀[10]体圣人志愿；

坛开觉路，普济[11]是菩萨心肠。

（六）

事死如王裒[12]、丁兰[13]，罔极未酬悲日短；

含冤若彭生[14]、伯有[15]，一般得度等冰销。

注释

[1] 甲子：1924年。

[2] 觉路：佛教谓成佛的道路。

[3] 中元：农历七月十五日，旧时道观于此日作斋醮，僧寺作盂兰会，民俗祭祀亡故亲人等。

[4] 普度：普济，佛教谓广济一切生死苦海的众生。

[5] 荐拔：推荐、提拔。

[6] 宗亲：同宗的亲属。

［7］佛子：菩萨的通称。

［8］团：凝结，圆满实现。

［9］凡：尘世；凡间。

［10］安怀：安老怀，即敬重老人，使其安逸；关怀年轻人，使其信从。语本《论语·公冶长》："老者安之，朋友信之，少者怀之。"

［11］普济：普度。

［12］王裒（póu）：晋人，字伟元，博学多能，父母为司马昭所杀，终生不向西坐，示不臣晋。恋父坟不去，遂为贼所杀。

［13］丁兰：汉人，相传少丧父母，及长，刻父母木像，事之如生。后用以代称孝子。

［14］彭生：汉代彭越，初事项羽，后归汉，多建奇功。纵为帝所怒，亦不反。卒为吕后所杀，夷三族。

［15］伯有：春秋时期郑国大夫良霄，字伯有。他主持国政时与贵族驷带发生争执，被杀于羊肆。传说他死后变为厉鬼作祟，郑人互相惊扰，以为"伯有至矣"！后用以代称受屈或含冤而死的人。

6.24　壬辰[1]代杨少海挽胡中堂联

持节钺以长征，周尚父[2]，汉武侯[3]，宋臣宗泽[4]，先生其有合哉！正期甲洗天河，看袅袅春风渡到玉门关外，眼底熟龙韬[5]，一万师压塞安边，谁料干城[6]归大漠。

引星辰而直上，楚蛮烟，秦瘴雨，蜀国遥山，客路敢辞劳耶！念自身栖幕府[7]，把庸庸陋质种诸桃李班中，头衔叨鹦荐[8]，八千里扶棺涕泪，难忘缘会在他乡。

注释

［1］壬辰：1892年。

［2］周尚父：指周吕望，意为可尊敬的父亲。

［3］汉武侯：诸葛亮死后谥为忠武侯，后世称武侯。

　　[4]宗泽：宋代义乌人，字汝霖，有文武才。初任州郡，所至皆有政绩。进东京留守，北主惮其威，不敢来犯。宗泽前后请帝还京二十余疏，俱为奸人所抑，忧愤成疾，大呼过河者三而卒。谥忠简。

　　[4]龙韬：太公望兵法《六韬》之一。亦泛指兵法、战略。

　　[5]干城：比喻捍卫或捍卫者。

　　[6]幕府：将帅在外营帐。亦泛指军政大吏的府署。

　　[7]鹗荐：举荐贤才。

6.25　龙鼻山燃灯菩萨联

刻薄[1]成家，不免子孙破败；
奸淫得意，难保妻女清贞[2]。

注释

　　[1]刻薄：冷酷无情；克扣，刻剥。

　　[2]清贞：清白坚贞。

6.26　家宅对联

宅住金山[1]，山鸟声鸣山谷应；
溪[2]栽银杏，杏林花发杏花香。

注释

　　[1]金山：山名。诗人家宅所在。

　　[2]溪：指银杏溪，诗人家乡的一条小河，由丛山流出，经白云寺，流至沟口上，汇入文井江。

6.27 挽杨伯举

(一)

有子曰孤，有嫂曰寡，剩弱弟旦夕含悲，问何因尘界[1]离踪[2]，恍惚电光石火[3]；

其亲早逝，其兄早亡，况阿伯秋间作古，想此日泉台[4]聚首，凄凉雪月冰天。

(二)

似舅久蒙称，对镜自怜无忌[5]相；

至亲难释念，一编怕读渭阳词[6]。

代严姓作

注释

[1] 尘界：佛教以色、声、香、味、触、法为六尘。为十八界之一科。六尘所构成的虚幻世界为尘界。唐代赵彦昭《奉和九月九日登慈恩寺浮屠应制》："皇心满尘界，佛迹现虚空。"

[2] 离踪：指去世，死亡。

[3] 电光石火：比喻稍纵即逝或稍纵即逝的事物。

[4] 泉台：九泉，阴间。

[5] 无忌：战国魏公子无忌，封号"信陵君"，轻财下士，招致食客三千。曾窃符救赵，败秦军，解邯郸之围。后魏王中反间计夺其兵权，无忌以酒色自毁，忧郁而终。

[6] 渭阳词：指《诗经·秦风·渭阳》之词。诗中云："我送舅氏，曰至渭阳。"后用以表甥舅情谊。

6.28 丙辰[1]九月中挽水口大兴场因公遇难 孙、王、萧、李诸君

生卫国，死保乡，喜诸公草木知名，气壮山河[2]飞热血；

酒奠[3]风，泪溅雨，慨今日川原伏莽[4]，谊关桑梓[5]泣长城。

注释

［1］丙辰：1916年。

［2］气壮山河：形容气概像高山大河一样雄伟豪迈。

［3］奠：陈设祭品向死者致敬。

［4］伏莽：出自《周易·同人》中"九三，伏戎于莽"。莽，丛生的草木。后以"伏莽"指军队埋伏在草丛中。此意为制伏盗寇。

［5］桑梓：指故乡。

6.29 挽姻伯金兰[1]先生

曰诚曰笃[2]，曰直曰公，桑梓遍钦名，想平生不计泉刀[3]，活人无算；
是医是儒，是贤是哲，茑萝[4]方活荫，恸此后再谈理学[5]，知我其稀。

注释

［1］金兰：号利生，从医名于乡里。

［2］笃：忠实，全心全意。

［3］泉刀：指钱。

［4］茑萝：茑萝与女萝，两种蔓生植物，喻关系密切，寓依附攀缘。

［5］理学：宋明儒学家的哲学思想。宋儒致力于阐释义理，兼谈性命，认定"理"先天而存在。明儒则断言"心"是宇宙万物的根源。此泛指哲理学问。

赏析

九成先生不仅诗写得好，对联写得也很出色。本书共收对联29组55副，其中挽联约占一半，是最多的。无论是自己送的还是代他人写的对联，都饱含一片真情、深情。或回忆，或记思，或痛悼，或安慰，充满感情。字里行间都是诗人心底的呼唤，是骨肉真情的表露，是真挚友谊的关爱，读之往往催人泪下。如《挽严太翁》：

我自诩知医，记曾竭虑殚精，无术活公惭学薄；

人皆思大老，况是姻家戚好，失声溅泪恸天荒。（6.7）

又如《挽季仰之》：

公去太仓忙，计多年，杯酒论交，况是两家戚好；

我来真惨淡，痛此后，乡贤列传，又添一个古人。（6.2）

除挽联外，其他对联也写得十分精彩。比如，有关民俗祭祀的对联共两组：一是《乡人傩对联》，共九例。傩是一种迎神驱逐疫鬼的活动。诗人将其作为一种民俗来对待，取其消灾灭疫的真义，挥毫成联，充分反映了广大民众祈望消灾免疫，平安吉祥的愿望。例如：

绿竹报平安，同臻泰运；

红渠开沼址，定卜丰年。

街衢乡里膺多福；

水火瘟蝗赴一船。

法雨弥天，消夏尽成安乐国；

薰风匝地，招凉齐唱太平歌。（6.17）

二是《甲子秋七月何场觉路坛宣讲局中元普度及荐拔宗亲拟对联》，中元普度及荐拔宗亲是一种佛事行为兼祭祀亡故亲人的活动。诗人将三教之行善与不忘祖先等积极因素引导发扬，为之唱赞歌。例如：

天地水名官，精诚直可通三界；

道儒释皆圣，哀吁还祈鉴寸衷。

道可通幽，安怀体圣人志愿；

坛开觉路，普济是菩萨心肠。

事死如王裒、丁兰，罔极未酬悲日短；

含冤若彭生、伯有，一般得度等冰销。（6.23）

还有两副烟酒公司对联，引导为公，把握分寸，用语考究。比如：

烟以草呈材，公家利用恢商业；

酒同花可味，卖赋归来入醉乡。

嘘烟乃晚近风情，此地是机关，在我公心储国用；

嗜酒亦高狂质性，普天皆醉客，输他卖卜数囊钱。（6.8）

这两副对联有两个特点：一是强调公用，主要对烟草而言，"公心储国用"，"恢商业"，诗人希望烟草有利于国计民生。二是批评引导。主要是对酒。诗人强调酒要同花一样可以玩赏体味，但要靠自力（不得过度或行骗），要"卖赋归来入醉乡"。对于嗜酒,诗人视为"高狂",对"醉客"之众多,诗人持批评态度,认为不如卖卜为生者流。可见先生之笔力何其扎实、讲究。

题桥对联有三副。如《沙坝场九源桥碑联》,紧扣桥和桥名,描写此地风光,展开想象赞颂乡贤高才,写得有声有色:

振策访前徽,此地有侍郎故址;

凭栏瞻后起,何人擅司马高才。

九派浪俱鸣,有客西来招隐;

同源流不尽,想他东去朝宗。

花韵鸟声潮两岸;

波光云影豁双眸。(6.9)

还有一幅宅联,描写自家宅院,故乡鸟语花香的美景,让人感觉有似桃源:

宅住金山,山鸟声鸣山谷应;

溪栽银杏,杏林花发杏发香。(6.26)

同一联内运用了顶真的修辞。还有两副颂扬英雄人物的对联,直叫人荡气回肠,大为振奋。例如《丙辰九月中挽水口大兴场因公遇难孙、王、萧、李诸君》:

生卫国,死保乡,喜诸公草木知名,气壮山河飞热血;

酒奠风,泪溅雨,慨今日川原伏莽,谊关桑梓泣长城。(6.28)

又如《题关帝庙联》:

本金兰兄弟而尽臣忠,蜀犹汉,帝犹刘,正统皇皇昭史册;

抱铁石心肠以维国运,天可擎,地可立,雄风浩浩贯神洲(6.20)

还有一副《龙鼻山燃灯菩萨联》,讥刺犀利,爱憎鲜明:

刻薄成家,不免子孙破败;

奸淫得意,难保妻女清贞。(6.25)

此外还有送行联、贺寿联等,都写得巧妙生动,意蕴颇丰,均为佳联。

九成先生工于格律,他的对联均对仗工整,巧语通幅,妙言连珠,让人喜爱。例如《挽季太孺人》:"有荻草传薪"对下联"共棠花肄业";"秋月一天光阅阅"对下联"春风十载忆门墙"(6.5)不仅非常工整,而且充满诗情画意。

还有一些特殊对联,颇有意味。一是一少一多。即先生有一副字数最少的对联和一副字数最多的对联。少者如:

逐疠驱瘟；

阜财解愠。［6.17（三）］

此联说明"傩"的目的是驱除瘟疫百病，让人厚积财物解除怨恨（以达到富裕平安）。

多者达116个字（58+58），如《壬辰代杨少海挽胡中堂联》：

持节钺以长征，周尚父，汉武侯，宋臣宗泽，先生其有合哉！正期甲洗天河，看袅袅春风渡到玉门关外，眼底熟龙韬，一万师压塞安边，谁料干城归大漠。

引星辰而直上，楚蛮烟，秦瘴雨，蜀国遥山，客路敢辞劳耶！念自身栖幕府，把庸庸陋质种诸桃李班中，头衔叨鹦荐，八千里扶棺涕泪，难忘缘会在他乡。（6.24）

上联讲胡氏奉命长途征战，比之千古忠臣良将，而且正值建功立业的大好时机；不料（人殒身而去），功败垂成。下联讲胡氏远征之辛劳与谦逊品质，怎能想到（殒身他乡），八千里扶棺挥泪；虽死得其所，亦让人扼腕长叹。总之，长联深情地概括了胡氏一生最辉煌的业绩，念其辛苦，颂其高洁，痛其功败垂城。字字含情，令人十分感动。

二是不避重字。有两副对联，其一为《挽杨伯举》。

有子曰孤，有嫂曰寡，剩弱弟旦夕含悲，问何因尘界离踪，恍惚电光石火；

其亲早逝，其兄早亡，况阿伯秋间作古，想此日泉台聚首，凄凉雪月冰天。（6.27）

上联重复"有"字和"曰"字，下联重复"其"字和"早"字，加重了语气、感情，使痛悼之意加倍地表现出来，感人至深。

其二为《挽姻伯金兰先生》。

曰诚曰笃，曰直曰公，桑梓遍钦名，想平生不计泉刀，活人无算；

是医是儒，是贤是哲，莴萝方活荫，恸此后再谈理学，知我其稀。（6.29）

上联四次重复"曰"字，下联四次重复"是"字，引出八个颂扬字词"诚"、"笃"、"直"、"公"；"医"、"儒"、"贤"、"哲"，将金兰先生的优秀品质充分表现出来，既极尽颂扬之盛，亦表现痛悼之深。

三是妙用语气词，有两例。其一是前面引过的最长的对联（6.24）。上联用了"哉"字，下联用了"耶"字："先生其有合哉"对"客路敢辞劳耶"。前者以商榷语气表现主人公有古代忠臣良将之品格；后者以反问语气表示肯定，表现主人公不辞劳苦、艰辛奋斗的精神。同时也使语句富于变化，增强了表现力。其二是《挽杨作谋联》，用了"也"和"耶"字：

爱我以德，作我之师，数十年如一日也！痛今朝，相勖无人，花信风中空滴泪。

堕凡不庸，超凡则圣，九万里去长天耶！问他时，追随有弟，瑶台月下许谈心。（6.21）

这两个语气词的应用，加强了语气，增强了感情。不仅活跃了句式，更让人感动。

以上可见九成先生撰写的对联既遵循基本规律，又有少数巧对，皆妙笔生花，韵味无穷。

7 文章

7.1 募修天台^[1]古庙小引^[2]

天下名山僧占多。是说也，昔犹疑之，今则确然信矣。邛崃治西，百里而遥，有山焉，厥号天台，名胜地也。山腹古庙数重，或云创自汉唐，或云肇始五代，文献无征，未由考证。仅大殿有匾额一通，系前明嘉靖年纪，字迹斑驳，犹可辨认。中肖佛像^[3]多尊，乃先贤觉世牖^[4]民之盛意。

盖尝论之，儒、释、道三教，其派则异，其源则同。释之慈悲^[5]，即儒家之忠恕^[6]也。释之广大，即儒家之仁义^[7]也。士子读圣贤书，辄痛诋二氏，曾亦思孔子^[8]问礼老聃^[9]，归而谈其犹龙乎^[10]？又曰西方有圣人焉，不言而自化，即指释迦文佛^[11]乎？韩昌黎^[12]以文章名世，始则辟佛^[13]，终亦佞佛^[14]。非先后若两人也，良由学识增进，见道之本本原原耳。

僧幼事诗书，长依玄教^[15]，今则日月云迈，始参契禅宗^[16]。自愧结习未忘，徒博散花之一笑。入天台以来，见夫山静如妆，其峙者有寿考相。泉清而冽，其流者无争竞心。每当山鸟一鸣，岩花齐放，忽忽有天际真人之想。俗虑尘思，不知消归何有矣！因恍然曰：“古人谓山水移情，岂欺我哉？”特以寺廊半就倾圮，失兹不培，将致慨于破瓦颓垣，昔日之琳宫^[17]梵宇^[18]也。爰此托钵遨游，遍呼将伯^[19]，伏愿与众檀越^[20]证菩提^[21]果，结欢喜缘。倘蒙施布，克竟善功，俾^[22]寂寂空山，变作大光明藏^[23]。他时有寻诗料，涤烦襟，著游山屐而来者，僧当策杖趋迎，请我佛说安乐法焉。

空桑子道醇合什[24]谨识。

民国拾年岁在辛酉（1921年）八月中浣，九成代作

注释

[1] 天台：山名。四川邛崃市西南风景名胜地。

[2] 引：文体名。唐以后始有。

[3] 肖佛像：画或雕刻之佛像。

[4] 牖（yǒu）民：诱导人民。

[5] 慈悲：原为佛教语，谓给人快乐，将人从苦难中拯救出来。亦泛指慈爱与悲悯。

[6] 忠恕（shù）：儒家的一种道德规范。忠，谓尽心为人；恕，谓推己及人。

[7] 仁义：仁爱和正义；宽惠正直。

[8] 孔子：孔丘，字仲尼，鲁国人，春秋末期思想家、政治家、教育家，儒家的创始人。《论语》一书记载有他的谈话和其与弟子的对话。

[9] 老聃（dān）：即老子。姓李名耳，字聃，故亦称老聃。春秋时期思想家，道教的创始人。著《道德经》（亦名《老子》），为道教的经典著作。

[10] 其犹龙乎：出自孔子见老子后的谈话。其曰："吾今日见老子，其犹龙邪！"（见《史记·老子韩非列传》）

[11] 释迦文佛：即释迦牟尼，佛教始祖。

[12] 韩昌黎：唐代韩愈，字退之。祖上居昌黎，按郡望称他为"韩昌黎"。唐宋八大家之一。

[13] 辟佛：拒佛。

[14] 佞佛：指信佛。

[15] 玄教：犹圣教，指佛教或道教。

[16] 禅宗：佛教一宗派，又名佛心宗或心宗。

[17] 琳宫：仙宫。亦为道观、殿堂之美称。

[18] 梵宇：佛寺。

[19] 将伯：出自《诗经·小雅·正月》中"将伯助予"。后用以称向人求助。

[20] 檀越：梵语音译词，指施主。

[21] 菩提：佛教名词。梵文Bodhi的音译。意译为"觉""智""道"等。佛教用以指豁然彻悟的境界，又指觉悟的智慧和觉悟的途径。

[22] 俾（bǐ）：使。

[23] 大光明藏：指佛性、佛法之所在。

[24] 合什：即合十。原为印度的一般敬礼，佛教徒亦沿用。两手当胸，十指相合。

赏析

全文可分为三段。第一段开头至"乃先贤觉世牖民之盛意"，介绍天台古庙的基本情况。文章以"天下名山僧占多"的论断开头，接着以天台为一名胜地，证明此说之可信。下面在说明古庙创建时间时，先说"或云"，表不确定。下文指出大殿有明朝嘉靖年间的匾额一通，这是可确信的。足见作者行文之严谨。最后说明有多尊肖佛像的真正用意：是先贤觉世牖民的深情厚意（并非愚弄百姓）。

第二段从"盖尝论之"到"见道之本本原原耳"，论述三教同源。文章指出："儒、释、道三教，其派则异，其源则同。"论证分为两层：一是从教义上指出共同点。释家的慈悲广大与儒家的忠恕仁义相通或相同。二是举了几个实例。首先批评"士子"们痛诋二氏，提到孔子曾向老子问礼，归来称老子为龙。其次说西方有圣人，不言而自化，指的就是释迦牟尼佛祖。最后举了唐代文学家韩愈的例子，开始拒佛，最后信佛，根本原因在于他"学识增进，见道之本本原原耳"。论证精炼而有力。三教同源，不仅客观正确，而且意义深远。这对于认识它们，正确发挥其积极因素，使之与社会和谐相处，均有重要意义。

第三段从"僧幼事诗书"到文末，讲正题：募修古庙。可分三层理解：首先是募修古庙的主持人——僧空桑子道醇，介绍自己事佛的经历，文字洗练，轻松而谦逊。其次是介绍天台山的美丽风光：美好幽静，涤净尘心，如入仙境。其文字优美，令人神往："入天台以来，见夫山静如妆，其峙者有寿考相。泉清而洌，其流者无争竞心。每当山鸟一鸣，岩花齐放，忽忽有天际真人之想。俗虑尘思，不知消归何有矣！"最后讲寺庙半就倾圮，因此需要募捐修缮。那么优美的名胜之地，古庙残破了，多么令人遗憾，故须募修。末了说明，一旦古庙修整完善，一定诚心欢迎前来的嘉宾，"请我佛说安乐法焉"。这很使人悦服。

文章将一个行善僧人的诚心善意和盘托出，令人感动，从而慷慨解囊，以助其功。

7.2 募资重修三圣宫序言

好古，胜概[1]也，精思[2]也；存古，卓识也，远见也。吾人得古代缺盂断砚，犹不时把玩摩挲，欣焉自喜，谓求之晚近，不易易[3]觏；而况岣嵝碑[4]、岐阳鼓[5]，与夫秦文汉篆之真堪宝贵者哉！

何场下游有庙曰三圣宫，前清咸丰中先哲所建也。三肖像：川主、关子、文昌，皆石刻，身高丈有奇，古光灼灼，瞻之令人起敬。是亦吾乡古制也。

考川主，乃李冰与其子二郎，是秦并蜀后，张仪[6]荐冰为蜀守。冰治水以利民，益州[7]始号天府。斩潜蛟一事，伊子二郎为之，冰教之也。礼云：御灾捍患[8]，则祝。川中遍立祠宇，亦崇德报功之意云。关子，当炎汉之季[9]，仓皇金戈铁马间，春秋大义，炳若日星。毅然浩然，千载下犹懔[10]有生气焉，尊而奉之，实足以教忠孝而饬纲常。若文昌[11]，则天枢六星也。斗柄斡旋[12]，专司气化[13]。世或以张仲张亚子当之，泥[14]矣。

盖秉秀灵之源者，即为钟毓[15]之本。人能修身立德，则精诚上应乎天。文章禄嗣，自有权衡。故知乡先哲之奉三圣，非妖祠淫祀、怪诞不经者比也。特以年湮代远，风雨飘摇，过其地者，不胜破瓦颓垣之叹。失此不培，再过而邱虚，又再过而禾黍，增人感喟者，正无穷期矣！同人等留心古迹，募劝重修。虽曰因而非创，然或仍旧，或更新，总一存古之心所贯注，必期得当而后已。是举也，迪[16]前人之光，复有以增后来之色。诸君子古道[17]照人，当不使斯言河汉[18]。吾知输金纳粟，襄工[19]助材，必有于于然[20]争先恐后者矣！拜手临风，谨大声而呼将伯。

注释

[1]胜概：美景，美好的境界。

[2]精思：精心的思考，睿智；远见卓识。

[3]易易：简易；容易。

[4]岣嵝碑：即禹碑。早佚。现成都、西安等地有摹刻，字形缪篆，又似符篆。相传为禹所书，实非。

[5]岐阳鼓：岐阳之石鼓文。岐阳，岐山之阳（南），在今陕西岐山。石鼓

文为中国最早刻石文字, 籀文, 历代评价很高。

[6] 张仪: 战国魏人, 以游说显名。相秦, 以连横之策说六国。

[7] 益州: 四川。

[8] 捍患: 抗灾。

[9] 季: 末, 一个时期的末了。

[10] 懔: 懔然, 严正貌。

[11] 文昌: 文曲星, 旧时传说主文运。

[12] 斡旋: 周旋。

[13] 气化: 阴阳之气化生万物。亦指文运之变化。

[14] 泥 (nì): 死板, 固执。

[15] 钟毓: 钟灵毓秀, 指美好的风土诞育优秀人物。

[16] 迪: 继承, 承接。

[17] 古道: 古代之道。泛指古代的制度、学术、思想、风尚等。

[18] 河汉: 比喻言论夸诞, 不切实际。

[19] 襄工: 帮助工程。

[20] 于于然: 由衷高兴的样子。

赏析

本文可分为四段。第一段从开头至"与夫秦文汉篆之真堪宝贵者哉", 论述好古存古的思想。作者盛赞其为"胜概""精思""卓识""远见"; 并因得古董而欣喜, 用峋嵝碑、岐阳鼓与秦文汉篆等宝贵文物进行有力的论证, 促使人们倍加重视文物古迹。

第二段从"何场下游……"至"是亦吾乡古制也", 叙述三圣宫的概况。宫内有川主、关子、文昌之三肖像, "古光灼灼, 瞻之令人起敬"。

第三段从"考川主……"至"世或以张仲张亚子当之, 泥矣", 考察三圣的由来和业绩。说川主李冰父子治水利民, 益州始号"天府"。说关子 (关公), 盛赞其忠勇:"当炎汉之季, 仓皇金戈铁马间, 春秋大义, 炳若日星。毅然浩然, 千载下犹懔有生气焉, 尊而奉之, 实足以教忠孝而饬纲常。"说文昌, 指出其为星名, 主司气化 (阴阳之气化生万物; 亦指文运之变化), 并纠正一种错误的说法。

第四段从"盖秉秀灵之源者"至文末，论述募资重修三圣官的原因。可分为三层：首先讲乡先哲奉三圣，是钟灵毓秀、修身立德之盛举，非妖祠淫祀、怪诞不经者可比。其次讲年久失修，破瓦颓垣，同人留心古迹，所以募劝重修。最后呼吁诸君子争先恐后，踊跃捐助。文章严谨深刻，颇具说服力。

7.3　择安[1]谢家神[2]吉日启

粤稽[3]，河马[4]阐先天之秘，八卦[5]肇[6]自庖羲[7]；洛龟[8]启太极[9]之符[10]，九畴[11]列由神禹。夫降祥赐福，彼苍无或爽[12]之报施。而惠吉逆凶，《尚书》[13]且深谋乎卜巫。盖阴阳有转旋之妙，天定者可以人回；运数[14]有对待之机，气乘者惟资理化。况乃家龛香火，实主持人眷之全。倘教触犯惊冲，即难保安窀之序。然祭禳有典，周礼特设其官；祷祝有文，卫驭[15]专司其职。詹期[16]昭告，载妥[17]先灵[18]；备物摅忱[19]，虔祈[20]子惠[21]。当俾[22]一诚有感，仰祥光而庇荫长叮；定占五福频临，共修竹兮平安日报。所有吉蠲[23]，本诸古帙[24]；胪陈[25]红版[26]，谨乞青垂[27]。

恭赞[28]皇清[29]诰封[30]奉政大夫恭人[31]　晋封[32]朝议大夫恭人　杨公讳[34]明源李氏字海澜老府君[35]太君[36]神主。

公，伟人也。鲤庭[37]诗礼，髫年曾读父书。虎帐[38]韬钤[39]，壮岁便勤王事[40]。掇青衿[41]而讲武[42]，幕僚[43]推[44]学士知兵；趋丹陛[45]以铨功[46]，天子许凉州作宰。名标青史，荣溢乡间。妣氏李恭人，书香贤媛[47]，孝静慈良。相夫教子，有古人风。只今戚里称思[48]，毫无间言焉。夫明德之后，必有达人。此日，神兮有主，绵绵征瓜瓞[49]之祥；定砚[50]，祀事孔明[51]，郁郁[52]永馨香[53]之荐[54]。懿欤盛哉[55]，足千古矣[56]！

注释

［1］择安：人名，杨择安，诗人邻居。

［2］家神：家中供奉的祖先神位。

［3］粤稽：查考。常用作助词，用于句首，表审慎语气。

［4］河马：即河图。相传为《周易》一书的来源。

［5］八卦：《周易》中的八种图形。作者以为八卦象征"天、地、雷、风、水、火、山、泽"八种自然现象，认为"乾、坤"两卦是自然社会的最初根源。

［6］肇（zhào）：开始。

［7］庖羲：即伏羲氏，中国神话中人类的始祖。

［8］洛龟：洛水之龟。传说大禹治水时其自洛水中出，背负洛书，一神龟也。

［9］太极：古代哲学家称最原始的混沌之气。认为太极运动而分化出阴阳，由阴阳而产生四时变化，继而出现各种自然现象，是宇宙万物之源。《周易·系辞上》："易有太极，是生两仪，两仪生四象，四象生八卦。"

［10］符：即符。

［11］九畴：传说中天帝赐给大禹治理天下的九种大法，即洛书。又泛指治理天下的大法。

［12］或爽：昌明。或，语助词。

［13］《尚书》：亦称《书》《书经》，儒家经典之一。

［14］运数：命运，气数。

［15］卫驮：众佛中的菩萨，主祭祀礼仪。

［16］詹期：到期。

［17］载妥：尊奉入位。

［18］先灵：祖宗之神灵。

［19］摅忱：表示真心诚意。

［20］虔祈：真诚祈求。

［21］子惠：慈爱，施以仁惠。

［22］俾（bǐ）：使。

［23］吉蠲（juān）：祭祀，祀典。

［24］古帙（zhì）：古制。

［25］胪陈：逐一陈述，摆设。

［26］红版：漆成红色的木板。

［27］青垂：以青眼相看。表重视或见爱。

［28］恭赞：敬辞，恭敬地赞颂。

［29］皇清：对清朝的尊称。

［30］诰封：明清时对五品以上官员及其先代和妻室，以皇帝的诰命授予封典。

［31］恭人：古时命妇封号之一。清代四品官员之妻的封号。后用以广泛尊称官员之妻。

［32］晋封：加封。

［33］朝议大夫：清代对四品官员的加封授名。

［34］讳：避讳，指避讳已故尊长者之名。

［35］府君：敬称已故者。

［36］太君：官员母亲的称号。后亦用以称他人之母。

［37］鲤庭：鲤，孔鲤，孔丘之子。孔鲤趋而过庭，孔子教他学礼学诗。后用为子受父训之典。

［38］虎帐：将军营帐。

［39］韬铃：古代兵书《六韬》与《玉铃篇》的合称。后亦泛指兵书。

［40］勤王事：尽力于王事。

［41］青衿：青色交领的长衫。古代学子和明清秀才的常服。

［42］讲武：讲求武艺，学武。

［43］幕僚：将帅幕府中的僚属。后亦泛指地方军政长官府衙中的公务人员。

［44］推：推赞，推重。

［45］丹陛：宫殿的台阶。

［46］铨功：全功，功业完美。

［47］贤媛：贤惠美貌的女子。

［48］称思：称道，赞扬与思念。

［49］瓜瓞（dié）：喻子孙繁衍，相继不绝。

［50］觇（chān）：观看，观察。

［51］孔明：很完备；很洁净；很鲜明。

［52］郁郁：浓烈貌，旺盛貌。

［53］永馨香：永远芳香。

［54］荐：进献。

［55］懿欤盛哉：美好而盛大啊！敬赞之词。

［56］足千古矣：足以传扬千古。赞颂之词。

赏析

九成诗文中，以此文最为典雅。可分为两段。第一段从开头到"谨乞青垂"，论述供奉家神的缘由。家神是自家已逝先人之神位。这段内容丰富深刻，有以下几层意思。

首先，论述上古八卦、九畴的来源。古人认为八卦是自然社会的最初根源。九畴是传说中天帝赐给大禹治水的九种大法，亦泛指治理天下的大法。究其根本，实为探求天地万物之本源，一切由此而发。作者从中国古代最根本的哲学原理出发，探求论述问题，可谓立脚根基深厚。其次，论述惠吉逆凶的深谋和天定者可以人回。后者是先秦哲学家"人定胜天"的唯物主义思想。最后，论述要重视家龛香火，以保人眷之安全。并按古礼，谨敬祭祀。"定占五福频临，共修竹兮平安日报。"这是供奉家神的目的。作者循旧俗，遵古制，充分表达了其祈福求安的愿望，用心良苦。

第二段从"恭赞……"至文末，介绍神主及其夫人。神主是主人杨择安的先辈，名叫杨明源，字海澜。诰封奉政大夫，晋封朝议大夫。作者赞曰："公，伟人也……掇青衿而讲武，幕僚推学士知兵；趋丹陛以铨功，天子许凉州作宰。名标青史，荣溢乡间。"令人仰慕。夫人李氏，诰封恭人，"书香贤媛，孝静慈良。相夫教子，有古人风。只今戚里称思，毫无间言焉"。堪称贤妻良母。

最后表示敬祭。作者指出："明德之后，必有达人。"充分体现了"好人有好报"的思想。文中说，今天，神位有主，子孙后代必有相继不断的吉祥。仔细看吧，祭祀之礼仪完备鲜明，永远享受旺盛芳香的敬献。美好而盛大啊，足以传扬千古！

作者以典雅之笔，精深叙来，贴切肃敬。祥词佳语，令人欣喜而长久不忘。

7.4 彩虹桥碑记

夫桥何以彩虹名也？邛西八十里之遥，有毛家河焉，山水横突，涨落无常，濒年溺死者众。前清宣统庚戌[1]，乡先生议建石桥以济，得多数人赞成。当筹金一千有奇，遂于六月廿九日午前八钟会勘桥址，上云下云，方针莫定。适微雨东北来，彩霞照煜[2]，长虹直亘[3]中流。雨霁再勘，则虹落处即桥址定处。因忆唐人[4]有"双桥落彩虹"之句，借以颜桥[5]，恰符瑞应。此桥名彩虹之原因也。

是役也，寒暑四易，诸君子殚精疲神，无微不至，今幸臧[6]乃事而告成功。谀颂之词，鄙人素不善道。弟思古今无不敝之物，石有烂候，海有枯时。区区一桥，且必共河山而拼寿？顾天下事，亦特患精神之不属耳。苟其毅然以图，则娲皇曾号补天[7]，精卫犹能填海[8]，何虑斯桥有倾圮时哉？所望百世以还[9]，□都人士寻碑览胜，扫碣问名，知有诸君子之谋公益，而亦从善如流，无俾[10]专美于前焉。将破者修之，坏者培之，承承济济[11]，□与踵事增华[12]，则斯一桥也，庶同"石笋"、"蟠桃"[13]，永表□声于井里矣。后之君子，当亦有感于斯言。

建桥经理首事严子嘉、副经理首事杨九成氏记

中华民国二年（1913年）

注释

[1] 庚戌：1912年。

[2] 照煜（yù）：照耀。

[3] 亘（gèn）：横跨。

[4] 唐人：指李白。其《秋登宣城谢朓北楼》云："江城如画里，山晚望晴空。两水夹明镜，双桥落彩虹。"

[5] 颜桥：指给桥题写名称。

[6] 臧（zāng）：完成，成功。

[7] 娲皇补天：娲皇即女娲氏，传说中人类始祖，曾炼五色石以补苍天。

[8] 精卫填海：精卫，古代传说中的神鸟，传为炎帝之女，在东海被淹死，灵魂化为精卫，常衔西山之木石以填东海。后用以喻不畏艰难、奋斗不懈。

［9］以还：以来。

［10］俾：使。"俾"前"无"字，注者据《沙坝场建修九源桥碑记》中"无俾专美于前焉"补。

［11］承承济济：众多的人代代承继。

［12］踵事增华：语出南朝梁萧统《文选序》中"盖踵其事而增华"。后用以指继承以前的事业并更加发展。

［13］石笋、蟠桃：当地名胜，并有寺庙，香火颇盛。

赏析

本文分两段。第一段从开头至"此桥名彩虹之原因也"，论述桥名之来由。本文一开头便直入主题："夫桥何以彩虹名也？"以下便作回答。这背后有一个巧合。正当桥址"上云下云，方针莫定"之时，"适微雨东北来，彩霞照煜，长虹直亘中流。雨霁再堪，则虹落处即桥址定处"。难以决定的事情就这样决定下来了。作者还忆起李白的诗句"双桥落彩虹"，这就让人更加心悦诚服。于是桥便名曰"彩虹"。这真如一个美丽的传说，乡人永远难忘。

第二段从"是役也"至文末。首先计石桥四易寒暑而告成功，但古今无不敝之物，桥也有烂的时候。其次讲精神专注，毅然以图，则什么困难都可以克服。并用娲皇补天、精卫填海的传说故事来加以证明。最后希望诸君子从善如流，培修石桥，使之永存。这也充分表达了建桥者对世人和后人的殷切期望。其中"谀颂之词，鄙人素不善道"，体现了作者"但行素位留忠厚"的坚贞品质，"出淤泥而不染"的高贵情操，令人敬仰。

7.5 沙坝场建修九源桥碑记

戊午（1918年）二月下浣

访濮干[1]而溯上游，登西山之巅，苍茫四顾，见夫峰峦叠翠，溪水潆洄，至沙坝市而汇合焉。曩者[2]截石为磉，匀其步以通往来，盖亦多历年所[3]矣。今春二月，余以寻芳[4]作汗漫游[5]，道经其间，则长桥巍然，亘中流而达两岸，颜[6]之曰"九源桥"。不禁大声以呼曰："异哉！何功之伟而成之如此其速哉！"

里人有识余者曰："先生稍憩，请道其祥[7]。原民国乙卯（1915年），高润堂君设帐高双合家，暇日清谭，谓此际渡头，值夏月溪水骤涨，争涉者多效李太白[8]骑鲸[9]以去，心实悯焉。乃邀同王君树堂、杨君春发，议建石桥以济，推春发充当大柜经理。嗣春发物故，复举王福星、王洪升、王玉兆。四君接办，诸事悉就绪焉。"

余曰："九源之名何自昉[10]也"？里人曰："九源者，九溪之原也，若清水，若洗足，若胡溪、庙溪，与夫两岔、横溪、楠木、罗伞、银杏，均以此为活水源头。此九源之所由名也。"

是役[11]也，由乙卯八月起，至戊午二月止，往来约四周寒暑，费资计陆千余缗[12]。诸君子殚精疲神，无微不至。兼之四方乐善，赞助探囊，竣工原非易易。继此可挥鞭而号坦途，渡河者不待迟之五日矣。余曰："休哉[13]！有志者事竟成[14]。斯言信已。彼山则高而坚也，愚公[15]胡以移之？水则阔而深也，精卫[16]胡以填之？岂区区一桥，不能以人力建筑之欤？"

特以天下事，知之非艰，行之维艰。常见虚伪者流，酒酣耳热之际，论辨[17]悬河，非不动听，究之收实效者几希。斯一桥也，非有诸君子之热心，安能创丰功而宏利济[18]耶？

顾光阴如驶[19]，人寿几何？吾愿诸君子旷充[20]此心，而凡有益于地方者，无不实力举行之。更后此百世之下，贤才辈出，扫碣摩挲，知有诸君子之喜谋公益，而亦从善如流，无俾[21]专美于前焉。是则余所馨香以祝，深有望于后来者也。若夫[22]作善降祥，休德[23]获报，彼苍自有定衡[24]，奚待余一人之啧啧[25]哉！

注释

[1] 濮干：濮水岸边。濮水，当地河流。

[2] 曩者：往昔，过去。

[3] 所：不定数词，表示大概的数目。《尚书·君奭》："故殷礼陟配天，多历年所。"

[4] 寻芳：游赏美景。

[5] 汗漫游：世外之游。形容漫游之远。唐代杜甫《奉送王信州崟北归》：

"甘为汗漫游。"

〔6〕颜：题字起名。

〔7〕祥：通"详"，细密，周全。

〔8〕李太白：李白，唐代诗人。人称诗仙。

〔9〕骑鲸：语出《文选·羽猎赋》中"乘巨鳞，骑京鱼"。"京"或作"鲸"。杜甫《送孔巢父谢病归游江东兼呈李白》："若逢李白骑鲸鱼，道甫问讯今何如。"俗附会，传为太白醉骑鲸鱼，溺死浔阳。后用为咏李白之典。

〔10〕昉（fǎng）：天方明。引申为开始。此为开始，依据。

〔11〕役：此指工程，施工。

〔12〕缗（mín）：铜钱单位，一千文为一缗。

〔13〕休哉：喜庆，美好，福禄。

〔14〕有志者事竟成：有志气的人能坚持不懈，最终一定会成功。

〔15〕愚公：即愚公移山。古代寓言，北山愚公，年九十岁，下决心移走门前的两座大山，感动了上帝，派神使将山背走。（见《列子·汤问》）后用为知难而进、决心成事之典。

〔16〕精卫：传说炎帝之女在东海破淹死，变为精卫鸟，衔西山木石填东海。（见《山海经·北山经》）后用以谕不畏艰难、奋斗不懈。

〔17〕论辨：议论辩驳。"辨"通"辩"。

〔18〕利济：救济，施恩泽。

〔19〕驶：疾速。

〔20〕旷充：扩充，弘扬扩大。

〔21〕俾：使。

〔22〕若夫：发语词，无义。

〔23〕休德：美德。

〔24〕定衡：判断决定。

〔25〕啧啧：形容议论纷纷。

赏析

本文可分为六段。第一段由开头至"何功之伟而成之如此其速哉"，讲游历中见大桥巍然，赞叹其功之伟和其成之速。

第二段从"里人有识余者曰"至"诸事悉就续焉",讲建桥的经过,主要介绍了高润堂诸君前赴后继的努力。

第三段从"余曰"至"此九源之所由名也",讲九源桥命名之由来。因清水、银杏等九条溪均以此为活水源头,故名。

第四段从"是役也"至"不能以人力建筑之欤",讲以桥之竣工(四个寒暑,费资六千余缗)证明有志者事竟成。又举愚公移山、精卫填海的故事来证明,颇具说服力。

第五段从"特以天下事"至"安能创丰功而宏利济耶",盛赞诸君子热心于公益,言行一致。文中先论述天下事知之非艰,行之维艰。同时批评那些虚伪者流,口若悬河,实效几希。以此反衬诸君子建桥之丰功,值得赞扬。

第六段从"顾光阴如驶"至文末,希望诸君子扩充此心,做更多的善事,希望后来者加以效法,从善如流。

本文以作者游历亲见和里人口述的形式来表达,显得更加可信,文章也活泼有趣。

7.6 恐慌略记

民国四年乙卯(1915年),阴历正月下浣[1],传闻驻防军营长陈步三,将该营旅长轰毙,夥协蛮兵,冲过河口。余意重关叠塞,俱有厚兵守御,成都得电,必添兵往剿,即飞仙亦难越度也!

及二月初,突闻叛军迳入泸城,镇守使张鹏三逃走,城内财货掳掠净尽。商民遭此钜创[2],深堪悯恻[3]。该叛军分三队,取小道而出,盖以其捷便而无兵以阻之也。接续几日,负贩者[4]纷纷返走。询之,则叛军四逸,势甚汹涌云。然犹谓火井地方山高路峡,兵家所忌,必无取道于斯之理。

初六日午刻,有由天全奔回高场者,路经何场,备言天全失守,知事[5]官逃,监卡已揭[6],城房烧毁无算[7]。因紫石关一战,新军不能抵敌,已见其过苦蒿山,至十八道水[8]矣!大约今夜歇芦山县,明日即到火井云云。呵!自有此信,而人心之惊悚[9],如迅雷入耳焉!先是闻西征军叛,谓其不能逸出，而今则出矣！破泸城之后，料其不至火井，而今则将至矣！事堪震慑，心殊悬悬[10]。

初七日巳刻，有卖糖者言，叛军今早在青龙场共饭，现已有过镇西山者。不徒耳闻，实由目见。呀！此言一布，街乡立时骚动，搬家者络绎不绝[11]。余在校与杜子惺先生相别，先生亦由是回家 一切物用不暇收理。急归家，倩人送老幼往白云寺[12]安避。午后二钟，团总[13]欧泽生肩搭一被，至余家，且喘且汗，急相谓曰：“西军已进场口，不知多寡，走走走！”催促再三。此时，同行者有黄靖侯、欧鼎臣、欧雨勇、欧泽生及邻居老少，手携背负者各有所持。余则提水烟袋一根及茶点而已。 便同往后岗，登高以望上游，果闻号令声。见由张家岗经八角庙而下者，如鸭如蚁，著青衣，行甚驶。前队十余人，稍憩即去。后队则或数人，或数十人，或百余人不等。是晚皆宿何场，持械器器[14]。首人若不急为之所，有识者找人将欧泽生找回交涉 则街乡近有燃眉[15]之祸。闻是日前队到高场，迳进分署，击两炮，提刀将卡门劈开，人犯尽为释放。幸杨知事由后墙翻出，渠眷[16]先半时避去，得免。然财物器用，则靡有孑遗[17]矣！

我何场人民之最苦者，初八晨早耳！如余在家初起，盥未毕，闻炮声踏踏，密甚。心疑之，步出门外，则大小男妇，飞奔泣号，谓昨夜驻何场之西军，正值放火烧房，肆劫掠杀人命，已漫山遍野来矣！余以为信，闻昨夜有闲话之故 急投溪山深处。彼时炮声绵绵[18]，山谷皆应。头上爆响不已，似在后紧追一般。跑里许，余不敢息，几回自忖[19]曰：“乱已至此，安有良图？此身之或死或生，亦听诸苍苍者而已。”嗣遇街上来人，问其详，则曰：“新军赶至，在毛家河即分三支，两边山脚各一支，中一支，抄袭前来，故放此几千多之炮也。”余心方定，然惊疑忙骇，喘踬[20]焦慌，已到十分极点矣！当归家，闻新军赓续[21]至。

初九日，尚有汉军数百经过，恐军人到时，多时骚扰，故心犹惴惴[22]云 传说不一。及十二日，风气清甯，始将老幼接回。料检什物，安处照常焉，吁顿已[23]。

注释

[1] 下浣：下旬。

[2] 钜创：重大的创伤、损失。

［3］悯恻：同情，可怜。

［4］贩者：商人，卖东西的。

［5］知事：地方长官。

［6］揭：打开。

［7］无算：无数。

［8］十八道水：天全县地名。此处有杨氏祠堂。

［9］惊悚：吃惊，害怕。

［10］悬悬：提心吊胆。

［11］络绎不绝：连续不断。

［12］白云寺：诗人故乡寺名，在深山之中，此处有杨氏祖庙。

［13］团总：负责地方治安的官。

［14］嚣嚣：喧嚣的声音。

［15］燃眉：喻事情紧急。

［16］渠眷：他的眷属。

［17］靡有孑遗：什么都没有了。

［18］绵绵：连绵不断。

［19］忖（cǔn）：思量，考虑。

［20］喘踬（zhì）：呼吸急促，歪歪倒倒。

［21］赓续：继续。

［22］惴惴：恐惧、戒惧貌。

［23］顿已：很快平息下来。

赏析

全文以时间为顺序，共分为六段。第一段是阴历正月下旬，从"民国四年乙卯"至"即飞仙亦难越度也"，叙述当时叛军冲过河口而出。作者相信政府，认为叛军根本不可能来到自己家乡。心情是轻松的。

第二段是二月初，从"及二月初"至"必无取道于斯之理"。听说叛军入泸城，镇守使逃走，叛军掳掠财货。继又分三队取小道而出，负贩者纷纷返走。此时作者仍认为，家乡火井山高路狭，叛军不会取道于此。

第三段是初六，从"初六日午刻"至"心殊悬悬"，叙述从奔回者口中得知，叛军攻下天全，知事官逃，城房烧毁无数。作者又听说新军于紫石关一战不敌，叛军过苦蒿山，至十八道水，大约今夜歇芦山，明日即到火井。这时作者原先的设想完全破灭，"人心之惊悚，如迅雷入耳焉"！消息令人震惊。

第四段是初七，从"初七日巳刻"至"则靡有孑遗矣"。作者先是从卖糖者口中得知叛军在青龙场用饭，已有过镇西山者，而且是其亲眼所见。"此言一布，街乡立时骚动，搬家者络绎不绝。"百姓不仅惊骇，而且骚动，开始逃难了。这时作者急由何场学校归家，将家中老幼送往白云寺深山安避。后有人催他快走，于是与邻居老幼手携背负，逃往后岗。作者登高而望，亲自看见叛军来到："登高以望上游，果闻号令声。见由张家岗经八角庙而下者，如鸭如蚁，著青衣，行甚驶。前队十余人，稍憩即去。后队则或数人，或数十人，或百余人不等。是晚皆宿何场，持械器器……近有燃眉之祸。"这里从一远距离视角，将叛军之来写得活灵活现。

作者又写了所听到的叛军前队到高场劫掠分署的情况：打炮，劈门，释放人犯，财物器用一扫而光。杨知事先将家眷避去，他自己最后由后墙翻出，幸免于难。知事抗御到最后，与泸城、天全长官望风而逃形成鲜明对比。后来作者多次写诗赞扬知事此举。

第五段是初八，从"我何场人民之最苦者"至"闻新军赓续至"，写作者本人与众百姓在炮火纷飞中飞奔逃命，恐慌到了极点："闻炮声踏踏……步出门外，则大小男妇，飞奔泣号，谓昨夜驻何场之西军（叛军），正值放火烧房，肆劫掠杀人命，已漫山遍野来矣！余……急投溪山深处。彼时炮声绵绵，山谷皆应。头上爆响不已，似在后紧追一般。跑里许，余不敢息，几回自忖曰：'乱已至此，安有良图？此身之或死或生，亦听诸苍苍者而已。'"字字句句如活生生的电影镜头，充分表现了战乱给人民带来的恐慌和苦痛。

接着文章讲炮响的缘由：那是新军抄袭叛军，"故放此几千多之炮也"。作者心虽方定，"然惊疑忙骇，喘踬焦慌，已到十分极点矣"！同时又"恐军人到时，多时骚扰，故心犹惴惴云"。这说明即使是新军（政府军），也会骚扰民众，令人不安。这是国民党军队之恶习给人民大众的印象。

第六段是初九至十二日，从"初九日"至文末。叛军平定，风气清宁，作者始将自家老幼接回。这场恐慌才算过去。

本文以时间为顺序，以叛军步步逼近以及最后被解决为线索逐渐展开，扣人心弦。形势是越来越紧张，直至炮声踏踏，百姓恐慌到极点，最后归宁。文章反映了国民党统治年代社会混乱、民不聊生的状况。通过作者的亲身感受，极为生动、形象地控诉了黑暗社会给广大人民群众带来的苦难。读之如身临其境，令人感触强烈，永远难忘。

7.7　哀告国民书

据亚东大陆，有四千万万里之地，四万万人民之众，四千年之历史者，非所谓今日之中华民国耶？又非我神明[1]之胄[2]，所生于斯、长于斯、聚国族于斯者耶？

讵[3]彼日本，以蕞尔[4]三岛，乘欧洲战云缭绕之际，破坏我中立，侵略我疆土，奴隶[5]我人民，恫喝[6]我政府。洎[7]乎今日，且欲举军事、警政、铁路、矿务，及其余实业证权，悉拱手让彼，以填无厌之欲壑，竟提出条件，迫我政府立予承认，否则自由行动。

就其条件之实质而论，何一非覆亡朝鲜之陈文？而我政府事前既毫无预备，临时复畏难苟安，倪倪[8]伈伈[9]，靦然[10]允诺。又恐国民反对，乃出其掩耳盗铃之手段，强谓于我主权无伤。嗟乎！人非至愚，孰无爱国之心？势已濒危，焉有苟全之理？朝鲜覆辙，殷鉴匪遥。前途维艰，力行有术。或谓条件承认，不过暂时权宜。讵知狼贪靡厌，蚕食堪虞[11]。今日之条件既已承认，则他日之条件能必其不承认耶？此国之条件既已承认，则他国之条件又能必其不承认耶？得陇望蜀，日本之捷足先得者既已如是，而虎视鲸吞，列强之援例以求者，更有加无已。河山破碎，跂足[12]可企。族类沉沦，转瞬立见。言念及此，无泪可挥。哀我人斯，痛彻心髓！虽秃[13]长沙才子[14]之管，亦曷可写啾喁[15]之状于万一？

故不能不于将亡之际，而恸告我同胞，俾[16]发愤爱国热忱，以共嘘死灰于复燃。具同仇之公心，尽各个之天职：或上书折槛[17]，纵逆鳞以何妨？或投笔请缨，即秣马亦甚愿；或豹囊[18]倾罄，因纾难[19]而毁家；或马革裹尸，缘全忠而置命。诚如是，则区区日本所要求之条件，何难藉公愤而达挽回之目的。此日之条件既已挽回，则他日之条件无虑；此国之条件挽回，则他国之条件更无虑！鼓巨棹于旋涡，回狂澜于既倒。千钧一发，事且等闲？转祸为福，端赖民气。时哉不可失，迟徒唤奈何？我国民其亟[20]起而图之！我国民其亟起而图之！

注释

〔1〕神明：神圣明智。

〔2〕胄（zhòu）：古代指帝王或贵族的后代。此泛指后代。

〔3〕讵（jù）：岂，岂料。

〔4〕蕞（zuì）尔：形容小。

〔5〕奴隶：奴役。

〔6〕恫喝：恐吓。

〔7〕洎（jì）：至，到。

〔8〕觋觋（xiàn）：怯懦貌。

〔9〕伈伈（xǐn）：恐惧貌。

〔10〕靦（miǎn）然：害羞的样子。

〔11〕虞：忧虑。

〔12〕跂（qǐ）足：踮起脚跟，举足。比喻时间短。

〔13〕秃：脱落。"秃……管"，把……笔管写秃。

〔14〕长沙才子：指汉代贾谊，年轻而善于诗文。

〔15〕啾啁（jiū zhōu）：鸟鸣声。此指哀鸣。喻亡国之痛。

〔16〕俾：使。

〔17〕折槛：据《汉书·朱云传》，汉槐里令朱云朝见成帝时，请帝赐剑以斩佞臣安昌侯张禹。成帝大怒，命斩他。他手攀殿槛，抗声不止，槛为之折。经大臣劝解，朱云才得免死。后修槛时，成帝命保留原貌，以表彰直谏之臣。后用为直言谏诤之典。

〔18〕豹囊：豹皮做的袋子，用以藏墨。此指钱袋。

〔19〕纾难：解除危难。

〔20〕亟（jí）：紧急，急需。

赏析

本文可分为四段。第一段从开头至"所生于斯、长于斯、聚国族于斯者耶"，论述我们的祖国是地大物博、人口众多、历史悠久的国家，这里是中华民族的聚居地。作者用几个长句精辟论述了具有悠久历史的伟大祖国的基本特色。这是我们热爱祖国的基本依据，也是其不可战胜的力量源泉。

第二段从"诅彼日本"至"否则自由行动"，揭露日本对中国的侵略行径。首先以四个动词揭露其侵略罪行："破坏我中立"，"侵掠我疆土"，"奴隶（奴役）我人民"，"恫吓我政府"，可以说是全面的侵略，无所不用其极。其次揭露日本的侵略条件（所谓"二十一条"）的实质。其就是要将军事、警政、铁路、矿务及其余实业证权全都让给日本，"以填其无厌之欲壑"。

第三段从"就其条件之实质而论"至"亦曷可写啾啁之状于万一"，进一步揭露日本的侵略本质，同时揭露、抨击政府的卖国行径。首先指出日本所提条件是覆亡朝鲜的陈文。其次指出政府软弱无力，事前毫无准备，临时畏难苟安，靦然允诺，并用掩耳盗铃的手段欺骗国民。再次批判两种卖国言论：一谓条件之承认"于我主权无伤"。作者愤愤指出："嗟夫！人非至愚，孰无爱国之心？势已濒危，焉有苟全之理？朝鲜覆辙，殷鉴匪遥。前途维艰，力行有术。"作者强调要发扬爱国之心，吸取历史教训，面对危险，奋力拯救。二谓条件之承认，不过暂时权宜。作者在指出侵略者狼贪靡厌本质的基础上，以强有力的推论指出其严重后果：承认今日之条件，他日之条件也得承认；承认此国之条件，他国之条件也得承认，后果不堪设想。如果让日本得逞，列强援例以求，更有加无已。这样，"河山破碎，跂足可企。族类沉沦，转瞬立见"。作者痛心疾首："言念及此，无泪可挥。哀我人斯，痛彻心髓！虽秃长沙才子之管，亦曷可写啾啁之状于万一？"作者爱国之情，直可感动天地。

第四段从"故不能不于将亡之际"至文末，强烈呼吁同仇敌忾，奋勇救国。作者可以说是满含热泪而言："故不能不于将亡之际，而恸告我同胞，俾发愤爱国热忱，以共嘘死灰于复燃。具同仇之公心，尽各个之天职。"作者郑重提出尽天职救祖国的方式。

一、冒死上书："或上书折槛，纵逆鳞以何妨？"

二、投笔从戎："或投笔请缨，即秣马亦甚愿。"

三、倾囊救国："或豹囊倾罄，因纾难而毁家。"

四、报国捐躯："或马革裹尸，缘全忠而置命。"

这样做，救国有望："诚如是，则区区日本所要求之条件，何难藉公愤而达挽回之目的。"这里强调民气公愤的力量，继而推论："此日之条件既已挽回，则他日之条件无虑；此国之条件挽回，则他国之条件更无虑！"作者强调破一敌，可胜多敌；得一胜，更可多胜。在此，作者对唤起民众、共同救国充满信心。

最后，作者以赤诚的爱国之心、巨大的爱国热忱和满腔热血振臂高呼，勿失良机，救亡图存："鼓巨棹于漩涡，回狂澜于既倒。千钧一发，事且等闲？转祸为福，端赖民气。时哉不可失，迟徒唤奈何？我国民其亟起而图之！我国民其亟起而图之！"末句重复出现，力透纸背，充分体现了作者爱国情怀之深切，救国救民心情之急切，以及他那火山喷发般的战斗勇力。

本文内在之精气神与《义勇军进行曲》之精神何其一致！这就是那震撼长天的战歌：中华民族到了最危险的时候，每个人被迫着发出最后的吼声。起来！起来！起来！我们万众一心，冒着敌人的炮火，前进！冒着敌人的炮火，前进！前进！前进！进！

8 附录

8.1 试述九成先生诗文的思想艺术成就

萍　文

在高义奎先生等人的努力下，临邛爱国诗人杨九成先生诗文遗著终于在2008年面世。人们读了遗稿，感到幸运，感到振奋，大受教益。正如高先生指出的："《九成先生遗稿》内容丰富，情感真切，诗文并茂，词句精炼，用典考究，文如韩柳之才，诗兼李杜之风。尤其是《哀告国民书》一文，突出表现了先生忧国忧民的深切情怀。"这个评语是很恰当的。现在我们来深入其中，进一步探讨这位爱国诗人的思想与艺术成就，抛砖引玉，以期开启对《九成先生遗稿》的广泛研究。

诗人名正芬，字九成（后以九成闻名）。故乡是今四川邛崃。四川是唐代诗人李白、杜甫生活和产生大量诗作的地方。四川成都，是汉代辞赋家司马相如的故乡。邛崃，古称临邛，是司马相如和才女卓文君爱情佳话产生的地方。九成先生很喜欢他们。《九成先生遗稿》中提到的古人近百位，提到这几位古人的次数最多，说明他们对诗人有深刻的影响。此外，还有屈原、陶渊明、王维、白居易、苏东坡等，他们也对诗人有很大的影响。这说明临邛爱国诗人杨九成先生的诗文佳作，是在中国优秀文化、优秀文学传统的影响下得以创作完成的。正是，中华多精英，天府钟灵秀，临邛出人才。

一、表露雄心壮志

诗人从小立志，起名便期有成。"余入学之日，祖翁检历书，成日系二月初九，祖以九成名之，盖欲因此而有成也。" 九成，犹九阕，指曲终止。《尚书·益稷》："箫韶九成，凤凰来仪。" 寓意学业、事业有成。九成，又犹九重，言极高，如九成之台。寓意学业、事业达到高峰，取得较高的成就。诗人离家求学应考，便不避艰苦，满怀豪情："匹马冲寒去，蒙蒙两岸烟。"（1.4）"豪客行踪逆料难"，"破晓束装忙就道"。（1.3）以豪客自诩，雄心勃勃。"人生到处留鸿爪，我亦天涯合并看。"（1.5）心志高远，意欲走遍天下。诗人在与学友交心时，透露了光宗耀祖的志向："共有腾骧志。""明朝珠榜放，高处定题名。"（2.12）"圣朝珍重读书人……博得荣名慰老亲。"（2.13）这是旧时代读书人的普遍愿望。然而诗人却有更高的追求，他在《题临邛回澜塔》中说："登得危巅天际望，三千路远指长安。"（5.12）诗人登上临邛的高塔，情思飞扬，便想到了三千里之遥的长安城。长安，汉、唐等多个朝代建都于此，于是在诗文中又用以指国都，如李白《金陵》："晋家南渡日，此地旧长安。" 诗人之心也在此：身在临邛，心向祖国。他在给儿子的诗中说："龙骧千里志"，"男子擎天柱"。父为子范，诗人自己正是有这样的壮怀。到中晚年，他还坚持说："材殖深山终得价，病居萧寺当还家。"（3.19）"秀才何必不鹰扬，渭水曾闻钓玉璜。最是斯文关系重，拟从风教重提倡。"（4.7）他认为秀才并非无用，而是可以学习太公望，待机出世，大展宏图。他打算从风俗教化上，即从思想、文化上来济世救民。诗人甚至雄心勃勃，欲一展雄才，为国立功："书生裕得筹边策，拟请长缨步九重。"（5.10）"风雨床头宝剑鸣，书生起舞夜三更。几时挽得天河水，洗遍貔貅十万兵。"（1.7）何等壮怀激烈！他最后能写出像《哀告国民书》这样满腔热血、气壮山河的爱国赋，正是这种壮志雄心生发的结果。人无志，事无成。九成诗文的壮志情怀，永远是激励人们前进的力量。

二、坚持清白传家

诗人优良品性深受家庭影响。其父杨才有做染布加工生意，一次布料被偷，他便自卖家产，用以赔偿客户，从而以诚信闻名乡里，生意因此而日益兴隆。父亲的良好品德深深地影响、教育了儿子。杨氏祖先杨震，为官清廉。曾有人深夜馈赠金钱，说黑夜无人知晓。杨震回答说："天知，神知，我知，子知，何谓无知！"拒不接受。那人羞惭而去。后人对这"四知"大加赞扬。诗人也极为佩服，并以之为传家格言。他说："杨震传家法最良。"（1.33）他坚持清白传家，忠厚正直，反对欺诈谋利，贪心害人。他说："家声原洁白，祖武好追寻。"（1.33）"家声我亦同清白"（4.13），"记取传家有四知"（1.33）。"平生不作负心人"（2.5），"此心常问觉平安"（4.6）。"但行素位留忠厚，莫逞机谋射利名。"（1.22）

坚守清白，牢记"四知"，但行素位，不谋虚名。这可以说是诗人的治家格言。他不仅这样说，更这样做。曾有邻人求他办事，事成之后便赠送一些钱物，他坚持不收。夫人赞同，慨然返璧。诗人内心则极为高兴。他写道："今春有馈遗，泉刀兼壶觞。适值床头空，阮囊正虚歉。寸心有主张，义利当分别。可取可无取，伤廉有愧天。况彼苦节人，奚敢受一钱！"于是"慨然返璧"。"俟心大欢喜"，"满庭亦生春"！（1.32）廉洁之风，何其清新感人。

为别人做事，诗人不要别人感谢；而别人包括亲人对自己有恩，却绝不忘记。他说："我有德于人，不可不忘之，无责报之心也；人有德于我，则不可或忘之，恐蹈于凉薄也。"何等高尚的品德！要想写出好的诗文，需要先有高尚的品德。诗人正是这样做的。

三、反映爱亲爱友的深情

对自己的家人，对亲戚、朋友，诗人都有浓浓的深情、深深的爱。这在诗歌中有充分的表露。

对母亲有海一般的深情。在母亲去世四十年之后，诗人中宵化袄，仍然深情怀念，悲痛不绝："见背依稀四十年，经过情形太凄然。谓他人母悲无母，报恨终天是此天。"诗人深夜化烧纸钱，如见亲面；细陈家事，当作团圆。他深情而又抱憾地说："春晖莫报嗟何及，拭泪中宵化纸钱。"（1.30）寸草报春晖，千古人情，此诗之作，令人长思深念。

对待妻子，平等相爱。妻子有好品德，诗人极力称赞。妻子病中照顾自己，诗人也极为感激："内子力疾调护"，"但有生方不吝钱"。"只今回忆当时况，真个卿卿是二天！"（1.31）

对唯一的儿子，更是充满望子成龙的大爱之情。诗人为贺儿子生辰先后写了五首诗，鼓励其立大志，成俊才，同时在生活上也很关心儿子。他写道："既为男子擎天柱，莫像虚名没字碑。""早耕晚读须勤俭，记取传家有四知。"（1.33）"材兼通将略，品要重儒林。凛冽衣添絮，平安信抵金。"（1.34）这些诗句，是舐犊情深的最好诠释。诗人在深山养病，正五弟来看望，是夜同宿共眠。正五弟走了，诗人依依不舍，他写诗道："天真惟骨肉，缘缔在三生……不惮崎岖路，相关手足情……归去烟霞晚，终宵梦未成。"（1.36）六岁的幺弟患天花不幸夭亡，诗人悲痛不已："痛极呼天首屡搔，忍看绿柳并红桃……晓日无情分棣影，夕阳如雨吼江潮。阿兄好似孤飞雁，薄暮寒烟自泣号。"（1.37）读之令人落泪。

表兄服毒身亡，诗人悲苦痛悼，难以言表："人琴亡却不胜悲，无术招魂强赋诗……如归视死君何忍，上有高堂下有儿。""酒奠葡萄觉有棱，抛馀血泪冷成冰。当年嬉戏人何处，问遍梅花苦不应。"（2.2）这种极为特殊的悲痛，怎能不令人伤怀？

对祖宗是深深的敬重、缅怀。诗人故乡杨氏之祖先为显荣公，白云寺有祖庙，寺内有塑像，寺外有坟墓。诗人为祭拜祖公，写了五首诗。一首是拜像："见说先人遗像在，整衣瞻拜不胜情。"（1.38）四首是寻墓、拜墓："垒垒古冢夹松杉，碍道榛芜手自芟。惆怅四维频眺望，丰碑认载义官衔。"显荣公乐于为善，被敕以义官名衔。诗人以此为荣："祖有德兮山有福，定瞻垂荫后人昌。""堪嗟后裔到来稀，源远根深讵可违？冢在寺前容在寺，当年勋业自巍巍。"（1.39）诗人敬宗祀祖，不忘根本。

对朋友，主要是学友、诗友，诗人倾心抒发离别之情和相思之绪，从而表现他们之间真挚、深厚的友谊。他们往往离家在外，共同学习、生活，互相帮助、切磋，思想感情相近、相通，从而建立了深厚的友谊。一旦分别，或长期不见，怎能不相思相念？如《夏日怀友》："一段南薰倒酒瓶，芰荷香里醉初醒。离愁别绪知多少，满院蝉声独坐听。"（2.7）在南风中，在芰荷香里，酒醉醒来，诗人不禁思念友人。与友交往的多少往事涌上心头，分别之苦不绝于心。诗人独自一人坐在寺院里，耳边充满蝉声，心中涌动着说不尽的离愁别绪。"知多少"，用询问的方式表达说不尽之意，言少而意丰。也许正是由于不堪这离愁而借酒，可一旦醒来，反而相思无限，正像"抽刀断水水更流，举杯消愁愁更愁"。离愁别绪之多、之浓跃然纸上，从而表现了诗人对友人深厚、真挚的情意。诗境、人心都达到了相当高妙的境界。

诗人写得很多也最为精妙的是诗友，尤其是朱芳谷、潘六如、朱润森、邱敬如、郑仲文等。诗人写得最多的是朱芳谷，为他一人写的有16首，为他和他人共同写的有9首。朱芳谷是当地有名的诗人，今有《卧云诗稿》存世。九成先生与朱芳谷交往甚密，心相通，情厚重。如《寄朱芳谷》："东风吹到一函来，云树茫茫倦眼开。""我正思君君抱羔，几番惆怅几徘徊。"（2.15）又如《寄怀朱芳谷》："为君再谱巴人曲，一雨催成近夜阑。""容易怀人水一方，秋江秋色共天长。""韶光过眼杳云烟，弹指论交已卅年。一语寄君应共慨，秋霜渐逼发华巅。"（2.16）"暮云春树总愁牵，知己暌违思悄然。双鲤未通添俗累，三生有幸结诗缘。空于马帐悬陈榻，勉向鹏程著祖鞭。缕缕情怀浑莫解，思君望断板桥烟。"（2.17）

诗人听说朱芳谷要去朝拜峨眉山，即写诗代信给他："由来辛苦是风尘，珍重长途作客身。此去应叩千佛笑，名山高会有诗人。""我亦有心香一炷，烦君携取答灵山。""诗稿零星费剪裁，最高峰处雨相催。归来早把倾心句，一纸书将寄草莱。"（2.20）祝福珍重，请代敬香、寄诗，话语真切。

诗人又闻朱芳谷抱病，写诗曰："海鹤云龙思靡穷，忽闻君卧小楼东。前身合是王摩诘，一幅诗成又病中。""不因山水多重复，早倩奚奴馈药来。"（2.21）诗成病中，胶漆相投，小楼卧病，欲馈药来。关切之情，跃然纸上。以上诗句充满思念关切，充满诗缘友情，充满敬重推崇，读之令人深深感动。

四、抒发爱国爱民的情怀

诗人同情人民疾苦，关心国家命运，深刻揭露军阀混战、战乱频繁带给人民的苦难。诗人深切希望结束战乱，给人民带来和平、自由与幸福。这突出表现在《奉和潘六如先生》《步潘六如先生原韵》《恐慌略记》《哀告国民书》等诗文中。

"米贵如珠市复空，嗷嗷中泽集哀鸿。"（1.23）"米贵像珠薪似桂，炮声成雨弹如丸。""狼烟腥雾极天横，底甚同袍起战争？""街衢一炬成焦土，晓夜千家有哭声。""枕骸相望天应惨，烈焰如烘鬼亦愁。"（5.15）"可叹蓉垣颠沛相，竟如天宝乱离时。""由来战阵无他技，杀虐人多早报功。""万家有恨难填海，三刻何人许逾沟。"（5.16）"生卫国，死保乡，喜诸公草木知名，气壮山河飞热血。"（6.28）从这些诗文中我们看到：诗人眼中在恨，在喷火；诗人心中在流血；诗人手中的笔作剑鸣，作投枪！

在《恐慌略记》中，诗人写道："（叛军入泸城，）城内财货掳掠净尽。商民遭此钜创，深堪悯恻。""我何场人民之最苦者，初八晨早耳！如余在家初起，盥未毕，闻炮声踏踏，密甚。心疑之，步出门外，则大小男妇，飞奔泣号，谓昨夜驻何场之西军，正值放火烧房，肆劫掠杀人命，已漫山遍野来矣！""余不敢息，几回自忖曰：'乱已至此，安有良图？此身之或死或生，亦听诸苍苍者而已。'"（7.6）诗人经历战乱，笔述真实情状，民众之恐慌万状历历在目，惊心动魄。

而写在五四运动前夕的《哀告国民书》，集中表现了诗人的爱国精神。诗人充分肯定中国地大物博、人口众多、历史悠久；他痛恨日本侵略我疆土、奴役我人民，揭露日本的野心和"二十一条"灭亡中国的实质，揭穿和批驳当时政府的欺骗言论和卖国行径；他号召国民同仇敌忾，共赴国难。《哀告国民书》通篇激昂慷慨，热血沸腾，是一篇优秀的救国赋、爱国赋。让我们来听听那震撼人心的声音："据亚东大陆，有四千万万里之地，四万万人民之众，四千年之历史者，非所谓今日之中华民国耶？又非我神明之胄，所生于斯、长于斯、聚国族于斯者耶？讵彼日本……侵略我疆土，奴隶我人民……就其条件之实质而论，何一非覆亡朝鲜之陈文？而我政府事前既毫无预备，临时复畏难苟安……又恐国民反对，乃出其掩耳盗铃之手段，强谓于我主权无伤。嗟乎！人非至愚，孰无爱国之心？势已濒危，焉有苟全之理？朝鲜覆辙，殷鉴匪遥。前途维艰，力行有术……河山破碎，跂足可企。族类沉沦，转瞬立见。言念及此，无泪可挥。哀我人斯，痛彻心髓……故不能不于将亡之际，而恸告我同胞，俾发愤爱国热忱，以共嘘死灰于复燃。具同仇之公心，尽各个之天职：或上书折槛，纵逆鳞以何妨？或投笔请缨，即秣马亦甚愿；或豹囊倾罄，因纾难而毁家；或马革裹尸，缘全忠而置命。诚如是，则区区日本所要求之条件，何难藉公愤而达挽回之目的。此日之条件既已挽回，则他日之条件无虑；此国之条件挽回，则他国之条件更无虑！鼓巨棹于旋涡，回狂澜于既倒。千钧一发，事且等闲？转祸为

福，端赖民气。时哉不可失，迟徒唤奈何？我国民其亟起而图之！我国民其亟起而图之！"（7.7）

当我们一口气读完这篇文章，无不感到热血沸腾、振奋不已。我们似乎听到了雄壮的《义勇军进行曲》："把我们的血肉，筑成我们新的长城！中华民族到了最危险的时候，每个人被迫着发出最后的吼声。起来！起来！起来！"这是人民反抗侵略、压迫的震天怒吼！这是中华民族决心一洗国耻的冲天浩气！在这样刚强不屈的英雄人民面前，任何侵略者的企图必将化为泡影。历史不正是这样证明了吗？《哀告国民书》标志着诗人著作的最高成就，标志着他从一个普通文士到爱国诗人的巨大转变，其优秀作品将永放光彩。

五、表现对诗歌的酷爱

中国是诗的国度，《诗经》、《楚辞》、唐诗、宋词等标记了中国诗歌走过的光辉历程。屈原、李白、杜甫等一大批杰出诗人的作品千古流传，影响深远。近现代也出现了一大批反映新时代特征的诗人和新作。清末至民国初，民贫国弱，内部战乱，外受侵略。风雨催诗，这个时期仍有不少诗人以新的面目出现，尤其那些具有爱国之心的诗人，他们的诗作感人至深，催人奋进。临邛爱国诗人杨九成先生，就是一例。

诗人学成之后，不就仕途，而是选择了从医执教的道路。他坚持清白传家，忠厚为人。他很忙碌，而诗歌始终伴随着他。他将诗歌视为生命，也用生命凝铸诗篇。从他的大量诗作中，我们看到了他对诗歌的酷爱。即使病魔缠身，诗魔都紧随不舍，逐之不去。诗人论诗，精彩动人："爱花爱庙爱吟诗"（1.25），"万山堆里一诗翁"（3.15）。"诗名今日博，交道古人师。"（2.32）"耽吟我亦同秋士，知是渊明第几生？"（3.32）"天教留胜会，人共上诗坛。"（2.28）"双鲤未通添俗累，三生有幸结诗缘。"（2.17）

从中我们可以看到，诗人素爱吟诗，充满一片痴情。他自称"万山堆里一诗翁"，并以此自得。他多次写到"诗人""诗家"，还有"访诗人""结诗缘""上诗坛"，并把自己看成"渊明第几生"，等等。这些都说明九成先生以作为一个诗人而自豪，以做一个诗人为人生最大快乐。其中包含着他对诗歌这种文学形式的深刻理解、对优秀诗人的敬仰和对中华民族优秀文化的继承与弘扬，实在令人钦佩。

诗人吟得最多的是如何成诗，包括寻诗料、起诗兴、艰苦吟作等。比如："寻诗我亦添清兴，风雪梅花策蹇驴。"（5.9）"金粟飘香飒飒闻，一年秋色又平分。人间诗料堆今夕，天上清光仗是君。"（2.23）"四面云山诗世界，满庭风竹韵清凉。"（5.11）"干戈多国难，风雨有诗声。"（1.16）"江山丽藻盈千帙，风雨催诗满一楼。"（5.17）"兴酣还作赋，情重细论文。"（2.30）"最是晚晴诗趣好，一行征雁荻芦秋。"（3.13）"此际幽栖多得意，病痊还积一囊诗。"（1.24）"检韵频烧烛，怀归欲上楼。零星好诗句，都向锦囊收。"（2.24）"四季古称三月好，勾人诗思是繁华。"（3.31）"万种闲愁抛得去，最难驱逐是诗魔。"（2.16）"三年蓄艾肱三折，八韵成诗手八叉。"（4.1）"珊珊诗骨瘦，珍重饭加餐。"（2.32）诗人艰苦吟作，可以说是"为伊消得人憔悴"，甚至至死不渝。琼华玉章，的确是诗人的心血乃至生命凝成。

关于删诗，即修改加工，诗人有这样的论述："难删斩也都删斩，慧剑光芒尺有三。"（1.24）"诗稿零星费剪裁，最高峰处雨相催。"（2.20）"难删斩""费剪裁"，说明修改的艰苦。有时两个诗句都好，实在难于删斩，便特意两存。《题大堰口万寿桥》中有两句："指点前溪雁齿铺，莫愁五日滞工夫。"（5.9）句下注："此句一作'直渡河梁雁齿铺，归船不用柳边呼'。"的确二者俱佳，各有风采，只好并存。

关于诗用，除了倾诉心灵，还有什么呢？诗人这样述说："赠君愧我无长物，多赋新诗当口碑。"（2.42）"多谢关情好亲友，新诗遍达报平安。"（1.27）"诔文未就强咏诗，凄绝明朝执绋时。"（4.15）"自写新诗当诔文，人间天上慨平分。"（4.16）"缀句何精神，满庭亦生春！"（1.32）"我已工愁惯，濡毫百虑宽。"（2.32）诗可以用作口碑赞扬别人，当作诔文悼念亡者，还可以报平安、提精神、消愁闷，等等，可谓用处多多。

诗人诵诗也是兴致勃勃："村北村南笑语团，声声箫鼓彻云端。性情那得狂于我，高读诗章和夜阑。"（4.5）一个痴迷于诗、酷爱诗歌的诗人形象，浮现在我们面前。

"诗言志。"在一个诗的国度里，诗反映生活，表达人们的愿望，净化人们的心灵。它描绘人间，升华思想，记录历史，美化生活。凡有生活，就有诗，就有痴心的诗人。在中华民族灿烂的文化长河中，诗的光芒千秋不灭。

六、展示进步的思想观点

诗文主要反映了诗人以下几种思想观点。

1. 人可胜天

诗人在《择安谢家神吉日启》一文中说："盖阴阳有转旋之妙，天定者可以人回。"（7.3）诗人在《彩虹桥碑记》中说："顾天下事，亦特患精神之不属耳。苟其毅然以图，则娲皇曾号补天，精卫犹能填海，何虑斯桥有倾圮时哉？"（7.4）诗人继承了我国古代哲学的唯物主义传统，肯定人可胜天，以激励人们修桥筑路，改造自然，为民谋福。这是值得肯定的。

2. 清政为民

这体现为清明政治和为民谋利两个方面。比如："此中人雅喜读书，亦有强暴混居诸。我公到日分良莠，栽者培之非种锄。自是四郊多欢悦，士读农耕勤旧业。"（2.40）"仁声同雨化，儒吏自风流。"（2.39）"日坐讼庭春意遍，闲同父老话桑麻。""公庭见说有悬鱼，挽也难留拟卧车。"（2.44）"猛虎政无苛，悬鱼堪媲美。"（2.40）诗人清明政治的理想主要在给县佐杨汝襄和周进吾的诗中表现出来。两位地方长官在当地为政期间，为民做了一些好事，离去时民众依依不舍。诗人借对他们的赞颂，表达了自己的清明政治理想：如果没有沉重的苛捐杂税，人民能安居乐业，所谓"猛虎政无苛"；诉讼公正，为民作主，所谓"讼庭春意遍"；官员廉洁，所谓"有悬鱼"；除暴安良，所谓"分良莠""栽者培之非种锄"；仁政教化，使士读农耕，各安其业，所谓"仁声同雨化""四郊多欢悦"等。关于为民谋利，如："公馀素爱与民亲，切切怡怡化导肫。"（2.41）"人无官气原优学，天与多才总为民。"（2.42）"诗书与农耕，亲为课督之。""官爱民，民戴德，甘棠垂荫枝相接。"（2.40）从中可以看出，诗人主张亲民爱民，为民谋福利。中国古代就有民贵君轻的思想。"天与多才总为民"，上天给予众多才能，那是要为民而用的。"总为民"使我们联想到以人为本，全心全意为人民服务。诗人主张官无官气，素与民亲，诗书与农耕，亲自去督促、帮助，做到"官爱民，民戴德"，形成一个和谐美好的社会。这是一个多么美好的理想！这是诗人从中国优秀传统文化中、从人民大众的愿望中、在自己心灵深处生发出来的美好图景。尽管诗人的理想在旧制度下不可能实现，但是他表达了广大人民群众的愿望，对旧社会来说也是一个有力的批判。在诗人去世七八十年之后，在社会主义制度下，其故乡实行千余年的农业税制度被彻底取消，国家对农民有多种补贴，鳏寡孤独者得到照顾，公路通深山，生产大发展，社会安定，人民的生活大为改善。诗人的美好社会理想正在得到实现，这是他当时想象不到的。他的美好社会理想正在得到实现，诗人在天之灵当得到极大安慰。

3. 修身立德

关于自身修养，诗人有这样的论述："盖秉灵秀之源者，即为钟毓之本。人能修身立德，则精诚上应乎天。"（7.2）"知有诸君子之谋公益，而亦从善如流。"（7.4）"若夫作善降祥，休德获报，彼苍自有定衡。"（7.5）"夫明德之后，必有达人。"（7.3）"难忘天地亲师四大恩，立身立道期报本。"（1.21）中国自古重视道德修养，有"修身、齐家、治国、平天下"之论。以上诗句蕴含的思想体现了中华民族的美德，永远值得继承、发扬。

4. 存古好古

涉及名胜古迹，诗人写道："好古，胜概也，精思也；存古，卓识也，远见也。吾人得古代缺盂断砚，犹不时把玩摩挲，欣焉自喜，谓求之晚近，不易易觏；而况岣嵝碑、岐阳鼓，与夫秦文汉篆之真堪宝贵者哉！""三肖像：川主、关子、文昌，皆石刻，身高丈有奇，古光灼灼，瞻之令人起敬。是亦吾乡古制也。""同人等留心古迹，募劝重修。虽曰因而非创，然或仍旧，或更新，总一存古之心所贯注，必期得当而后已。""诸君子古道照人，当不使斯言河汉。"（7.2）诗人对于好古存古的思想给予高度的评价，指出这是美盛之举，是精妙之思，是远见卓识。他提到一些古玩珍品，乃至秦文汉篆，令人倍加珍爱。他讲到当地的三圣宫，讲到川主、关公、文昌的石刻肖像，说它们"身高丈有奇，古光灼灼，瞻之令人起敬"。他赞扬同人募劝重修，以存古制。这是"存古之心所贯注"，"古光照人"。这些语言精彩深刻。观今而鉴古，名胜古迹和历史文物是一个国家、民族历史的见证，是其优秀传统文化的真实代表，也是进一步发展先进文化的依据。特别是在加强国际交流、发展旅游文化的今天，其意义更加不可低估。诗人这一存古好古之心，必将大受欢迎。

5. 三教同源

这是一个深刻的哲学命题。诗人论道:"儒、释、道三教,其派则异,其源则同。释之慈悲,即儒家之忠恕也。释之广大,即儒家之仁义也。士子读圣贤书,辄痛诋二氏,曾亦思孔子问礼老聃,归而谈其犹龙乎?又曰西方有圣人焉,不言而自化,即释迦文佛乎?韩昌黎以文章名世,始则辟佛,终亦佞佛。非先后若两人也,良由学识增进,见道之本本原原耳。"(7.1)又云:"道释儒皆圣。"(6.23)

三教同源,论述精炼,事例典型,颇具说服力。这也正是诗人学识渊博的表现。一切事物皆具矛盾统一性,三教亦然。其异易知,其同难晓。此论在更高层次上揭示了它们的同一性,深刻而富于智慧。这一理论对于发挥三教的积极因素,促进它们之间的和谐相处,促进它们与社会的和谐共处,都将具有积极的意义和巨大的作用。

6. 妇女观

诗人从先进世界观出发,在旧社会广大妇女普遍受歧视的情况下,不为俗累,尊重妇女,提出了进步的妇女观,并身体力行。

一是提倡开女学。火井知事夫人盛涤坤首创当地女子学校,他大为赞扬:"阖郡讴歌遍,都称内助贤。提倡开女学,教育任师传。桃李盈庭秀,芝兰得气先。一般新弟子,瞻拜有前缘。"(2.39)"吾乡女学慨无声,何幸开宗立课程。料得他时诸弟子,相传衣钵记先生。"(5.14)他自己所办学馆,无论男女,一概接收。这实际上是对封建观念"女子无才便是德"的有力批判。

二是赞扬妇女的优良品质。女性一旦有才,他便大力赞扬,无论古今。前蜀女状元黄崇嘏,在故乡倍受百姓推崇,有崇嘏山、崇嘏塔、状元桥以示纪念。诗人在拜访其父黄侍郎墓时写道:"有女能文公不死,卜山葬骨气同清。"(3.24)他在另一首诗中又说:"崇嘏当年亦特生,千秋艳说状元名。"(5.14)知事夫人不仅首开女学,而且勤业好学,写得一手好文章。诗人读了,大为赞赏:"下笔千言字字工,果然巾帼有英雄。倘教墨渖挥江汉,洗尽支那粉黛风。""神在毫端香在纸,一团春气自堂堂。""如此才华大是难,多情京兆许传观。"(5.14)写得热情洋溢,笔彩飞扬。诗人对拼命救人的妇人给予赞扬。他写道:"邑某甲,喜交游,广结纳,为仇家所中。闻被杀时,其外遇妇拼命救之。事虽不济，亦足愧交情凉薄者矣。"诗人将她比作卢家妇："同气同袍那便真？蔺廉交道慨沉沦。当时结识该多少，不及卢家一妇人。"（2.46）卢家妇，即莫愁女，世所钦慕者。此诗赞扬勇于救人的妇人，讽刺、批判交情凉薄者。此外，诗人对自己的妻子，平等相待，有良好的品行，同样称赞。

三是对闺中女性的劝慰。如《春闺》："暖风晴日理朱弦，春思无聊梦亦颠。好语吾家诸姊妹，绣窗多蓄买花钱。""湘帘朝起透晴晖，红正酣兮绿正肥。悄悄呼郎忙起看，一双蝴蝶作团飞。"（3.6）诗人先劝姑娘们多买鲜花以慰春思、春情，后展示幸福夫妻的形象，更是一种安慰、鼓励和祝福。又如《春游有忆》："明珠仙露想丰神，知是兰闺未字身。早日嫦娥侍书女，究因何事谪红尘？""花间笑盼总倾城，玉貌珊珊记得清。卿是有家依有室，情缘珍重结来生。"（3.5）佳人如仙露明珠，光彩照人，好似仙女下凡。佳人花间笑盼，倾国倾城；玉貌珊珊，叫人爱恋。纵然两心相倾，然各有归属，当各自珍重。就让情缘缔结在来生吧！其间充满纯真之情与相互尊重，也充分表现了诗人对女性的尊重。

四是对落难女性的同情。诗人逃难于山中，偶遇落难小姐，给以无比同情，寄予深深感慨。《九月九日早发现逃难者归去》：（一）"淋淋香汗点苍苔，二八婵娟剧可哀。不是峰烟惊四野，几曾莲步到山来。"（二）"山路崎岖欲断魂，小姑柔媚大姑温。禁她一色芙蓉面，不点胭脂点泪痕。"（三）"女儿箱好贮香奁，翠薜青萝一径深。我欲送卿谁送我，可怜同抱故乡心。"（四）"干戈戎马太猖狂，一径西风客路长。唱彻刀环归去晚，绣窗依旧伴萧郎。"（2.45）此诗通过对落难小姐的描写，寄托了诗人对她们的深深同情，也控诉了战乱给人民带来的痛苦。"依旧伴萧郎"，是对落难女性的祝福，希望她们顺利回家，幸福生活，不再遇到不测。

七、晚节黄花

为人祝寿时，诗人写道："黄花晚节松花秀，都是侬家祝嘏词。"这晚节黄花，也正是诗人晚年生活的写照。他晚年多病，在从医执教竭尽心力之后，本可安度晚年，但疾病折磨着他，处境难耐。他没有消沉，仍然是老骥伏枥，壮心不已。晚节黄花中，他依然高扬着生命的风帆，志气高昂，令人敬仰。生命的最后阶段，诗人有以下表现。

1. 寻幽爱山

诗人晚年常到白云寺深山："到来只觉天地宽，何事悠悠百虑攒？"（1.24）"为养沉疴策杖来。"（3.18）"我来白云寺，心与白云闲。万虑俱空寂，终朝只乐山。"（3.16）"也是严光钓富春，羊裘长著岂无因？"（1.27）可见，诗人到山上是为了养病，也是为了寻求清静，追求心境的安宁和愉悦。

2. 吟诗抒怀

大自然的妙境，禅寺的安宁，引发诗人的诗兴；疾病的折磨，催逼着他表志抒怀。于是他口占笔耕，写了大量的诗作。"病魔未了又诗魔"（1.27），"四面云山诗世界"（5.11），生动地反映了他这种悲壮情态，表现了他对诗歌的酷爱。

3. 悟道参禅

诗人写道："儒冠不羡羡僧尼，为语旁人莫笑痴。""相伴游山时讲道，问渠我是渭阳亲。"（1.24）"爱花爱庙爱吟诗，生小心情一片痴。""心到忘机才悟道，身缘多病学参禅。"（1.25）"此夕云堂歇，菩提证凤根。"（3.17）"但使此心能入定，为僧何必著袈裟。"（3.19）"人经病后多禅想，学得无生自有生。"（1.28）诗人主要是为了养病、为了减轻病痛才去寻求入定和超脱的，以及对生命进行哲学思考。他没去当和尚或道士，而是思想上的参考、借鉴，对生命报着达观的态度。

4. 与病魔顽强斗争

诗人与病魔的斗争一直坚持到生命的最后一刻："竟抱河鱼患，恹恹八月中……诗骨何妨瘦，尘心早已空。""志士悲秋惯，年来病味尝……何资消永昼，开箧觅书香。"（1.26）"毒龙休肆扰，把剑慧光临。"（1.27）"药味茶烟一缕清，倦来披氅拥书城。"（1.28）在《己巳初夏养疴兰香山馆杂咏遣怀》中，诗人连用四次"一病几于死"："一病几于死，更生亦幸哉。""一病几于死，曾吟绝笔词。""一病几于死，奇灾二竖侵。""一病几于死，无方解倒悬。"（1.27）可见生命之危急，可见抗争之顽强。他的绝笔诗是《三月廿九夜枕上口占》："天地人原共化机，盈虚消息那能违？杜鹃底事相催急，待到春归侬亦归。"（1.29）诗人达观、自觉，惜春而又乐随春去。他面对死亡，没有恐惧，只有从容。谁说这不伟大？诗人身虽随春去，其精神不死！写了绝笔诗之后，诗人又顽强地活了下来，直到两年后才离世。他的最后一首诗是《辛未元旦》，他最后写道："愿把屠苏遍招引，万家消疫乐陶然。"（4.4）诗人是带着对万家百姓的平安祝福而去的，这是他美好心灵的最后闪光。

八、艺术风格

九成先生诗文的艺术风格主要表现在以下几个方面。

1. 直抒胸臆，是非分明，感情强烈

这突出表现为诗人对时政的观感，对世俗偏见的批判。国难当头，诗人呼吁救国："河山破碎，跂足可企。族类沉沦，转瞬立见。言念及此，无泪可挥。哀我人斯，痛彻心髓！虽秃长沙才子之管，亦曷可写啾唧之状于万一？"（7.7）国家就要灭亡了，想到这里，痛彻心髓，无泪可挥！即使写秃长沙才子的笔管，也写不出我国人民悲痛心情的万分之一！爱国之心、忧国之情跃然纸上，震撼心灵。再举数例："苍颜白发风中烛，富贵豪华浪里船。若夫人心险且狠，呼马呼牛应亦肯。尔自欺心作孽冤，我自清心寻妙境。"（1.21）"由来战阵无他技，杀虐人多早报功。""元帅威尊心似铁，锦江春老气同秋。"（5.16）"戕命命戕天却巧，害人人害理原平。"（1.22）"放眼千秋多少恨，教人欲碎伯牙琴。"（5.18）观点坚定，爱憎鲜明，字里行间透着浩然正气。

2. 含蓄典雅，韵味无穷

这主要表现在大量运用成语典故和引用、化用古诗词上。详见下文。欧克孝先生评为"典重"，即典雅庄重。

3. 情景交融，栩栩如生

这主要表现在写景抒情的诗文中。如《郊行即景》："农歌依约柳边闻，四野融融日色熏。春水满田天倒影，一鞭黄犊踏红云。"（3.7）柳边农歌，天光倒影，四野融融，鞭犊红云，好一幅美妙的春景图！又如《晚步》："水绿山青外，斜阳点点收。叶飘龙鼻晚，烟锁鹤潭秋。贾客栖村栈，骚人散酒楼。归来清趣满，纤月上帘钩。"（3.11）这是诗人傍晚回家一路所见。诗中的"龙鼻""鹤潭"是诗人故乡的山名和水潭名。诗人描绘了一幅山村晚景图（似从何场集市过河，绕山，一路回家），有如《清明上河图》中的画面，引人入胜。再如描写故乡天台山的风光，也令人神往："入天台以来，见夫山静如妆，其峙者有寿考相。泉清而冽，其流者无争竞心。每当山鸟一鸣，岩花齐放，忽忽有天际真人之想。俗虑尘思，不知消归何有矣！"（7.1）智者乐水，仁者乐山，天人和谐，何其美哉！

4. 工于格律，驾轻就熟

九成先生的诗合辙押韵，格律严谨，古体、近体均驾轻就熟，运用自如。其中七绝最多，约占全部诗作的三分之二。其次是七律，再次是五律，五绝只有一首。总之，九成先生的诗以律诗为主，典雅优美，刚健清新，有许多佳作美句。一些对偶句非常工整而又妙趣天成。如："秋草千山路，春晖万种情。"（1.16）"鸟枪双臂挂，鸭卵一怀盈。"（1.36）"古木争归鸟，寒山有啸猿。"（3.17）"一群幽鸟白于昼，十里霜林红作团。"（1.5）"墨氏采薇终就死，尧夫助麦未闻穷。"（1.23）"白日劳心支琐碎，清宵强力侍安眠。"（1.31）还有少数不避重字的诗句，特殊而巧成。如："外虽无火中藏火，热不相亲冷最亲。"（1.12）"谓他人母悲无母，抱恨终天是此天。"（1.30）"戕命命戕天却巧，害人人害理原平。"（1.22）这三联诗句皆七言。前两联每句都在第四字、第七字两个位置上重复。第一联咏烘笼，贴切而富于风趣。第二联祭亡母，"母"与"天"重复大大加重了悲痛之情。第三联的上、下句都在前四字上重复，一、四相重，二、三相重，组合巧妙，结构工整。

九、运用成语

诗句中运用成语是比较难的。因为诗句不仅字数少，而且要押韵和合于格式，意思又要恰当。虽难，但对高手来说，却可以化难为易。九成先生的诗文大量运用成语，或整用，或化用，或拆用，都自然巧妙，富于生气。下面分别举例。

1. 整用

完整运用成语的诗句如："物换星移可奈何，甚如桓子野闻歌。"（1.1）"莱衣戏彩俟他年，争得功名趁目前。"（1.35）"龙盘虎踞起祥光，一片菁英萃穴场。""曾记儿时拜墓前，三阳开泰喜翩翩。白驹过隙光阴速，屈指而今六十年。"（1.39）"高山流水知音在，杨柳芙蓉得气先。"（5.17）"听罢丁丁凿石声，中流砥柱利人行。"（5.9）"喜百岁同偕，况兼玉树临风，酌兕笑看莱子戏。"（6.14）除末句将成语用于对联句中外，其他都将成语用于七言诗句的开头，而且大多用于上句。汉语成语大多是四字格，言简意赅，意蕴丰富。在诗句中选用，优化了句子，增强了表现力。比如，"物换星移"表达了岁月流逝不以人们的意志为转移，物是人非，无可奈何的感慨。"莱衣戏彩"形象生动地反映了对父母的孝敬。"龙盘虎踞"非常形象地说明了地势的险要。"三阳开泰"是新春祝福语，喻新春快乐吉祥。"白驹过隙"形象说明了时光飞逝。"高山流水"比喻美妙乐音和知己。"玉树临风"形容人风度潇洒，秀美多姿。"中流砥柱"形容河流中的坚固石梁。这些成语的运用，很费一番思考和选择，使诗句高度精练，大为增色，读来兴味无穷。以上均为完整的引用，准确生动。

2. 化简

化简，即将四字格成语化简为两个字或三个字，灵活用在诗句中，原意不变。比如："适值床头空，阮囊正虚欷。"（1.32）"蓬矢桑弧今尚在，闻鸡好著祖生鞭。"（1.35）"井里遍瞻云五色，齐眉佳话颂来多。"（4.9）其中，"阮囊"是成语"阮囊羞涩"的简化，用以指手头拮据，身无钱财。"闻鸡"是"闻鸡起舞"的简化，喻人及时奋起，有所作为。诗句将东晋名将祖逖的故事生动地表现出来，作用大增。"齐眉"即"举案齐眉"，形容夫妻恩爱，相互尊重。化简使成语自然融入诗句，丰富了诗句的内涵。

3. 活用

活用，即灵活拆用，造成好句。比如："如归视死君何忍，上有高堂下有儿。"（2.2）"相逢萍水记龙山，同是鬓年缩翠鬟。"（2.4）"美奂美轮隆报本，肯堂肯构定多才。"（2.18）"丝桐调绝少知音，流水高山莫处寻。"（3.35）"逝水年年夏复秋，桑田沧海可回头？"（4.8）以上五个例子都是成语中两个双音结构互换位置，而意义不变。它们的正常形式分别是视死如归、萍水相逢、美轮美奂、高山流水、沧海桑田。之所以换位使用，主要是因为诗句平仄的需要。同时也丰富了句式，给人以新鲜感。又如："金屋连云起，娇藏孰与伦？"（4.10）"如璧重连城，仍完归赵府。""譬比明月珠，自当还合浦。"（1.32）第一例活用"金屋藏娇"，强化了对新娘的赞美和婚礼的喜庆气氛。第二例活用"完璧归赵"，第三例活用"合浦还珠"，都用来说明不接受馈赠，使物归原主。这些成语的活用新鲜活泼，意味深长。

十、运用典故

九成先生的诗文运用了很多典故，这些典故涉及许多古人古事，使诗意更加浑厚，韵味无穷。读九成先生的诗文，能让人眼光开阔，亲近古人，融汇古今。

第一，涉及的神话传说人物，有娲皇、精卫、愚公、嫦娥、牛郎织女、王母，还有彭祖、翁仲、令威、灶神、雷神、土地神等。比如："谁倩娲皇补恨天？拈毫慰藉已成联。"（5.19）"苟其毅然以图，则娲皇曾号补天，精卫犹能填海。"（7.4）"彼山则高而坚也，愚公何以移之？水则阔而深也，精卫胡以填之？岂区区一桥，不能以人力建筑之欤？"（7.5）"博得归家夸内子，我从天上看嫦娥。"（4.10）"见说蟾宫多桂子，嫦娥亲赠第三枝。"（4.12）"耿耿星河一道开，桥填乌鹊费疑猜。""凡夫那识神仙事，要问天门土地来。"（4.8）"想因西极招王母，自顾东床愧右军。"（4.17）"绛县来宾酬菊酿，瑶池摊宴挹梅香。"（4.13）其中，《女娲补天》《精卫填海》《愚公移山》都是寓言故事，表达了人类改造自然的雄心与坚强意志，家喻户晓，影响很大。"嫦娥"是月宫仙子，诗人参加婚礼回家，向妻子夸耀说，我看见了天上的嫦娥。诗人形象、生动地夸奖了新娘，带来一片喜气洋洋的气氛。不仅如此，嫦娥还可以给人们带来生子的祝福。"桥填乌鹊"是牛郎、织女的故事，"瑶池摊宴"是王母娘娘的故事。他们进入诗中，令人倍感亲切。又如："我无彭寿，但有遐思。"（1.11）"翁仲巢莺春二月，令威化鹤夜三更。"（6.22）"漫天黄叶冻云横，翁仲斜攲世代更。"（3.24）"彭寿"，彭祖之寿。传说彭祖养生长寿，活到八百岁。"翁仲"，传说中长人的铜石像，多置于墓地。"令威"，即丁令威，传说中的神仙。曾学道于灵山，后化鹤归乡。这些传说古雅神奇，别具韵味。再如："要求好语传天上，肯为吾家降吉祥。""终岁相依敬灶神，今宵饯祭亦前因。"（4.6）"多感平安镇宅门，长生祝罢夜黄昏。何时又是夫人寿？也合临龛荐一樽。"（4.8）灶神是旧俗供于灶上的神。传说灶神于农历腊月二十三日至除夕，上天陈报人家善恶。祭灶神，就是希望灶神上天说好话，降吉祥。"夫人"指雷神的夫人。雷神是传说中掌管打雷的神，农历七月七日是其寿辰。家中供奉雷神，期盼镇宅保平安。诗人循俗祭祀，写得亲切感人。

第二，涉及的历史帝王，有黄帝、尧、汉武、先帝、玄宗等。比如："岐黄空业术，元白早承师。"（1.27）"墨氏采薇终就死，尧夫助麦未闻穷。"（1.23）"惟只问当年汉武，何因重见李夫人。"（6.19）"大江中袭幼主，已与先帝离情。""蜀犹汉，帝犹刘，正统皇皇昭史册。"（6.20）"玄宗约誓同妃子，世世生生妇与夫。"（4.8）"岐黄"的"黄"，指黄帝，传说中的古帝王，是中原各族的共同祖先。又传黄帝为医家之祖，岐伯是黄帝的大臣，医术高明，故"岐黄"合称，指医生。"尧"也是传说中的古帝王，借指盛世、圣人。"尧夫"指尧时的农夫，较为富足。他们用粮食救济别人，自己并没有变穷。意在鼓励人们救济灾民和贫民。"汉武"指汉武帝，他宠幸李夫人，李夫人去世，传方士少翁使其重见李夫人形象。诗句中用以表示对逝者的怀念。"先帝"指刘备，即"帝犹刘"。他建立蜀汉政权，谥昭烈皇帝。"玄宗"指唐玄宗，他和杨贵妃的故事广为流传。

第三，涉及的历代诗人有很多。先秦两汉有屈原（屈子）、司马相如（相如）、贾谊（长沙才子）。比如："少陵诗句多伤乱，屈子《离骚》总抱忧。"（5.15）"可羡相如操绿绮，弹来都是美人心。"（3.35）"虽秃长沙才子之管，亦曷可写啾唧之状于万一？"（7.7）

魏晋时期有陶渊明（渊明、先生）、江淹（江令、文通）、陆凯、潘安仁（安仁）、谢惠连（阿连）、王粲（仲宣、王仲宣）、谢安（谢家）、张翰等。比如："耽吟我亦同秋士，知是渊明第几生？"（3.32）"莫惜相思浑不解，渊明当日赋《停云》"（2.6）"李贺囊裁锦，江淹笔梦花。"（2.32）"我笔输江令，君情驾孟尝。"（2.24）"相如病不因秋雨，陆凯春还寄陇梅。"（2.15）"安仁爱把桃培种，此日都开并蒂花。"（4.9）"己饥己溺闻天下，知否阿连此意同？"（1.23）"银缸初上仲宣楼，塞雁声声尽带秋。"（2.9）"咏絮何须说谢家，连篇文帙足风华。"（5.14）"秋风吹起故乡心，张翰莼鲈感最深。"（1.18）

唐代诗人有李白（青莲、青莲学士、李太白）、杜甫（杜工部、工部、少陵、杜老）、王维（王摩诘、进士、辋川）、杜牧（司勋）、元稹、白居易（元白、白傅）、李贺、刘禹锡、卢仝、韩愈（韩昌黎）、高适、卢照邻、沈佺期等。比如："可笑青莲唐学士，烟花只解羡扬州。"（3.31）"值夏月溪水骤涨，争涉者多效李太白骑鲸以去，心实悯焉。"（7.5）"可怜工部溪前水，只浣飞花莫浣愁。"（5.16）"少陵诗句多伤乱，屈子《离骚》总抱忧。"（5.15）"相如秋易病，杜老兴难穷。"（1.26）"前身合是王摩诘，一幅诗成又病中。"（2.21）"我是辋川初转世，病魔未了又诗魔。"（1.27）"只是诗魔驱未得，拟寻进士到终南。"（1.24）"季子才名原美重，司勋风骨不单寒。"（1.5）"岐黄空业术，元白早承师。"（1.27）"自古多情称白傅，可传佳句媲青莲。"（5.15）"李贺囊裁锦，江淹笔梦花。"（2.32）"七碗卢全消俗渴，三生圆证结诗缘。"（2.34）。

宋代诗人、文学家有欧阳修（欧阳）、苏轼（东坡）、林逋（林和靖）等。比如："知否神伤形易悴，欧阳为此赋秋声。"（5.19）"东坡风趣与人殊，笠屐曾经写作图。"（1.14）"他时定约林和靖，来种梅花三百株。"（4.16）诗人根据诗作的需要，自然而巧妙地将众多的古代诗人融入自己的诗中，使诗意加深，情味增浓，句式也更加丰富。

第四，涉及的其他历史人物纷繁众多。诸子百家有孔子（孔坛、鲤对）、老子（老聃）、庄子（庄叟、鼓盆）等。比如："释之广大，即儒家之仁义也。士子读圣贤书，辄痛诋二氏，曾亦思孔子问礼老聃，归而谈其犹龙乎？"（7.1）"春风浴泳孔坛开，学有渊源莫浪猜。"（2.11）"龙骧千里志，鲤对一生心。"（1.34）"跨白鹤，有仙人戾止；骑青牛，是老子降临。"（6.17）"廿余年姻娅相关，记前番庄叟兴歌，永夜倾谈犹慰我。"（6.15）"听三哥今日鼓盆，惹我当年无限恨。"（6.16）

三国风云人物有刘备（先帝、帝犹刘）、关公（关子）、诸葛亮（武侯、汉武侯）和曹操（曹、曹孟德、阿瞒、奸雄）。比如："蜀犹汉，帝犹刘，正统皇皇昭史册。"（6.20）"持节钺以长征，周尚父，汉武侯，宋臣宗泽，先生其有合哉！"（6.24）"乂安有日知何日，试谒祠堂问武侯。"（5.15）"关子，当炎汉之际，仓皇金戈铁马间，春秋大义，炳若日星。毅然浩然，千载下犹懔有生气焉。"（7.2）"华容道纵阿瞒，要是稗官小说，况立功乃去，且有私恩欲报曹。"（6.20）"汉魏无寸土，奸雄亦荒烟……终日伴鸳鸯，寄语曹孟德。"（5.8）

情谊深厚、值得赞扬的人物有蔺相如、廉颇（蔺廉）、鲍叔牙、伯牙、陈雷、陈蕃（陈榻）、宋庠和宋祁（庠祁）等。比如："同气同袍那便真？

蔺廉交道慨沉沦。"（2.46）"海内君能几？情高鲍叔牙。"（2.32）"放眼千秋多少恨，教人欲碎伯牙琴。"（5.18）"胶漆相投解莫开，已教结谊比陈雷。"（2.21）"牙琴学弄应嗤我，陈榻高悬尚待君。"（2.6）"空于马帐悬陈榻，勉向鹏程著祖鞭。"（2.17）"同心言臭感庠祁，无那还家梦早飞。"（2.22）

政绩、战功显赫的政治家、军事家有周尚父、李冰（冰、川主）、二郎、张仪、孟尝君（孟尝）、燕昭王（燕山）、吴季札（季子）、管仲（管子）、龚遂、黄霸（龚黄）、陈平（陈相）、马援、羊祜（岘山碑）、祖逖（祖生）等。比如："持节钺以长征，周尚父，汉武侯……先生其有合哉！"（6.24）"考川主，乃李冰与其子二郎，是秦并蜀后，张仪荐冰为蜀守。冰治水以利民，益州始号天府。斩潜蛟一事，伊子二郎为之，冰教之也。"（7.2）"我笔输江令，君情驾孟尝。"（2.24）"株株桂挺燕山泽，轧轧机声孟母仪。"（4.13）"季子才名原美重，司勋风骨不单寒。"（1.5）"拟向君平占国势，长思管子济世才。"（5.15）"秩序安宁民不扰，只今井邑颂龚黄。"（2.41）"而今掉臂忘情者，就是陈相莫比伦。"（2.38）"此日送公多堕泪，去思碑当岘山碑。"（2.30）"蓬矢桑弧今尚在，闻鸡好著祖生鞭。"（1.35）"马援诫子书堪味，杨震传家法最良。"（1.33）

德高望重、学识渊博的人物有杨震（关西、四知）、严光、杨子云（子云）、郑玄（康成）、向平、杨时、程颐（程）、竹林七贤（竹林）等。比如："记取传家有四知"，"杨震传家法最良"。（1.33）"关西家法在，君夙景前修。"（2.39）"也是严光钓富春，羊裘长著岂无因？"（1.27）"问字不烦频载酒，晨昏相对子云亭。"（5.14）"世业缥缃世所知，康成家婢亦能诗。"（2.35）"向平未了阿侬愿，那有闲情为束装？"（4.11）"尔比杨时我愧程，竹林谊重又师生。"（3.20）

风流旷达之士有张敞（张京兆）、袁安、孟嘉（孟生）、桓子野、刘郎、檀郎、萧郎、张绪等。比如："深处卧袁安，门关人未醒。"（3.22）"甑已堕兮何必顾？孟生旷达古人夸。"（1.8）"物换星移可奈何，甚如桓子野闻歌。"（1.1）"知否天台千万树，刘郎未至已先栽。"（3.29）"唱彻刀环归去晚，绣窗依旧伴萧郎。"（2.45）"檀郎占得人间福，第一闺中喜读书。"（5.14）"张绪风流犹在否，只今惟有女儿知。"（3.34）

特殊人物有岐伯（岐黄）、鲁阳、徐福（徐生）、少翁、彭生、伯有、王衷、丁兰等。比如："岐黄空业术，元白早承师。"（1.27）"日西难返鲁阳戈，况复年来久抱疴。""远荐徐生一束刍，风车云马降临无？"（4.16）"果使少翁能与致，今宵要问李夫人。"（1.20）"事死如王衷、丁兰，罔极未酬悲日短；含冤若彭生、伯有，一般得度等冰销。"（6.23）

女性人物有孟母、文君、李夫人、黄崇嘏（女、崇嘏）、莫愁（卢家妇）等。比如："株株桂挺燕山泽，轧轧机声孟母仪。"（4.13）"相如的是多情者，肯使文君怨白头。"（5.7）"惟只问当年汉武，何因重见李夫人。"（6.19）"有女能文公不死，卜山葬骨气同清。"（3.24）"崇嘏当年亦特生，千秋艳说状元名。"（5.14）"除他年少卢家妇，更有何人号莫愁？"（5.19）"当时结识该多少，不及卢家一妇人。"（2.46）

以上典故所涉及的历史人物近百位，他们如众星闪烁，光彩照人。他们从特殊的侧面展现了中国历史的许多画面，上至洪荒之世及黄帝、尧夫，下至东坡风趣、和靖梅花，数千年的文明演变借助他们展现了出来。大量的典故使九成先生的诗文具有史诗般的特色和价值，令人回味无穷。

十一、引用古诗

九成先生的诗文经常引用一些古诗，大多是唐诗，主要有以下几种用法。

1. 点题

在诗句中提到诗名，引起人们的联想，从而丰富诗的意境。比如："莫恠相思浑不解，渊明当日赋《停云》。"（2.6）陶渊明写下《停云》诗，其序云："停云，思亲友也。" 其诗云："霭霭停云，蒙蒙时雨……良朋悠邈，搔首延伫……岂无他人，念子实多。愿言不获，报恨如何！"联想此诗，相思之情则更为深切，韵味无穷。又如："留君无计送君归，亭住劳劳泪湿衣。"（2.26）这里提到李白的《劳劳亭》："天下伤心处，劳劳送客亭。春风知别苦，不遣柳条青。"读了李白的诗，对原诗的理解更加深刻了。

2. 点明题诗意图

如《题〈孤舟蓑笠翁独钓寒江雪图〉》："一竿摇曳水中天，皓首庞眉望若仙。风雪潇潇鱼不食，蓑衣倒挂酒家眠。"（5.3）这首诗所题的是柳宗元《江雪》的诗意。原诗写道："千山鸟飞绝，万径人踪灭。孤舟蓑笠翁，独钓寒江雪。"题诗中的主人公形象似更为突出，望之若仙，酒家高眠。又如《读刘禹锡诗有触》："西望前山映落晖，百年转瞬事都非。只愁再过乌衣巷，惟指邻家燕子飞。"（5.13）刘禹锡曾作《乌衣巷》。全诗如下："朱雀桥边野草花，乌衣巷口夕阳斜。旧时王谢堂前燕，飞入寻常百姓家。"题诗的感慨似更加深刻："百年转瞬事都非。"数百年转瞬即逝，富家豪门的衰败也是不可避免的。而这种状况又令人不忍看到，悲叹之情跃然纸上。

3. 化用

这是诗人引用古诗时最常见的用法，而且十分巧妙，体现了诗人的渊博学识和高超文笔。比如："心自犀通易，人偏蚁聚难。"（2.32）"犀通"出自李商隐《无题》："身无彩凤双飞翼，心有灵犀一点通。"诗人用"犀通"来概括后句，言简义丰。再如："不因山水多重复，早倩奚奴馈药来。"（2.21）前句化用陆游《游山西村》："山重水复疑无路，柳暗花明又一村。"诗人顺手拈来，表达山高水长，路途遥远，崎岖难行。再如："容易怀人水一方，秋江秋色共天长。"（2.16）前句化用《诗经·秦风·蒹葭》诗句："蒹葭苍苍，白露为霜。所谓伊人，在水一方。"后句化用王勃《滕王阁序》中的句子："落霞与孤鹜齐飞，秋水共长天一色。"通过化用，这两句诗融多种意境于一炉，高度精练，堪称佳句。

诗人化用李白的《赠汪伦》和王维的《阳关三叠》的诗有好几首。比如："在我不拘高下分，与君愿作弟兄看。深深潭水情千尺，三叠阳关不忍弹。"（2.1）"青帝畅和偏促别，绿波浩渺共伤春。君行试问桃潭水，我比汪沧伦不伦？"（2.42）"一棹归帆一叶轻，冰心恰与水同清。桃花潭泛桃花涨，我比汪伦正送行。"（2.44）"赠君折尽青青柳，三叠阳关万种情。"（2.35）"朝雨渭城歌不得，心旌一片向南飞。"（2.26）李、王的诗是千古绝唱，九成先生的诗巧妙化用，亦可传诵千秋。

4. 直接引用

比如，《彩虹桥碑记》引用李白的诗句："适微雨东北来，彩霞照煜，长虹直亘中流。雨济再勘，则虹落处即桥址定处。因忆唐人有'双桥落彩虹'之句，借以颜桥，恰符瑞应。"（7.4）唐人句出自李白《秋登宣城谢朓北楼》："两水夹明镜，双桥落彩虹。"

《春日怀季俊生》引用高适的诗句："高馆张灯酒复清，临邛分袂不胜情。"（2.33）前句为高适《夜别韦司士》中的诗句："高馆张灯酒复清，夜钟残月雁归声。"

《又寄曾国琛知事》引用卢照邻的诗句："古人名句竞相传，愿作鸳鸯不羡仙。"（4.10）后句出自卢照邻的《长安古意》："借问吹箫向紫烟，曾经学舞度芳年。得成比目何辞死，愿作鸳鸯不羡仙。"

九成先生直接引用古诗的诗文不多，然而其引用皆无不精当，具有画龙点睛之妙。

8.2 关于《九成先生遗稿》的编印及其他

高义奎

近日，本人有幸于欧可训处喜获《九成先生遗稿》一卷，乃欧可训之父欧克孝先生于己丑（1949年）三月用毛笔手抄的竖排本。《九成先生遗稿》乃何场人清末秀才杨九成先生遗著，全卷共集诗338首、对联52副、文章7篇，其中仅有少部分作品标有时间。本人将其转为电子版时，为便于阅读，将其改编为横排本，并加了标点。文中凡是圆圈内和括号中的序数、年份、说明等文字均为本人所加，特此说明。

全卷从头至尾没有先生的生卒年记载。先生晚年一首回忆童年学校的诗——《经童时校地感怀》谈及，先生于清同治己巳（1869年）二月初九发蒙读书，已是"回头六十年前事"。若先生七岁发蒙，则他生于清同治元年壬戌（1862年）。先生所写的最后一首诗是《辛未元旦》，其时即民国二十年辛未（1931年），此后再不见有先生的诗，据此，则可推测先生于1931年间逝世，享年约70岁。

本人将先生标明时间的作品篇数统计如下。

1869年，清同治八年（己巳），1篇。

1883年，清光绪九年（癸未），2篇。

1890年，清光绪十六年（庚寅），1篇。

1892年，清光绪十八年（壬辰），1篇。

1898年，清光绪廿四年（戊戌），1篇。

1914年，民国三年（甲寅），3篇。

1915年，民国四年（乙卯），4篇。

1916年，民国五年（丙辰），3篇。

1917年，民国六年（丁巳），2篇。

1918年，民国七年（戊午），1篇。

1920年，民国九年（庚申），5篇。

1921年，民国十年（辛酉），3篇。

1922年，民国十一年（壬戌），1篇。

1923年，民国十二年（癸亥），2篇。

1924年，民国十三年（甲子），1篇。

1925年，民国十四年（乙丑），5篇。

1926年，民国十五年（丙寅），1篇。

1929年，民国十八年（己巳），2篇。

1930年，民国十九年（庚午），3篇。

1931年，民国二十年（辛未），1篇。

先生于1883年（癸未）写的第一首诗是《癸未正月十五夜遣兴》：

> 村北村南笑语团，声声箫鼓彻云端。
>
> 性情那得狂于我，高读诗章和夜阑。

一个年轻气盛、风华正茂的书生形象跃然纸上。

先生写于1931年（辛未）的最后一首诗是《辛未元旦》：

> 声声爆竹四邻喧，今岁今朝第一天。
>
> 人爱相逢褒吉语，我由多病悟禅圆。
>
> 东风贮满三千界，秋水还披十二篇。
>
> 愿把屠苏遍招引，万家消疫乐陶然。

一位风烛残年、疾病缠身、和蔼仁慈的老先生浮现眼前，令人陡生同情，肃然起敬。

《九成先生遗稿》内容丰富，情感真切，诗文并茂，词句精炼，用典考究，文如韩柳之才，诗兼李杜之风。尤其是《哀告国民书》一文，突出表现了先生忧国忧民的深切情怀。时值民国四年，即1915年5月9日，袁世凯为了博得帝国主义支持，不惜出卖国家主权，竟然签字接受了日本提出的侵犯中国主权的"二十一条"，实际上妄图把中国变为日本独占的殖民地，史称"五九国耻"。先生在《哀告国民书》中，愤怒地戳穿了日本的侵略本质："就其条件之实质而论，何一非覆亡朝鲜之陈文？"无情地揭露："我政府事前既毫无预备，临时复畏难苟安，倪倪伈伈，靦然允诺。又恐国民反对，乃出其掩耳盗铃之手段，强谓于我主权无伤。嗟乎！人非至愚，孰无爱国之心？势已濒危，焉有苟全之理？"其语言是何等尖锐；"河山破碎，跂足可企。族类沉沦，转瞬立见。言念及此，无泪可挥。哀我人斯，痛彻心髓！"忧国忧民之心袒露无遗："或马革裹尸，缘全忠而置命。"愿为国而捐躯的精神感天动地。先生深情地哀告，并寄无限希望于全体国民："鼓巨棹于旋涡，回狂澜于既倒。千钧一发，事且等闲？转祸为福，端赖民气。时哉不可失，迟徒唤奈何？"最后，先生振臂疾呼："我国民其亟起而图之！我国民其亟起而图之！"全文一气呵成，气势磅礴，正气凛然，铮铮硬骨，字字珠玑，句句铿锵，掷地有声，真是一篇难得的好文章！由此足见九成先生之德行高尚，风骨非凡矣！

　　《九成先生遗稿》庆幸传世，为我们留下了一笔丰厚的文化遗产和宝贵的精神财富，并将继续光耀后世。

高义奎

2008年7月20日于火井高场

8.3 杨九成先生事略

金光华[①]

杨九成名正芬，字九成，号爱兰主人。清同治元年（1862年）生于原邛州何场银杏溪沟口上（今属邛崃市火井镇夜合村），逝于民国二十年（1931年）。父亲杨才有，字怀仁，自家田地不多，以开染房（染土布）为生，家境清贫，家中有弟兄姐妹六人。先生自幼天资聪明，家人对他寄予厚望，供他读书上进。清同治八年（1869年）先生七岁时，其祖父送他至附近张底下的临江书院槐三老师处发蒙读书。当天是农历二月初九，祖父望他成龙，给他取名"九成"。先生不负期望，勤奋苦读，曾写诗："村北村南笑语团，声声箫鼓彻云端。性情那得狂于我，高读诗章和夜阑。"这是其专心读书的写照。后先生学业有成，考中秀才，未走仕途，而是设馆教书以济家庭生活。同时，先生遍读医书，自学成才，精通医理，既设馆教书，又行医济世救人，并热心社会公益事业和活动，成为一代名人——教育名师、名医、社会公益活动名士。世人尊称他"九成先生"。

先生早有诗文问世，考中秀才，更是名气大振。地方和官府多次请先生到当地教书育人，他先后在本乡季叔平老家、火井分县知事杨汝襄处、本乡龙山书院等处设馆教书。先生学规严格，教育有方，要求学生讲文明，重礼貌，尊老爱幼，孝敬父母，互助互爱。先生对学生的成绩有奖有赏。在每年学前的议学会上，他都要对学生上年的品行和学业情况作讲评，并对学生的作文进行评述，让家长了解自己孩子的学业情况，深受好评。先生所教学生成才人士不少，有被称为"三才子"的欧阳克昌（叔文）、李育仁、杨致中（字旭成），他们都以诗文、书法名扬乡里，后都曾在外任事。还有曾任成都新民电影院（季叔平首创）经理的黄靖候；考入黄埔军校第十期，起义后在南京高等军事学院任教的严开运；会琴棋书画、武术，诗文并茂，书法自成一格，独树一帜，一直设馆教书，后又坐堂行医的金明哲；善著文章，一直设馆教书（包括在芦山县宝盛乡）的金明远；高兴乡秀才（廪生），善

---

① 其为杨九成外孙。

诗文，书法自领风骚的王鹤昌（长龄），等等。

先生提倡文化，提倡女学，自家六个女儿都有一定的文化知识，女婿中有五个是他的学生，一个儿子是当地的"三才子"之一。不被"女子无才便是德"的封建思想束缚，所办学馆男女学生都收。民国二年（1913年），火井分县第一任知事杨汝襄的夫人盛涤坤首创火井女子学校，先生在《寄知事杨汝襄》的第二首诗中写道："阖郡讴歌遍，都称内助贤。提倡开女学，教育任师传。桃李盈庭秀，芝兰得气先。一般新子弟，瞻拜有前缘。"先生对开展女子文化教育给予高度赞赏。

先生悬壶济世，培养一批医业人才。先生边教学，边钻研医籍，边行医（诊断处方）。自民国五年（1916年）起，先生在何家场开药铺从事医业，以其父"怀仁"字号取名"怀仁堂"。群众请他看病，有钱人家用轿子接送，贫寒人家只要请到他，无论天气好坏，不管山高路远，步行也照样去。脉理费（诊断费）给多给少不论，有钱无钱来拣药，先生都一样发给，且从不记账，过后给不起药钱也免收不问。先生济世救人，救了无数穷困生灵，百姓尊称他"恩人"。先生收了不少医徒，有的是他手下的学生，亦有专事学艺者。他培养出油榨乡彭灼然，何家乡杨正械、李荣堂（炳勋），高兴场高耀南等一批名医。先生传道授业，既要求从学者有深广的医理知识，又要求有实际运用的本领。先生老来卧病还关心门徒的学业，曾叫来三位徒弟，要他们各自开出治寒病的处方交给他测评。各人的处方与配伍大同小异，但用药量却差异很大。他评价道，杨德政"用药和缓，总得要多用几付才行"；杨正械"用药猛，但有几分冒险"；李荣堂"药量得当，稳妥可靠"。然后作了全面评讲。先生老来卧病时特告诫家人说："我已不行了，以后你们有病时，火井就找彭灼然，何场就找杨正械。"这是他相信二人学艺精深，能继其后而作的吩咐。

先生医术精湛，百里闻名，人称"儒医"。他不但在邛崃西南两路知名，而且在芦山、天全等县亦闻名遐迩。民国五年（1916年），芦山县仁加乡发生严重寒病（流行性感冒），一个月内就死了三十多人，不少人家全家卧病不起。那里的人早就得知何场有位高明的医生杨先生，即派人牵马来接先生就医。此时他已五十多岁，不顾路途百里，要翻大山（镇西山），爬悬岩（青龙场梯子岩），且途中时有土匪拦路抢劫等诸多难题，毅然前往。他们在镇西山上遇到土匪拦路，见无东西可抢，就硬要给"买路钱"才准通过。先生下马说："我没有钱。""没有钱还骑马，还带得起马夫？"土匪反问。先生解答说："我是杨九成，是别人请我去看病的。"听说是杨先生，土匪的态度立即改变，还拱手弯腰表示歉意，忙说："哦，杨先生，我们没有认出。唉！惊了杨先生。对不起！请快走，快走！"先生得以继续前行。可见先生之威望。

先生到了疫区后，经半个多月施治，疫情即得到控制，并不断好转。芦山县官闻讯，即派人将先生接到县衙为其夫人治难症（妇科病），一经用药，县夫人就觉见效。经短期治疗，即基本痊愈。县官深受感动，称赞是"神医神药"。为答谢先生，县官特意将衙内一株珍稀奇花药用树"六蛾戏珠"作为赠礼相送，并派人用轿子将先生送回家。此后先生名声更振，来求医问药的人络绎不绝。

先生一生教书育人，从医传道济世救人，同时热心地方公益事业，深孚众望。比如，先生任副经理首事，与任经理首事的何场开明士绅严子嘉一起，于清宣统二年至民国二年（1910年—1913年）共同组织筹划，历时四年建成连接大道之"彩虹桥"（今高何镇毛河村文井江上），并撰写了《彩虹桥碑记》。沙坝场九源桥建成，亦由先生撰写碑联等。先生是一位颇有社会声望的名士。

先生具有民族之情和爱国忧民之心。民国四年（1915年），卖国贼袁世凯于五月九日与日本签订了丧权辱国的"二十一条"，先生以愤慨之情写出了《哀告国民书》。文章列举了日本侵略我国的具体事实后写道："而我政府事前既毫无预备，临时复畏难苟安，伈伈伣伣，觍然允诺。又恐国民反对，乃出其掩耳盗铃之手段，强谓于我主权无伤。"先生强烈抨击了袁贼卖国的可耻行为，不愧是一位眼光远大、具有伟大民族精神、爱国忧民的开明人士。当年的何家乡文风鼎盛，被称为"文化之乡"。这是继槐三先生和杨举人（名字不详）以来先后建有"临江书院""龙山书院"，后继由杨九成先生造就一批文人墨客、名医名士的结果。

先生一生未买田置地、大修宅院，在后房前一块空地上栽有花木自赏，并撰写对联贴于后房，联云："宅住金山山鸟声鸣山谷应，溪载银杏杏林花发杏花香。"感山村大自然之美，闻鸟语花香以自慰。先生好藏书，书置于正房楼上，不下于六千册，书房不大，占大半间楼。先生平生集大量诗文、医案，可惜后来都散失无存。今有幸发现转抄的手抄本《九成先生遗稿》，该书稿题材多样，内容丰富，意境深远，见解新颖。虽不是先生的全部作品，亦不失为一笔可贵的文化遗产。

金光华

2008年7月10日

8.4　九成先生遗诗序

欧阳克孝

鲤庭[1]之对，孔子犹以诗为兢兢[2]。后生小子稍读韩、苏文，即以诗为小道，谓为投赠美谀之具，何其谬哉！

昔扬执戟[3]有雕虫小技[4]之谈，其裔修[5]尝以为过言，岂可目为定论？夫孔子所谓兴观群怨[6]之旨，非诗莫达。后生区区，忘加诽谤，一何足道！今余手录吾乡九成先生之诗，盖欲排除世俗之谬论云耳。

尝闻之长者云：吾乡诗人前有胡楷、吴江，后有朱芳谷、杨九成四先生焉。朱、杨死后，诗道中绝，莫得其人，良可痛惜。吴之诗吾尝窥其一鳞半爪，胡诗亦录其太半[7]，朱则如之，杨诗即今所全抄者也。吴诗清超[8]，胡诗沉实[9]，朱诗峻拔[10]，杨诗吾未得一言以忘评，强之，其典重[11]差近耶？

公之诗昔于杨旭成处借得，系金明哲抄本。旭成系公之子，余父执辈[12]，诗为其亲手校字，屡欲手抄一过，以蹉跎未果。

今春卒业归家，自修得暇，乃研墨挑灯，展纸静书，凡月余乃成，手自装订，勘误数过。乃赘数言，以志鄙见，用是为序。

昔[13]己丑年（1949年）三月十六日

邛西欧阳克孝书于碧云斋

注释

〔1〕鲤庭：孔丘儿子孔鲤过庭，孔子教他学诗学礼。

〔2〕兢兢：精勤貌；小心谨慎貌。

〔3〕扬执戟：指扬雄，西汉文学家、哲学家、语言学家。

〔4〕雕虫小技：指刻意雕琢辞章的微小技能。出自扬雄《法言·吾子》："或问：'吾子少而好赋？'曰：'然，童子雕虫篆刻。'俄而曰：'广壮夫不为也。'"

〔5〕修：杨修。汉末文学家，博学能文，才思敏捷。任曹操主簿，积极为之谋划。卒被杀。

〔6〕兴观群怨：孔子提出的关于文学作品社会作用的美学观点。出自《论语·阳货》。兴，感发联想；观，观察了解；群，认识的交流统一；怨，（对社会现象的）不满与批判。

〔7〕太半：大半，多半。《管子·国蓄》："千乘衢处，壤削少半；万乘衢处，壤削太半。"

〔8〕清超：高超；清雅脱俗。

〔9〕沉实：深沉笃实；沉着。

〔10〕峻拔：卓异出众。

〔11〕典重：典雅庄重。

〔12〕父执：父亲的朋友。语出《礼记·曲礼上》："见父之执，不谓之进不敢进。"孔颖达疏："见父之执，谓执友与父同志者也。"杜甫《赠卫八处士》："怡然敬父执，问我来何方。"

〔13〕旹：古"时"之讹字，古人好古风，时有使用者。如明代仇英绘有《倪瓒小像图卷》，图上有长乐王宾著《元处士云林倪先生旅葬墓志铭》，铭中云："吁嗟乎其旹。"

8.5　惊喜发现九成先生手迹

我们整理遗书时，惊喜发现九成先生的笔迹：一篇短文、两济药方和三个难字的注释。一篇短文《修身》抄录如下。

　　《论语》下子曰："君子疾没世而名不称焉。"邢疏："称，读去声。"盖谓没世而后，虽有盛名流传，苟其实不相称，是为虚假，君子深疾之。疾之，则立德、立功、立言，必求不朽之业焉。后世将"称"字读作平音，于是沽名钓誉，纯盗虚声。此古之学者所以为己，今之学者所以为人也。学术不端，则心术不正。心术不正者，何以修身？是皆读书误解之过也。

　　这是一篇精炼的古文，我们先要了解其深刻含义。"《论语》下"具体指《论语·卫灵公》第20小段。"君子疾没世而名不称焉。"旧注："贵名乃所以贵实也。""名者，所以命其实也。终其身而无实之可名，君子疾诸。"就是说，君子所讨厌和含恨的，是自己去世之后名称与实际不相符，即名不副实。所以"称"应该读去声，义为相称、符合。而读平声，指称颂、称誉、赞扬，是不对的。宋代学者邢昺的注音"读去声"是正确的。（疏，指阐释经书及其旧注的文字。邢疏，宋代学者邢昺的阐释。）九成先生根据旧注阐明真意，批评误读（读平音）及其祸害，简练深刻，褒贬时弊，鞭挞有力。在阐发《论语》句义时，他是这么说的："盖谓没世而后，虽有盛名流传，苟其实不相称，是为虚假，君子深疾之。疾之，则立德、立功、立言，必求不朽之业焉。"首字"盖"，语气词或发语词，多用于句首，无义。古文常用。（如九成先生的《募资重修三圣宫序言》就有："盖秉秀灵之源者，即为钟毓之本。人能修身立德，则精诚上应乎天。"）这里是两个复句，上句用假设句式"虽有……苟（如果）……"论证，指出虚假，说明君子深疾之。"深"字强调了君子"疾"的程度，观点鲜明，突出，有力。下句用"则"字紧接，正面指明"立德、立功、立言"，求"不朽之业"，进一步指明君子疾之所要做的，扩展了内容的深度和广度，体现了九成先生思想的深邃与敏锐。

　　接着，九成先生指出后世的误读（读作平音），则"称"就是称颂、称誉、赞颂，于是造成"沽名钓誉""纯盗虚声"的严重后果。观点相当尖锐，直指时弊，抨击弊端。

　　然后，九成先生探求造成这种现象的原因，即"此古之学者所以为己，

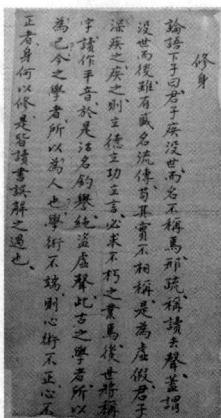

今之学者所以为人也"。紧接上文下来，这里不太好懂。原文有人加了两个问号。不知道是谁看了产生疑问而加的。其实看了《论语》原文下句，就能理解这句话的意思了。原文"子曰：君子疾没世而名不称焉。"之后紧接的是，"子曰：君子求诸己，小人求诸人"。旧注："君子责于己，小人责于人也。"意思为，君子要求自己，小人则要求别人。就是说，君子是严于律己，以求名副其实，不慕虚名。而小人相反，总是责怪别人，务求虚名，从不检查自己是不是名副其实。这就是"称"误读平音，造成恶果的原因所在。九成先生联系前后文，进行了准确、深刻的剖析，一般学问肤浅者难以理解。

最后，九成先生得出正面结论："学术不端，则心术不正。心术不正者，何以修身？是皆读书误解之过也。"这是本文的核心，指明正确的修身之道，即端正心术、学术，正确修身，不能误读经典。文章极其简短，却有的放矢，尖锐深刻。

从书法上看，《修身》一文完全是楷书所写，一笔一画，一丝不苟。字形稳健庄重，柔中有刚，而又秀丽潇洒，揖让得当，结构合理，同中有变，变中求同。笔画守拙朴实，而又灵活多变。有的锋利，有的慢钝，时有生花妙笔，让人惊喜。总之，细观静赏，字字有精神，个个都出彩，完全是经典范字，具有无穷魅力，值得后人学习、欣赏。

两剂药方抄录如下。

《作生方》："用牛鼻绳二三寸，烧灰，酒冲服。又方：以牛尿二三分，兑水食二三口，不可多食。但使发呕，身与气上提，而胎即下。"

《治胎衣不下》："用火药一分，冲酒少许，胎衣即下。若无酒，开水亦可。无火药，用枪筒中灌水服亦可，而胎下即下。"

这两剂药方易懂，共88个字。从书写风格看，药方似随意为之，却笔笔一丝不苟，柔美而内涵骨力，一字几出，同中有异，富于变化。基本体式是行楷，偶兼草书。三个"可"字，末笔粗细、大小、长短均有变化，尤其第

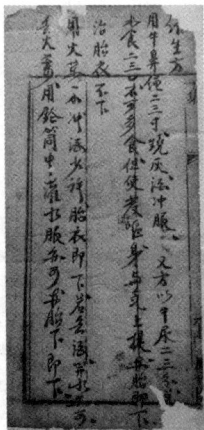

三个，末笔较长，气势可观，妙不可言。两个"酒"字同为草书，却有变化，十分精妙。两个"方"字，第三笔竖弯钩写得较为稳健。一个"身"字，一横一撇连写，撇写得长远锋利，整个字挺拔有神。"以"字和两个"水"字，末笔草写，形状相似，却有不同。"寸"字，竖勾顺势写出，稳健有力，钩尖无比锋利，字小而气势逼人，令人叹为观止。

关于三个难字的注释抄录如下。

捽，音率。痂，音加，乾瘢也。塍，嘎咕，壓姑。

先为"捽"字注音，音率。"痂"字不仅注音，还释义。"乾"是"干"的繁体字。"塍"字释义"嘎咕"和"壓姑"，"壓"是"压"的繁体字。"嘎咕"是布谷鸟，"压姑"应该也是布谷鸟。

这几个字都是楷书，笔势与药方的字相同，尤其"捽"的竖勾和末笔一竖，与药方中"寸"和"用"的相应笔画极为相似。"塍"的捺，也与药方中"灰""服""使"等的相应笔画极为相似。三个被注释的字头较大，楷书工整，极具魅力，堪称典范。

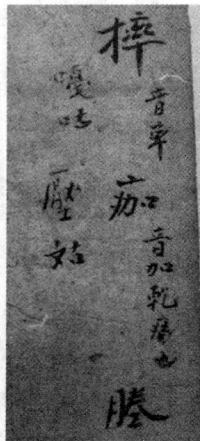

后　记

　　本书得以成功出版，首先要归功于编辑们艰苦细致的努力和付出，我们向他们致以深深的敬意和感谢。

　　本书在青岛出版，意义不凡。五四运动中，青年学生喊出的重要口号是"还我青岛！"（今刻于北京大学红楼旁边的五四墙上）。青岛五四广场上矗立着红色巨型雕塑"五月的风"，高扬着五四爱国精神。九成先生的巅峰之作《哀告国民书》，是伟大五四爱国运动狂涛巨澜中的一朵浪花，汇聚于此，相信必能激励国人，不忘国耻，复兴强国，奋勇向前。我们对此感到极为欣慰。

　　我们都是九成先生的后代，克定是他的侄孙，玉萍是他的侄曾孙女，同旺是他的侄曾孙婿，陆晨是他的外侄玄孙。我们都非常喜爱他的诗文，决心继承他的爱国主义精神，为中华民族伟大复兴贡献自己的全部力量。我们注释出版他的诗文，愿和广大读者共享此文化成果。不当之处，敬请指正。

编者

2024年4月1日